KB243185

산속의 가을 저녁 山居秋暝

빈산, 새로 내린 비 막 갠 뒤
날 저물자 가을이 깊어졌다
밝은 달 소나무 사이로 비치고
맑은 샘물은 돌 위로 흐른다
대나무 숲 시끄럽게 빨래 하는 아낙네들 돌아가고
연꽃 요동치게 고깃배가 내려가네
봄날의 향기로운 꽃 없어진들 어떠리
은자만 절로 머물만 한 것을

空山新雨後 天氣晚來秋 明月松間照 清泉石上流
竹喧歸浣女 蓮動下漁丹 隨意春芳歇 王孫自可留

太極劍解

태극
검해

태극검해(太極劍解) 5

한성수 新무협 판타지 소설

초판 1쇄 찍은 날 § 2005년 9월 2일
초판 1쇄 펴낸 날 § 2005년 9월 12일

지은이 § 한성수
펴낸이 § 서경석

편집장 § 문혜영
편집책임 § 장상수
편집 § 서지현 · 최하나

펴낸곳 § 도서출판 청어람
등록번호 § 제1081-1-89호
등록일자 § 1999. 5. 31
어람번호 § 제2-0689호

주소 § 경기도 부천시 원미구 심곡1동 350-1 남성B/D 3F (우) 420-011
전화 § 032-656-4452 팩스 § 032-656-4453
http://www.chungeoram.com
E-mail § eoram99@chollian.net

ⓒ 한성수, 2005

ISBN 89-5831-714-0 04810
ISBN 89-5831-524-5 (세트)

太極劍解

한선오 新무협 판타지 소설

Fantastic Oriental Heroes

5

만남, 그리고 헤어짐!

태극검해

도서출판 청어람

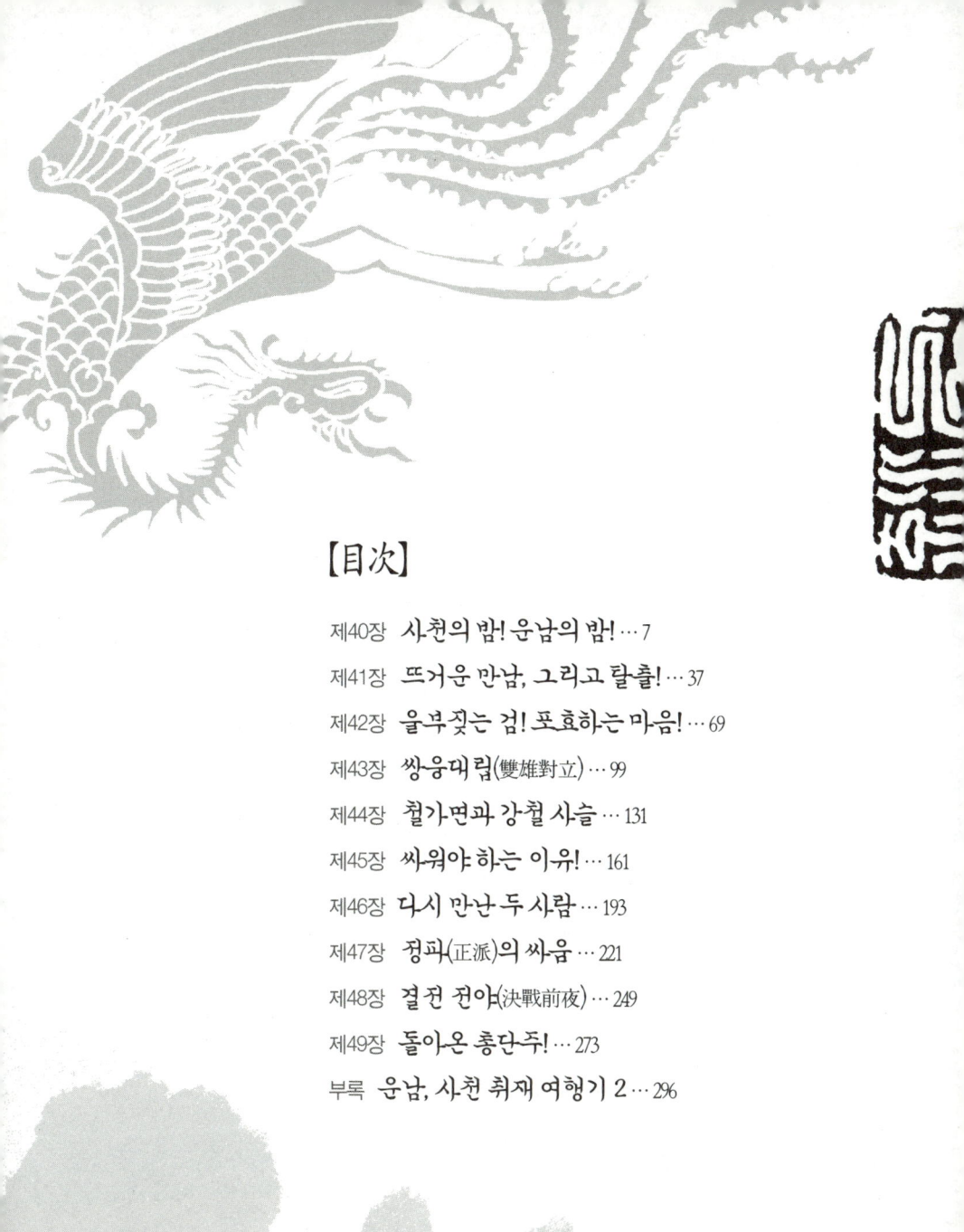

【目次】

◆ 第四十章 ◆

사천의 밤! 운남의 밤!

사천성(四川省) 목리(木里).

무림의 강호들이 몰려 있는 사천성에서도 삼강 중 하나이며, 당당한 팔대세가의 일원인 당가보(唐家堡)가 있는 곳이다.

독과 암기의 가문.

천하 정파 중 매우 특이한 위치에 있는 당가보가 있는 목리는 전형적인 열대우림 지역이었다. 숲은 온통 짙푸름으로 가득하고, 주변 공기는 끈적끈적하다. 당장 비가 쏟아져 내린다 해도 이상하지 않을 정도의 습한 기후이다.

아무래도 사람이 살기엔 그리 쉽지 않은 곳이다.

그러나 그 치열한 자연을 바탕 삼아 당가는 천하를 두렵게 만드는 절대지독과 암기술의 토대를 쌓고 이어 나갔다. 그만큼의 강인함이 없이는 가능치 않은 일이었다.

천하무림에서 당가를 대할 때 삼 푼의 두려움을 느끼는 건 바로 이때문이었다.

그 당가보 위로 달이 떠올랐다.

달빛은 뿌옇다.

보름달임에도 그리 밝지 않은 건 달무리가 진 까닭이다. 내일 한차례 커다란 폭우가 쏟아질 것을 예고하는 전조이다.

"허허, 달빛이 흐린 걸 보니 내일은 비가 쏟아질 것 같군. 하긴 이 우라질 사천에서 비가 안 내리는 날을 보는 것도 그다지 많지는 않겠지."

당가보가 내려다보이는 작은 구릉 위, 검은 야행복을 걸친 백여 명의 복면인들이 눈을 빛내며 작은 성이나 다름없는 당가보를 내려다보고 있다.

그들 중 입을 연 건 유일하게 얼굴에 복면을 덮어쓰지 않은 육십대 가량의 노인이었다.

백독마군 마득파!

초로의 나이임에도 이십대 청년 못지않은 당당한 체구와 곧은 자세를 지닌 노인은 만독문 서열 사위이자 전공(戰公)의 직위를 지닌 초절정고수였다.

그러니 지금 그의 뒤에 도열해 있는 복면인들의 정체는 자명하다. 그들이야말로 만독문의 최정예 중 하나라 불리는 독수살단인 것이다.

독수살단의 단주를 맡고 있는 독수귀조(毒手鬼爪) 량패가 조심스레 말했다.

"전공장로님, 이미 당가보 주변에 설치되어 있는 목책과 전초(前哨),

기관진식의 파해를 끝냈습니다. 지금 당장 명령을 내려주십시오!"

량패는 독수살단의 단주일뿐더러, 만독문 서열 십오위의 고수이다. 그가 지극한 공대의 눈빛을 던지자 마득파가 미미하게 고개를 끄덕여 보였다.

"당가보를 칠 모든 준비가 끝났다는 뜻이겠지?"

"그렇습니다. 본 문에선 오래전부터 당가에 대해선 많은 사전 조사를 해왔습니다. 이제 당가보 전역에 대한 제압이 끝난 이상, 초절정고수이신 전공장로님께서 앞장을 서신다면 일거에 당씨 일족을 도륙할 수 있다고 봅니다."

"자신만만하구만?"

"공격에 나서는 자의 기본이지 않겠습니까."

"허허, 과연!"

마득파는 량패의 눈 깊숙한 곳에 담긴 강한 힘을 흡족하게 바라보곤 시선을 다시 당가보 쪽으로 던졌다. 이미 그의 시선은 더할 나위 없이 차갑게 가라앉아 있었다.

"자네도 잘 알겠지만, 오늘 우리의 목표는 당가 녀석들이 자랑하는 십대절독(十大絶毒)과 십대암기(十大暗器), 각종 해독 영약들을 숨겨놓은 중지(重地)와 보전(寶殿), 약당(藥堂)일세. 사람은 놓치더라도 이 세 곳만큼은 반드시 초토화시켜야 하니, 어김이 없어야 할 것이야."

"명심하고 있습니다."

"또한 당가보에 남은 쓸데없는 노인네들 역시 이번 기회에 완전히 숨을 끊어놓는 게 좋겠지. 뭐, 그건 내가 맡을 테니, 자네는 크게 신경 쓸 필요가 없을 걸세."

"……."

량패가 대답 대신 허리를 깊숙이 숙여 보임으로써 복종하겠다는 의사를 보였다. 그러자 마득파의 입가에 머물러 있던 미소가 한 가닥 잔인한 기색을 띠었다.

"그럼, 슬슬 당가 녀석들을 도륙하러 가볼까?"

"속하가 앞장서겠습니다!"

"아닐세."

"……."

"선봉은 내가 설 것이야!"

말을 끝낸 마득파가 야천으로 신형을 띄워 올렸다. 그리고 잠시 후, 어둠에 휩싸여 있던 당가보 전체가 화광과 비명으로 가득 찼다. 후일 사천대혈사(四川大血史)라 명명된 만독문의 사천 침공이 그 서막을 열어젖힌 것이다.

열흘 후.

지난 수개월간 사천무림의 구심점으로 급속도로 부상한 쌍류의 사천정의련 정문의 현판이 가볍게 흔들렸다.

지진이라도 난 것일까?

정문 앞을 지키고 있던 정문 무사들의 눈에 동그래졌다. 멀리서 지축을 울리며 달려오고 있는 한 떼의 인마를 발견했기 때문이다.

인마의 숫자는 대충 삼십여 기가 넘어 보였는데, 말 위에 올라탄 사람들의 모습은 처참하기 이를 데 없었다.

얼굴에 붕대를 감거나 팔 하나가 잘린 자는 극히 양호한 편이었다. 어떤 자는 복부가 피로 절어 있었고, 양다리가 잘린 자도 있었다. 극한의 대치를 보이는 전쟁터에서 막 돌아온 패잔병이라 해도 이와 같진 않을 모습들이다.

정문을 맡은 세 명의 무사 중 가장 나이가 많은 곽삼이 눈살을 가볍게 찌푸렸다.

"이, 이게 도대체……."

"곽 노형, 뭔가 큰일이 일어난 것 같소이다! 얼른 상부에 알려야 하지 않겠소이까?"

곽삼의 주의를 환기시킨 건 아침부터 밥이 적다고 투덜거렸던 기노이였다. 그나 곽삼이나 군소문파 출신이긴 마찬가지나, 표사를 하며 여러 군데를 돌아다닌 경험이 있는 기노이가 조금은 상황 판단에 능하다 할 수 있었다.

"큰일? 그렇군! 정말 큰일이 일어난 게 틀림없어!"

곽삼은 뒤늦게야 정문 무사의 가장 큰 사명을 생각해 내곤, 뒤에 멀뚱히 서 있던 유금술에게 소리쳤다.

"금술 아우, 당장 안으로 달려가 높은 분들에게 큰일이 났다고 알리게나!"

이제 스물을 갓 넘은 햇병아리인 유금술의 안색이 가볍게 붉어졌다. 그는 사천에 널린 그렇고 그런 소문파들 중 하나인 청도문(靑刀門)의 소문주로, 얼마 전 야반도주해 사천정의련에 들어온 상태였다. 갑자기 눈앞에서 꿈속에서나 보아왔던 광경을 목도하자 흥분되는 걸 감출 수 없었다.

"바, 바로 알리겠습니다!"

유금술이 얼른 대문 안쪽으로 달려가자 곽삼과 기노이가 각기 독문 병기를 빼 들고 앞으로 달려나갔다. 일단 인마의 질주를 막아야 한다는 판단이었다.

그들의 판단은 틀리지 않았다.

삼십여 기의 인마는 사천정의련 앞을 지키고 있던 두 명의 무사가 병장기를 빼 들고 달려 나오자 얼른 기마의 속도를 늦췄다. 미친 듯한 질주가 끝난 것이다.

그렇게 멈춰 선 인마 중 가장 선두에 있던 외팔이 장년인이 풀쩍 말 위에서 뛰어내렸다.

휙!

말안장을 밟고 가볍게 신형을 날렸을 뿐인데 그는 단숨에 삼 장이란 거리를 단축시켰다. 곽삼과 기노이 중 어느 누구도 감히 넘볼 수 없는 경공술이었다.

'젠장, 고수다!'

'저 신법은…….'

곽삼이 어깨를 움찔거린 사이, 기노이가 한 걸음쯤 더 앞으로 나서며 중년인에게 포권해 보였다.

"혹시 덕창(德昌)의 창응비협(蒼鷹飛俠) 당인걸 대협이 아니신지요?"

"어찌 본인을 아는가?"

"아, 역시!"

대번에 안색이 밝아진 기노이가 말했다.

"소인은 한때 금천표국(金川鏢局)에서 표사를 한 일이 있습니다. 덕창을 몇 번 찾았는데, 그 당시 당 대협의 협행과 존성대명을 들을 기회가 있었습니다."

"협행이라니! 그저 한때 하찮은 만용을 부리다 얻은 졸명일 뿐일세."

"어찌 그런!"

기노이가 얼른 목소리를 높였으나 당인걸은 미미하게 고개를 가로저을 뿐이었다. 그러자 곽삼이 내심 가볍게 혀를 찼다.

'허! 창웅비협 당인걸이라면, 당가의 방계 중에서도 최강의 고수이자 대협객으로 불리는 사람인데, 어쩌다 팔까지 잘린 채 쌍류까지 쫓겨왔을꼬?'

그렇다. 기노이의 말대로 창웅비협 당인걸의 이름은 결코 졸명일 수 없었다. 어쩌면 당가의 현 최강의 고수라 불리는 천수무영 당천수를 제외하면 당가 전체에서 가장 명성이 드높다고 할 수 있었다. 눈앞의 처참한 신색과는 결코 어울릴 수 없는 인물인 것이다.

그때 유금술의 전언을 받고 사천정의련 대문 안에서 일단의 고수들이 뛰어나왔다. 그들은 현 사천정의련 최강의 고수라 할 수 있는 당천수와 단연경, 송진 등이었다.

"인걸, 어떻게 된 일이냐!"

당천수는 대문을 빠져나오자마자 크게 소리치고 당인걸에게 신형을 날렸다. 방계라하나 당가에 속한 당인걸의 처참한 신색에 크게 마음이 쓰였음에 분명하다.

당천수를 맞은 당인걸이 쓰라린 표정을 한 채 말했다.

"당 형, 당가보가 당했습니다!"

"뭣!"

당천수는 자신도 모르게 당인걸의 어깻죽지를 독수리처럼 낚아챘다. 그러자 당인걸이 얼굴을 가볍게 일그러뜨리고 말을 이었다.

"벌써 닷새는 족히 지난 일입니다. 뒤늦게 소식을 듣고 부근의 방계 다섯 집안이 달려갔지만, 적도들의 암습에 오히려 큰 낭패를 보고 말았습니다."

"…만독문의 짓이더냐?"

"그 외에 사천에서 감히 본 가를 건드릴 수 있는 자들이 어딨겠습니까?"

"이 죽일 놈들!"

당인걸의 어깨를 틀어쥔 당천수의 손에 힘이 들어갔다. 당인걸의 어깻죽지는 어느새 핏물을 쏟아내고 있었다. 그 정도의 힘이 들어간 것이다.

그때 뒤늦게 모습을 드러낸 옥성이 당천수 쪽으로 걸어가 조용한 목소리로 말했다.

"관세음보살! 만독문이 당가보를 쳤다면, 다음은 본 련이 될 것입니다. 빈니는 당인걸 대협께 여쭤볼 말이 있으니, 당 대협께서는 사천무림 전체의 안위를 위해 자중해 주세요."

"이런……."

당천수는 그제야 자신의 손에 의해 피투성이가 된 당인걸의 어깻죽지를 보고 나직이 혀를 찼다. 평소 냉정침착한 것으로 그의 호적수라 할 수 있는 아미파의 옥성 앞에서 추태를 보였음을 깨달았기 때문이다.

당천수가 어깻죽지를 놔주자 당인걸이 눈살을 가볍게 찌푸리곤 옥성을 바라봤다.

"아미파의 옥성 사태신지요?"

옥성이 미미하게 고개를 끄덕여 보였다.

"그렇습니다. 일단 오랜 여행으로 지친 당가의 정영들을 쉬게 한 후 말씀을 나누는 게 나을 듯합니다."

"……."

당인걸은 자신의 뒤에 도열해 있는 당가의 생존자들을 살피고 시선을 당천수에게 던졌다. 여태까지는 그가 당가의 대표였으나, 당천수를 만난 이상 상황은 달라졌다고 할 수 있었다. 본 가와 방계의 차이는 당가보가 멸망한 현 시점에도 엄연히 존재하기 때문이다.

당천수가 그의 눈빛에 담긴 뜻을 읽고 얼른 고개를 끄덕여 보였다.

"옥성 사태의 말대로 일단 부상자들은 쉬게 하는 게 좋겠네. 현 상황 파악을 자네만큼 잘하고 있는 사람은 없을 테니까."

"그러도록 하지요."

당인걸이 당천수의 명에 복종했다.

당가의 생존자들에게는 한동안 적절한 조치가 취해졌다. 부상자들에겐 의원들의 치료가 있었고, 지친 자들에게는 휴식이 주어졌다.

그러는 사이 옥성을 비롯한 사천정의련의 중심 인물들은 당인걸과 함께 회의실에 자리를 잡았다. 일단 당가보가 만독문에게 멸망한 전후 사정을 청취한 후 앞으로의 대응책을 논의하기 위함이었다.

회의탁의 가장 윗자리에 자리한 당천수가 시선을 옆 자리의 옥성에게 던졌다. 상석에 앉은 건 그였으나 사천정의련 군사의 임무를 맡은 그녀의 의견을 충분히 존중하겠다는 뜻이 담긴 눈빛이었다.

옥성이 그에 고개를 가볍게 숙여 답하곤 좌중을 향해 입을 열었다.

"당가의 주 전력은 현재 사천의 다른 삼강과 마찬가지로 무림맹의 오단과 함께하고 있습니다. 그래서 이번 참화에서도 당가의 피해는 삼 할을 채 넘지 않습니다. 불행 중 다행이랄 수 있는 일입니다. 하지만 만독문이 당가보를 가장 먼저 친 건 어디까지나 정파의 독에 대한 저항력을 약화시키기 위함이 분명합니다. 만독문이 비로소 천하무림에 대한 야욕을 드러낸 것이나 다름없는 일이라 할 수 있습니다."

"빌어먹을 묘족 놈들!"

"더러운 독귀 녀석들!"

옥성의 간략한 현 상황 설명에 회의실 여기저기에서 이를 갈고 분개하는 욕설이 연이어 터져 나왔다. 당가와 친분이 있거나 잘 보이고 싶어하는 군소문파의 주축 고수들이 터뜨린 욕설이었다.

당천수가 나직이 헛기침을 내뱉자 회의실이 조용해졌다.

옥성이 설명을 계속했다.

"때문에 빈니는 얼마 전부터 무림맹의 군사이신 현인 제갈 노시주님께 몇 가지 가르침을 구했는데, 다행히 며칠 전 기다렸던 소식을 들을 수 있었습니다. 전언에 의하면 이미 무림맹의 오단을 비롯한 주 전력은 장강을 넘어 호북성 은시(恩施)에 도착해 전열을 가다듬고 있다고 합니다."

"은시?"

"은시라면 사천의 중경(重慶)에서 얼마 떨어지지 않은 곳이 아닙니까?"

목소리를 높인 사람은 청성파의 송진이었다. 당가보가 만독문에 의해 참화를 당했다는 말을 들었을 때부터 청성파로 돌아가는 걸 심각하게 고려하고 있던 그의 안색은 지금 가벼운 홍조가 감돌고 있었다. 무림맹의 주 전력이 이렇게 빨리 사천 부근까지 도착했으리라곤 꿈에도 생각지 못했기 때문이다.

옥성이 송진에게 미미하게 고개를 끄덕여 보였다.

"송진 도장의 말이 맞습니다. 천하가 손바닥 안에 있다는 제갈 노시주님답게 소리 소문도 없이 무림맹의 주 전력을 사천 가까운 곳까지 이동시키신 겁니다."

"허허, 과연 천하제일지(天下第一智)! 제갈 노선배님이시구나!"

"그러게 말입니다!"

무림맹 정예의 은시 진출에 대한 옥성의 설명을 들은 당천수와 송진이 서로를 바라보며 찬탄을 터뜨렸다. 사천정의련의 핵심 중의 핵심이랄 수 있는 그들조차 방금 전의 설명은 처음 듣는 얘기였다. 기쁨이 넘치는 건 당연한 일이었다.

그때 회의 내내 침묵을 지키고 있던 단연경이 매와 같은 눈빛을 옥성에게 던졌다.

"옥성 사태, 내가 한 가지 물어도 되겠소이까?"

"단 대협께서는 어려워하지 말고 말씀하세요."

"고맙소."

정중하게 옥성에게 고개를 숙여 보인 단연경이 말했다.

"무림맹의 정예가 어느새 사천 부근까지 이르렀다는 건 놀라운 사실이외다. 하지만 이 시점에서 내겐 한 가지 의문이 생겼는데, 그건 어째서 사천의 정예들이 눈앞의 대적을 놔둔 채 항주 무림맹까지 달려갔느냐는 거요. 만독문이 개파대전과 더불어 사천무림을 집어삼키려 하리란 걸 몰랐다는 생각은 들지 않는데 말요?"

"그 점에 관해서는……."

"설마 사천무림의 수장들은 만독문의 독인들이 마음을 푹 놓고 운남을 통합하고 사천을 치기를 기다렸던 게 아니오? 그렇다면 오늘과 같은 무림맹 정예의 빠른 이동 역시 쉽사리 설명이 될 듯한데?"

단연경의 의문 제기는 삽시간에 회의실의 분위기를 냉랭하게 만들었다.

방금 전 무림맹 정예의 은시 진출에 크게 환호했던 장내의 인물들은 얼굴에 의혹과 의문의 기색을 드러내고 있었다. 자신들이 한낱 정파 무림맹이 만독문을 사천으로 끌어들이는 데 사용되는 미끼에 불과했다는 것만큼 불쾌한 가정은 없었기 때문이다.

그런 분위기를 가장 잘 파악한 이는 당천수였다. 그는 자신이 나서야 될 때임을 직감하고 갑자기 목소리를 높였다.

"단 대협, 만독문의 사천 침공에 가장 큰 피해를 입은 건 본인의 가문인 당가요! 어찌 가문의 명운을 걸고 그런 도박을 벌일 수 있단 말이오!"

"당 대협, 그 말 책임질 수 있는 것이오?"

"그야 물론……."

탕!

회의실의 원탁을 손으로 내려쳐 당천수의 말을 끊은 사람은 당인걸이었다.

"인걸……."

당천수의 시선을 외면한 채 당인걸이 단연경을 이글거리는 눈빛으로 노려봤다.

"당가는 만독문의 악도들에게 커다란 혈채가 있소! 단 대협이 피로 씻겨진 당가보를 본다면 그와 같은 말을 할 수 없을 것이오!"

"점창 역시 만독문에게 혈채가 있소이다! 그렇기에 이번 같은 일을 그냥 넘길 수 없는 것이오! 한 점의 의문도 용납할 수 없다는 뜻이오!"

"그렇다면 뭘 주저하시는 거요! 지금 당장 본인과 손을 나누지 않고!"

당인걸이 벌떡 자리에서 일어서자 당천수가 조용하지만 묵직한 목소리로 말했다.

"인걸, 네게는 내가 안중에도 없는 것이냐?"

"당 형님, 그게 아니라……."

"그게 아니면 됐다. 너는 더 이상 나서지 말거라!"

"그건……."

"아니면, 진짜 네 멋대로 하겠다는 뜻이냐?"

"……."

당인걸이 결국 고개를 숙인 채 자리에 주저앉았다. 그러자 그에게서 시선을 뗀 당천수가 단연경에게 말했다.

"단 대협, 인걸이 격하게 반응한 것은 미안하게 됐소이다. 하지만 단 대협은 의심하지 마시오. 진짜 본인을 비롯한 사천삼강의 수뇌부는 여태까지 무림맹 정예의 이동을 전혀 모르고 있었소이다."

"진정이오이까?"

"나 당천수의 이름을 걸고 맹세하오!"

"알겠소이다."

결국 단연경은 입을 다물고 의혹의 시선을 거뒀다. 사천정의련이 분열될 수 있었던 상처가 일시적이나마 봉합된 것이다.

그렇게 한차례 홍역이 지나가자 옥성이 무림맹 정예와 사천정의련의 연계에 관한 몇 가지 사항을 얘기하기 시작했다. 그러자 회의실 안은 다시 흥분으로 물들기 시작했다. 옥성이 내놓은 계책대로라면 만독문은 사천에서 그 오랜 역사에 종지부를 찍을 게 확실했기 때문이다.

결국 회의가 끝날쯤에 이르렀을 때, 단연경이 제기한 의혹에 조금이나마 의문을 품는 자는 아무도 없었다. 사람이란 본래 추악한 진실보다는 예쁘게 꾸며진 거짓에 더욱 쉽게 혹하는 게 당연하다.

밤.

당가의 부상자들의 치료를 맡은 아미파 제자들을 한차례 둘러보고 처소로 돌아온 옥성의 눈에 작은 이채가 떠올랐다. 그녀의 방문 앞을 서성거리고 있는 당천수를 발견했기 때문이다.

"관세음보살! 당 대협께서 어찌 이 늦은 밤에 빈니의 처소를 찾아오신 것인지요?"

당천수가 옥성에게 살짝 고개를 숙여 보이곤 대답했다.

"옥성 사태와 할 얘기가 있어 늦은 밤에 결례를 무릅쓰고 왔소이다."

"일단 안으로 드시지요."

옥성이 방문을 열고 안으로 들어서며 말하자 당천수가 얼른 그녀의 뒤를 따랐다.

옥성은 방에 들어섰으나 불을 밝히지 않았다. 그녀는 물론이거니와 당천수 같은 절정고수에게 불빛의 유무는 그다지 큰 불편을 끼치지 않기 때문이다.

옥성과 탁자를 마주하고 자리잡은 당천수가 바로 본론을 끄집어냈다.

"본인에게 할 얘기가 있을 줄 아오."

"당 대협께서는 아미파와 무림맹의 제갈 노시주님 간에 모종의 담합이 있었을 거라 생각하는 것일 테지요?"

"그렇지 않다고 주장하려는 것이오?"

당천수의 눈빛은 차갑게 가라앉아 있었다. 며칠 전 회의실에서 보였던 모습과는 꽤나 대조적인 모습이다.

지그시 당천수를 응시하고 있던 옥성이 눈을 살짝 내리깔았다.

"확실히 당가보가 만독문의 공격을 받은 후 무림맹 정예가 사천 부근까지 이미 진격해 있다는 소식이 전달된 건 꽤나 공교로운 일이긴 합니다. 이미 오래전부터 제갈 노시주님과 빈니 간에 서신 왕래가 있었던 것도 사실이고요. 하지만 그건 결코 사천정의련의 주도권을 본 아미파가 잡으려 한 때문은 아닙니다. 만약 그런 마음이 아미파에 조금이라도 있었다면, 사천정의련에 빈니만이 남아 있진 않았을 테니까요."

당천수가 입가에 냉소를 담았다.

"흥, 세속을 벗어나 세사에 관계하지 않은 지 오래인 귀 파의 회월 대사태님이나 오대장로님들이 그 말을 했다면 본인은 믿었을 것이오. 하지만 상대가 사천의 지다성(智多星)이라 불리는 옥성 사태라면 조금쯤 의심하지 않을 수 없는 게 아니겠소?"

"사천의 지다성이라니, 과찬이 지나치십니다."

능숙하게 당천수의 냉소를 받은 옥성이 내리깔았던 눈을 바로 했다. 그녀의 혜지 가득한 눈은 맑지만 강한 기운을 뿜어내고 있었다.

"빈니가 제갈 노시주님과 연락을 취하게 된 건 사천정의련이 형성되고 얼마 지나지 않아서입니다. 사실 사천정의련 때문이 아니라 한 사람의 진실한 정체를 알기 위해 무림맹에 사람을 보낸 것이 시작이라 할 수 있지요."

"한 사람의 정체를 알기 위해서? 그건 혹시 무당파의 진 소협을 말하는 것이오?"

"바로 그렇습니다. 빈니의 짧은 생각으론 진 소협은 앞으로 무림에서 크게 중요한 인물이 될 분입니다. 그런 분이 각원 대사님의 밀명을 받았다 하니, 궁금증이 일지 않을 수 없었던 것입니다."

"단순한 무림의 신성에 대한 궁금증으로 시작된 일이다?"

"그렇습니다."

당천수의 눈매가 가늘어졌다. 그는 여전히 입가에 매달린 냉소를 감추지 않고 말했다.

"그럼 그 대단한 진 소협에 대해선 많은 걸 알아낼 수 있었겠구려?"

"어느 정도는 알 수 있었습니다. 빈니가 생각했던 것 이상으로 진소협은 대단하고 독특한 분이시더군요."

"대단하고 독특하다?"

"예, 어쩌면 후일 무당파는 그분으로 인해 다시 천하제일의 지위를 공고히 할지도 모르겠습니다. 한 가지 마음에 걸리는 점은 있지만요."

"그건……?"

"아직 확실하지 않은 사실을 입 밖에 낼 순 없습니다."

옥성이 더 이상 진자운에 관해 말해 줄 것 같지 않자 당천수는 더 이상 묻지 않았다. 지금 그가 중요시하는 건 진자운의 숨겨진 정체 따위가 아니라 무림맹의 군사인 제갈효와 옥성의 의중이었기 때문이다.

"그럼 옥성 사태는 이제부터 무림맹 정예의 쾌속한 이동을 여태까지 본인을 비롯한 사천정의련의 핵심 인사들에게 알리지 않은 것에 대해 설명해 주길 바라오. 설마 사태쯤 되는 분이 제갈 노선배의 의중을 사전에 감지하지 못했다는 변명은 하지 않을 터이고?"

당천수의 눈빛은 어느 때보다 냉철하게 빛나고 있었다. 어떻게 해서든 옥성의 숨겨진 내심을 읽고 말겠다는 뜻을 노골적으로 드러내고 있는 것이다.

그러나 옥성은 더 이상 당천수의 눈빛을 피하지 않았다. 그녀의 눈빛은 고요 그 자체였다. 속에 무엇이 들어 있는지는 그녀의 사부인 회월 대사태조차 모를 듯했다.

'이런 여우 같은……'

당천수가 내심 침음을 터뜨리는 사이, 옥성이 잠시의 침묵을 깨고 그의 질문에 대한 답을 내놓았다.

"무림맹의 군사를 맡고 계신 분은 현인 제갈 노시주님이십니다. 천하제일지라 불리는 그분의 흉중을 어찌 빈니가 모두 꿰뚫어 볼 수 있을까요? 단지 그분의 전언을 통해 만독문과 정파 연합 간의 대결전의 장소가 사천이 되리란 건 대충 짐작하고 있었습니다. 하지만 그 사실은 기밀 중의 기밀이기에 한동안 빈니의 가슴속에만 품고 있었습니다. 그 점을 당 대협께서 노엽게 생각하셨다면, 이 자리를 빌어 정중히 사과드리는 바입니다."

"……"

옥성이 자리에서 일어서 허리를 숙여 보이자 당천수는 뭐라 다시 말하려다 입을 다물고 말았다.

이미 옥성과 제갈효 간에 모종의 이야기가 오고 간 게 분명해진 지금, 섣불리 화를 내는 건 오히려 당가에 득이 되지 못한다는 판단을 내린 것이다.

'흥, 강남의 능구렁이와 사천의 여우가 만나 천하무림을 농단하려는 것인가!'

내심 차게 코웃음 친 당천수가 잠시 옥성을 바라보다 자리에서 일어섰다. 어차피 오늘의 방문은 사전 탐색전의 의미가 컸다. 옥성으로부터 한꺼번에 모든 걸 밝혀낼 수 있으리란 생각은 처음부터 하지 않았다.

당천수를 배웅하고 다시 자신의 처소로 돌아가던 옥성은 문득 걸음을 멈추고 서성거렸다. 그녀는 방금 전 당천수에게 숨긴 채 꺼내놓지 않은 진자운에 대한 정보를 떠올렸다.

'어째서 진 소협은 자신에게 쏟아진 모든 명예와 세속적인 지위를 버리고 무림맹을 떠난 것일까? 무림맹에서 갑자기 모습을 감춘 후 다시 모습을 드러낸 곳이 사천이고, 운남이라니? 도대체 그가 진정으로 의도하는 바는 무엇인지 정말 궁금하구나!'

옥성은 내심 고개를 가로저었다. 현재로선 아무리 염두를 굴려도 진자운이란 사람에 대해 파악할 도리가 없었다. 사천의 지다성이라 불리는 그녀로서도 이해할 수 없고, 파악하지 못할 일은 있는 것이다.

"일단은 만독문과의 싸움에 집중할 때다!"

결국 마음을 돌린 옥성이 밤하늘을 올려다봤다. 어둑어둑한 밤하늘을 야조 한 마리가 가로질렀다. 진자운이 운남에서 목왕부를 헤집기 직전, 사천에서 벌어진 일이다.

*   *   *

칠독마수 구양수는 요 근래 묘한 자괴감에 빠져 있었다.

그는 명색이 만독문의 십대고수 중 한 명이자 독수공의 고수였다. 비록 서열이나 무공은 만독문 내에서 색정마(色情魔)라 불리는 진육담보다 한 끗발 높은 구위에 불과하나 지닌 바 자부심은 대단했다.

최소한 그는 운남에서 자신을 이길 수 있는 고수는 열다섯을 넘지 않고, 천하를 통틀어도 백대고수 안에는 들리라 생각했다. 한 점의 의

심도 없는 확신이었다.

한데, 요 근래 그는 연달아 좌절을 경험하고 있었다.

얼마 전 추월정에서 정신을 잃었던 추태는 제외하더라도, 요 근래 몇 번이나 침입자를 살려서 보냈다. 마교의 성녀인 담화연과 관련있는 일일 것이라 짐작은 하고 있지만, 기분이 나쁜 건 어쩔 수 없는 일이었다.

'과연 마교에는 고수가 많다. 하지만 나 구양수 역시 그리 약자는 아니다. 독존의 명령을 떠나 마교의 성녀를 두 눈 뜨고 빼앗기진 않을 것이다!'

구양수는 힐끔 담화연의 처소 쪽을 바라보곤 양 주먹을 슬며시 쥐었다. 평소 냉정하기만 하던 그의 가슴에서 지금 이글거리는 불꽃 하나가 치솟아오르고 있었다.

'응?'

문득 별원에 딸린 정원 한복판에 서 있던 구양수의 시선이 정면을 향했다. 갑자기 아무런 기척도 없이 돌멩이 하나가 날아와 그 앞에 떨어졌기 때문이다.

툭.

돌멩이는 바닥에 떨어진 순간 한차례 튕겨 올랐다. 그리고 구양수의 발치까지 굴러왔다. 아무리 에누리해 생각하더라도 침입자의 도발로밖엔 볼 수 없는 상황.

꿈틀!

구양수의 미간 사이에 핏줄 하나가 튀어나왔다.

그는 분노했다.

콰직!

굴러온 돌멩이를 밟아 누른 그의 발에서 강력한 압력이 쏟아져 나왔다. 돌멩이 그 자체를 내력을 방출해 박살 낸 것이다.

바로 그때였다.

구양수의 머리 위로 비검 하나가 쏜살같이 파고들었다. 그가 돌멩이에 내력을 방출한 것과 거의 동시의 일이다.

카캉!

구양수는 강철조차 녹인다고 알려진 독마수로 비검을 튕겨냈다. 피류으로 만들어진 수장과 쇠붙이가 부딪친 곳에서 둔탁한 쇳소리가 일어났다.

그러나 구양수는 자신도 모르게 어깨를 움찔 떨었다. 그의 독마수는 비검을 튕겨내긴 했으나 무사하진 못했다.

어느새 비검과 충돌한 손가락 사이로 핏자국이 내비쳤다. 독마수를 수련하는 동안 빨아들인 독기의 영향으로 피의 색깔은 검었다.

평범한 비검이 아니란 증거!

그때 자신의 손을 바라보며 한차례 눈살을 찌푸린 구양수의 앞에 검은 복면을 뒤집어쓴 야행인 하나가 떨어져 내렸다. 담화연을 구하기 위해 목왕부에 잠입한 진자운이었다.

"쳇, 운남엔 왜 이리 고수가 많은 거야!"

'젊은 목소리……'

구양수는 예상외로 젊어 보이는 진자운의 투덜거림에 눈을 가늘게 떴다. 그러자 진자운이 공중을 떠돌고 있던 흑아검을 회수하고 말했다.

"당신이 만독문의 칠독마수 구양수요?"

"그러는 너는… 누구냐?"

"맞구만."

발끝으로 바닥을 한차례 툭툭 건드린 진자운이 구양수 뒤로 보이는 별채로 시선을 던졌다. 몇 걸음 앞에 담화연이 있으리란 생각이 들자 묘하게 가슴이 뛰었다. 그동안의 고생이 그리 아깝지 않았다.

'날 고생시킨 대가는 확실히 받아낼 테니까…….'

내심 히죽 웃은 진자운이 양손을 한차례 까닥거려 보이곤 구양수를 향해 말했다.

"셋 세겠소. 그동안 도망쳐도 좋소! 뭐, 그럴 것 같진 않지만…….."

"물론이다!"

구양수의 가늘어졌던 눈이 정상으로 돌아왔다, 강렬한 살기와 더불어.

파미륵과 육노당은 담화연의 별채 주변을 돌며 부지런히 목왕부의 시위들을 잠재우고 있었다.

전날 목왕부의 십대고수 중 다섯을 부상시킨 육노당의 활약 덕분에 두 사람의 앞을 가로막을 만한 고수는 전혀 보이지 않았다. 여기까지만 해도 진자운과 파미륵이 세운 계획은 한 치의 오차도 없이 진행되는 듯 보였다.

하지만 두 사람이 각기 따로 움직이며 대충 주변 정리를 끝냈을 무렵이다. 은밀하게 움직이던 두 사람의 모든 노력을 무산시키는 소란이 일어났다. 몇 차례 폭음이 일더니, 목왕부 정문 쪽에서 화광이 충천하기 시작한 것이다.

"이런 육시랄 일이!"

육노당은 욕설을 내뱉었다. 이런 엄청난 소란이 일어난 이상 처음의 계획대로 은밀히 목왕부를 빠져나가긴 글렀다는 생각이 들었기 때문이다.

어쨌든 지금으로선 파미륵과 합류해 다른 탈출 방안을 강구하는 게 우선이었다. 한시가 급했다.

육노당은 파미륵과 만나기로 약속했던 장소로 빠르게 신형을 날리다 멈춰섰다. 마침 그와 비슷한 장소를 향해 움직이고 있던 복면인과 맞닥뜨렸기 때문이다.

'시부랄, 이 한밤중에 복면을 얼굴에 덮어쓰고 있다니! 수상한 놈이다!'

'복면! 수상한 자로군!'

육노당이 맞닥뜨린 복면인의 정체는 소설향을 쫓아 목왕부의 담을 넘은 남희명이었다.

그는 마음이 다급한 나머지 신법을 전력으로 펼친 소설향의 뒤를 힘겹게 쫓다가 대단히 의심스러운 복장을 한 육노당을 만났다. 소설향을 보호할 생각밖엔 없는 그로선 긴장할 수밖에 없었다. 마음은 소설향의 뒤를 쫓고 있는데, 육노당을 무시할 수도 없는 상황이었기 때문이다.

물론 육노당이 남희명의 그런 마음을 알 리 없었다.

육노당은 자신 역시 복면을 쓰고 있을뿐더러, 대단히 수상해 보인다는 걸 잊고 남희명에게 선공을 가했다. 성격에 맞게 먼저 조져 놓고 볼 생각이었다.

파팟!

폭뢰정이 쾌속하게 남희명에게 파고들었다. 타정기 팔백타법 중 가장 빠른 초식인 풍속타(風速打) 십육연참(十六連塹)을 펼친 것이다.

그러나 연속으로 열여섯 개의 구덩이를 팔 수 있을 정도로 빠르다는 풍속타를 남희명은 훌쩍 신형을 날려 피해냈다. 마치 육노당의 공격을 기다리고라도 있었던 것처럼.

게다가 남희명은 한차례 신형을 회전하더니, 벼락같이 검을 빼 육노당을 공격해 들어갔다. 그의 생각엔 육노당을 한시라도 빨리 제압하는 것만이 소설향의 뒤를 따를 수 있는 최선의 방법이었기 때문이다.

쉐쉐쉐!

검이 이르기도 전에 검풍이 먼저 육노당을 압도해 들어왔다. 육노당으로선 쉽사리 만날 수 없는 검의 고수를 만난 셈이다.

꿈틀!

육노당의 커다란 눈에서 불꽃이 튀어나왔다. 풍속타를 쉽사리 피해 낸 남희명의 반격이 그의 자존심에 상처를 입힌 것이다. 이젠 가볍게 일을 끝낼 수 없게 되었다.

짜작! 짝!

육노당의 도포 자락이 남희명의 검격에 연달아 수난을 당했다. 그 정도로 강력한 힘이 담긴 검격이었다.

그러나 남희명의 검격으로부터 벗어난 순간, 육노당의 양손에는 폭뢰정에 이어 뇌정추마저 들려져 있었다. 이젠 더 이상 남희명을 조용히 처리할 생각이 없어진 것이다.

"뒈졌어!"

육노당이 정추신공을 잔뜩 일으킨 채 남희명에게 달려들었다. 그러자 남희명의 검에서 강력한 기운이 넘실거리기 시작했다. 그리고 마교 십대마공 중 하나인 폭류마검만이 보일 수 있는 마기가 그의 전신을 에워싸기 시작했다.

한편, 담화연의 처소를 향해 신형을 날리고 있던 소설향의 눈빛에는 다급한 기운이 가득했다. 목왕부의 담을 넘어 연신 신형을 날리는 동안 몇 명이나 되는 시위가 바닥에 쓰러져 있는 모습을 발견했기 때문이다.

'아가씨의 거처에 다가갈수록 쓰러진 시위들의 숫자가 늘어나고 있다!'

소설향은 담화연에게 위기가 닥쳤음을 확신했다. 그녀의 신형은 점점 더 빨라지고 있었다.

그렇게 그녀가 두 개의 중문 위를 뛰어넘었을 때다. 담화연의 거처를 바로 눈앞에 둔 순간, 그녀의 앞을 가로막는 거영이 있었다.

콰릉!

소설향은 마치 눈앞에서 하늘이 무너지는 듯한 착각을 느꼈다. 흐릿한 달빛이 일순 시커먼 먹구름에 가려지더니, 뇌성벽력과 같은 기운이 면전으로 엄습해 들어왔다.

촤르르륵!

소설향의 신형이 거의 본능적으로 회전했다. 세불리를 느끼고 혈우마도의 힘을 빌려 위기를 벗어나려 한 것이다.

그녀의 판단은 옳았다.

달빛을 가릴 정도의 위력이 담겨 있던 장력이 혈우마도의 방어를 뚫지 못하고 뒤로 밀려났다. 죽음에서 삶을 구한 그 짧은 순간!

소설향은 다리를 앞뒤로 길게 찢었다.

여인 특유의 유연성을 이용해 바닥에 찰싹 달라붙은 것이다.

그리고 펼쳐진 독사출동(毒蛇出洞)!

차륵! 팽!

혈우마도가 흡사 진짜 굴속에서 고개를 내민 독사처럼 붉은 헛바닥을 낼름거리며 앞으로 내뻗어졌다. 붉은 기운이 일시 먹구름 사이를 꿰뚫었다.

그러자 먹구름이 가렸던 달빛을 뱉어냈다. 비로소 소설향은 죽음의 위기에서 완전히 벗어나는 데 성공한 것이다. 잃어버렸던 달빛을 되찾은 것과 동시에,

"크헐헐, 참으로 몸이 유연한 여시주가 아닌가?"

소설향을 대수인으로 암격한 파미륵은 아랫배를 들썩이며 웃었다. 얼굴을 가린 복면이 당장 찢어질 것처럼 펄럭이는 게 그저 헛웃음만은 아닌 것 같다.

소설향의 눈빛이 매서워졌다.

"밀종 대수인에 커다란 곰 같은 몸집. 만독문 서열 팔위인 독불 파미륵이 어떻게 목왕부에 있는 거지요?"

"호오, 여시주가 어찌 본불을 알아보는 거지?"

"만독문의 십대고수에 대해선 꽤 자세히 아는 편이니까요."

파미륵의 복면이 다시 펄럭거렸다.

"크헐헐, 이런 괴이한 일이 있는가!"

"뭐가 괴이한 일이란 거죠?"

소설향은 파미륵에게 질문을 던지는 한편, 신경을 주변으로 확장시켰다. 얼마 전까지 그녀의 뒤에 바짝 붙어 따라오고 있던 남희명의 행방을 탐지하기 위함이다. 남희명과 함께라면 눈앞의 파미륵과도 한차례 자웅을 겨뤄볼 수 있으리란 판단을 내린 것이다.

그러나 남희명은 어느새 종적이 묘연했다. 멀리서 은은한 파공음이 들리는 걸 보면 그 역시 중간에 적을 만나 떨어졌음에 분명하다.

'뭐가 지옥 끝까지라도 따라온다는 거야, 이 바보 자식!'

소설향은 속으로 남희명을 욕했다. 그때 파미륵이 그녀의 내심을 대충 짐작하곤 말했다.

"여시주는 두려워하지 마시게! 본불은 천마신교의 행사에 딴지를 걸 생각이 없으니까."

"……."

소설향의 눈에 이채가 떠올랐다. 만독문 서열 팔위의 고수가 할 만한 말이 아니었기 때문이다.

파미륵이 설명하듯 첨언했다.

"사실 본불은 얼마 전에 만독문과 작별을 고했다네."

"만독문을 나왔다는 건가요?"

"그렇지."

"그럼 어째서 이곳에……?"

"그야 여시주와 크게 다르지 않은 이유 때문이 아니겠는가?"

파미륵은 장난스런 말과 함께 한쪽 눈을 찡긋해 보였다. 그러자 소설향이 혈우마도를 매섭게 휘둘렀다. 맹렬한 도기는 단숨에 파미륵과 그녀 사이에 길쭉한 선을 만들어냈다.

지직!

살기만장한 혈우마도를 바닥에 내려뜨린 채 소설향이 차갑게 외쳤다.

"독불! 나와 뜻이 다르지 않다니, 그건 무슨 의미인가요!"

"말 그대로일세. 본불은 천마신교의 성녀를 구하러 이곳에 왔다네."

"그건 어째서죠?"

"그야 본불이 천마신교에 귀의할 뜻이 있기 때문이 아니겠는가?"

"……."

"게다가 본불을 부추긴 사람이 있었는데, 무당파의 진자운이란 아이라네."

"진자운!"

소설향은 자신도 모르게 놀라 소리쳤다. 그녀에겐 만독문의 절정고수인 파미륵이 갑자기 마교에 귀의할 의사를 밝힌 것보다 그의 입에서 진자운이란 이름이 흘러나온 게 더욱 놀라웠던 것이다.

'허어, 어찌 그런 제멋대로 생긴 녀석에게 이리 예쁜 여아들이 꼬인단 말인가!'

내심 탄식을 터뜨리는 파미륵에게 소설향이 연속적으로 질문을 던졌다.

"그가 여기에 왔나요? 설마 아가씨와 이미 만난 건 아니겠지요?"

"그건……."

파미륵이 흥분한 소설향에게 뭐라 말하려는 찰나, 목왕부의 정문 쪽에서 또다시 화광이 충천했다. 좀 전과 비교할 수 없을 정도로 큰 폭발이었다.

"저건!"

폭음 소리에 놀라 고개를 돌린 소설향의 눈가가 가볍게 떨렸다. 담화연의 안위가 염려스러웠던 것이다.

파미륵이 눈살을 찌푸리며 물었다.

"설마 천마신교에서 이번 기회에 목왕부를 절멸시키기로 작정한 것인가?"

소설향이 얼른 고개를 저어 보였다.

"아니에요."

"그럼 또 다른 세력이 오늘밤 목왕부를 공격해 들어왔다는 거구만."

파미륵의 냉정한 판단에 소설향이 얼른 동조했다.

"그렇다고 보는 게 옳겠네요. 아! 아가씨가……."

"괜찮네. 성녀께는 이미 그가 갔다네."

"진자운……."

작게 중얼거리는 소설향의 눈빛이 가는 떨림을 보였다. 담화연의 안위를 걱정할 때완 조금쯤 다른 마음을 얼핏 내보인 것이다.

◆ 第四十一章 ◆ 뜨거운 만남, 그리고 탈출!

뜨거운 만남, 그리고 탈출!

목왕부 정문에서 터진 폭음 소리는 진자운과 구양수의 귀에도 들렸다, 화광이 충천하는 광경과 더불어.

그러나 그때 한차례 맞붙었다 떨어진 두 사람은 한동안 서로를 노려보고 있을 따름이었다. 다른 곳에 신경을 기울일 여력이 없었다. 지금 그들의 주변엔 시간 자체가 멎어 있었다. 폭음이나 화광 따위가 끼어들 틈이란 게 존재할 수 없는 것이다.

특히 구양수는 진자운의 강력한 파산경에 이미 반신이 마비된 상황이었다. 어느새 전력이 절반 이하로 떨어진 터라 신경을 분산시킬 수 없는 건 당연하다.

'이번 일초로 끝낸다!'

잠깐 사이 구양수가 펼친 독마수의 변화를 머리 속에 그려본 진자운의 눈에 강한 기운이 떠올랐다. 어느새 완벽하게 구양수의 독마수를 파해하는 데 성공했기 때문이다.

'온다!'

구양수의 온몸이 일순 긴장으로 딱딱하게 굳었다. 진자운이 뿜어내는 무형지기에 압도된 까닭이다. 그때 진자운이 어둠 속에서 태어난 귀영처럼 그를 덮쳐 왔다.

그리고 강한 진각과 함께 뛰어오른 몸 그림자.

파콱!

진자운의 탄슬반추는 구양수의 턱을 강타하고 지나갔다. 순식간에 벌어진 일이다.

푸학!

구양수의 입에서 핏물이 터져 나왔다. 그뿐 아니다. 그의 신형이 휘청였다. 크게 휘청였다. 그리고 결국 옆으로 무너져 내렸다.

털썩!

자신의 일격에 자신을 가진 것인가!

진자운은 쓰러져 내리는 구양수 쪽을 돌아보지 않았다. 그저 담화연이 붙잡혀 있으리라 짐작되는 별원을 타는 듯한 시선으로 바라볼 뿐이었다.

바로 그때였다. 짧지만 강렬한 격전이 벌어지는 동안 굳게 닫혀 있던 별원의 문이 활짝 열렸다. 담화연이 드디어 모습을 드러낸 것이다.

"꼬맹이……."

진자운이 부지불식간에 중얼거리자 담화연이 달빛을 받아 더욱 신비로워진 얼굴로 배시시 웃어 보였다.

"진 가가!"

"하나도 안 컸구만. 그동안 키도 안 크고 뭐 했냐?"

담화연의 입술이 비죽 튀어나왔다.

"오랜만에 만나놓고 고작 그런 말밖엔 못해!"

"그럼 내가 뭔 말을 해야 하나?"

"내가 보고 싶어서 죽을 것 같았다거나, 헤어진 다음에야 진실로 날 사랑하는 걸 알았다거나, 날 보고 있어도 내가 그립다거나, 사랑에 기간이 있으면 그 기간은 일만 년으로 하고 싶다거나. 에, 또……."

"나 간다."

진자운은 진짜 신형을 돌렸다, 미련없이. 그러자 담화연이 갑자기 작은 몸을 날려 진자운의 등에 찰싹 매달렸다. 그녀는 거의 이 장 이상을 날아왔다.

"이 죽일 바람둥이!"

"켁켁!"

"어째서 이제야 날 구하러 온 거야! 기다리다가 죽는 줄 알았잖아!"

담화연은 진자운의 목을 양손으로 마구 졸라댔다. 일시 진자운의 목에 시뻘건 손자국이 날 정도였다.

그러나 진자운은 몇 번 잔기침을 터뜨렸을 뿐 그녀의 행동을 전혀 제지하지 않았다. 평소의 더러운 성격을 생각하면 거의 초인적인 인내심을 발휘하고 있음에 분명하다.

결국 제풀에 지친 담화연이 진자운의 목을 조르던 손에서 힘을 뺐다. 진자운이 아무런 반응을 보이지 않자 오히려 마음이 불안해진 것이다.

"치이, 어째서 아무런 반응도 보이지 않는 거야?"

"재미없나?"

"그래."

담화연이 삐친 표정으로 중얼거리자 진자운이 심술궂은 목소리로 말했다.

"내가 어찌 어린애와 싸우겠냐?"

"누가 어린애란 거야! 난 이제 열여덟이란 말야!"

"나이만 먹으면 뭘 하겠냐? 하는 짓은 여전히 처음 만났을 때처럼 어린애인걸."

"이익!"

담화연이 느닷없이 진자운의 머리를 주먹으로 마구 때려댔다. 그러자 몇 대 맞아주곤 머리를 요리조리 움직여 그녀의 주먹을 모조리 미끄러뜨린 진자운이 더욱 심술궂게 말했다.

"어리광 부리지 마. 이러니까 널 어린애라고 하는 거야."

"으앙!"

담화연이 진자운의 등에 고개를 파묻고서 마구 발버둥 쳤다. 그녀가 오랫동안 꿈꾸어왔던 진자운과의 재회는 이런 게 아니었다. 좀 더 근사하고 낭만적이어야만 했다.

그때 진자운이 작은 목소리로 말했다.

"암튼 건강해서 다행이다."

"…응?"

"뭐, 크게 걱정하지도 않았지만."

담화연이 갑자기 언제 서럽게 울었냐는 듯 진자운의 귓가로 얼굴을 쑥 가져다 댔다. 그러자 그녀의 향기로운 숨결이 진자운의 귓불을 간지럽혔다.

"진 가가, 방금 뭐라고 했어?"

"울다가 웃으면 겨드랑이에 털난다!"

"난 울지 않았으니까 괜찮아."

"흠, 울지 않았다?"

"어!"

담화연이 고개를 끄덕인 순간 진자운이 어깨를 한차례 가볍게 흔들었다. 추수 중 상반신을 고속으로 움직여 상대의 근접 공격을 떨쳐 내는 수법.

담화연은 당연하게도 진자운의 등에서 사정없이 뒤로 튕겨졌다가 철퍽 바닥에 떨어져 내렸다. 거짓 눈물을 흘린 것에 대한 진자운의 가혹한 응징이었다.

"아앙! 앙!"

느닷없이 바닥에 엉덩방아를 찧은 담화연의 눈가에 진짜 눈물이 글썽하고 맺혔다. 그러자 진자운이 피식거리며 말했다.

"겨드랑이에 털난다."

"아냐!"

담화연은 소리를 지르면서도 얼른 소매로 얼굴을 훔쳤다. 진짜 겨드랑이에 털이 날까 두려워하는 모습이다.

그런 담화연의 모습에 다시 입가에 미소를 담은 진자운이 뭐라 다시 농담을 던지려다 갑자기 시선을 돌렸다. 목왕부의 정문 쪽에서 인 화광이 점차 내원 쪽으로 이동하고 있었다. 사태가 생각보다 심상치 않다는 뜻이었다.

'우리 외에도 오늘 목왕부에 침입한 자들이 있다?'

진자운이 역시 화광 쪽을 힐끔거리고 있던 담화연에게 시선을 던졌다.

"꼬맹이, 넌 뭔가 알고 있지?"

"몰라!"

"뭘 모르는데?"

담화연은 대답은 하지 않고 입술만 삐죽 내밀었다. 잔뜩 심통이 난 얼굴이다.

그때 천지를 진동하는 폭음이 다시 울려 퍼졌다. 외원과 내원이 맞닿을 정도로 가까운 곳이었다.

"자!"

진자운이 슬쩍 자신의 팔뚝을 내밀어 보이자 담화연의 예쁜 눈 깊은 곳에 이채가 떠올랐다. 그녀는 작은 어깨를 한차례 떨더니, 얼른 고개를 잘래잘래 흔들었다.

"싫어!"

"장난칠 시간 없다."

"좀 더 부드럽게 말해 줘!"

"……."

잠시 담화연 쪽을 바라본 진자운이 다른 손마저 펼쳐 보였다. 안기란 뜻이었다.

그러자 순간 담화연의 작은 신형이 날 듯이 진자운의 품에 안겼다. 작은 솜털이 바람에 날아온 것이나 다름없었다.

"꽉 잡아라!"

담화연을 한쪽 손으로 안아 든 진자운이 바람처럼 신형을 띄워 올렸다. 목왕부 탈출에 들어간 것이다.

철면인의 지휘 하에 목왕부로 난입한 천마무적대는 지옥에서 튀어나온 악귀와 다름없었다.

노도(怒濤)였다.

각자가 검기를 자유자재로 사용할 정도로 강한 일류고수인 천마무적대는 처음, 진천벽력구로 목왕부의 중요 시설을 파괴했다. 그리고 놀라 달려 나온 위사들을 잔인하게 도살하기 시작했다.

검기가 쓸고 지나갈 때마다 목 하나씩이 날아올랐다. 그들에게 있어 이, 삼류에 불과한 목왕부의 위사들은 두 번째 검을 필요치 않는 존재들이었다.

그들은 철면인의 지휘 하에 빠르게 왕부의 외원을 초토화시키고 내원 쪽으로 달려들었다. 진정한 목표인 성녀 담화연을 찾기 위함이었다.

그러자 목왕부의 진짜 고수들이 그들의 앞을 가로막아 섰다. 드디어 목왕부의 십대고수들이 처소를 박차고 달려 나온 것이다.

"이 무도한 놈들!"

노성을 터뜨려 천마무적대를 멈추게 한 건 목왕부의 당대 주인이자 여강 납서족의 왕인 창평왕 목극연이었다.

한 민족의 왕이란 존귀한 신분임에도 운남 전체를 통틀어 십대고수에 들 정도의 강자인 목극연의 노성에는 심후한 내력이 담겨 있었다. 아무리 마교의 최정예 부대인 천마무적대라 해도 쉬이 볼 수 없는 건 당연하다.

'과연 목극연!'

철면인이 평복을 한 목극연을 한눈에 알아보고 한 걸음 앞으로 나섰다. 여기서 목왕부 최강의 고수인 목극연을 쓰러뜨리는 건 부대주인 그의 몫임에 분명했다.

"본인은 신교의 천마무적대 부대주인 철면공자라 한다! 그대는 목왕부의 주인인 목극연이 맞겠지?"

"저, 저런 무엄한!"

"저 죽일 놈이……!"

스스로를 철면공자라 칭한 철면인에게 지목당한 목극연을 대신해 그의 수신호위인 목부쌍웅(木府雙雄)이 동시에 앞으로 뛰어나왔다.

목왕부 십대고수 중 목극연을 제외한 최강!

도끼의 달인이라 불리는 파산부(破山斧) 진심정과 비도무적인 십보십비살(十步十匕殺) 이상묘. 목부쌍웅은 각기 이름과 별호만으로도 운남인들에겐 공포로 존재하기에 충분한 절정고수들이었다.

그러나 그들의 이름이 공포로 존재하는 건 어디까지나 운남에 한한 일이었다. 공포와 존엄의 양면을 지닌 마교에서도 단일 부대론 최강이라 불리는 천마무적대에겐 그들이 뿜어내는 살기가 아무런 영향을 끼치지 않았다.

천마무적대는 무심한 눈빛을 철면공자에게 던졌다. 갑자기 하늘에서 뚝 떨어진 새로운 부단주가 자신들 앞에서 어떤 신위를 보여줄지 궁금한 것이다.

그런 사실은 철면공자 역시 잘 알고 있었다.

'능력을 보이는 것이야말로 가장 빠르게 수하들을 굴복시키는 방법이다!'

내심 중얼거린 철면공자가 목극연을 향해 천천히 걸음을 뗐다. 그 앞을 가로막은 목부쌍웅을 완전히 무시한 행동이었다.

"이 개잡종 같은 녀석이!"

가장 먼저 반응을 보인 건 성격이 급하기로 소문난 진심정이었다. 그는 산을 무너뜨린다 알려진 자신의 파산부를 풍차처럼 돌리며 철면공자의 머리를 찍어갔다.

그야말로 일도양단의 기세!

물론 철면공자가 그냥 죽음을 기다리고 있을 까닭이 없다. 막 진심정의 파산부가 머리를 두 쪽 내기 직전, 그의 수장이 움직였다. 밑에서 위로 치켜 올라가는 단순한 동작!

콰직!

산을 부순다던 파산부가 튕겨졌다, 혈육으로 된 인간의 수장에 의해. 그뿐 아니다. 매일같이 갈려져 선뜻한 예기를 뿜어내던 부인(斧刃)에는 어느새 잔금이 잔뜩 가 있었다.

"묵성장!"

천마무적대 중 한 명이 가볍게 탄성을 내뱉었다. 마교 백대마공 중 장공 서열 십삼위의 이름은 그 정도의 가치가 있는 게 당연하다.

그 순간 뒤에 남았던 이상묘가 연달아 십보십비살의 비도를 던졌다. 철면공자의 수장에서 일어난 뭉클거리는 검은색 기류가 진심정의 가슴을 박살 내는 걸 막기 위해서였다.

쉐쉐쉑!

유성 같은 빠르기의 비도가 일곱 개!

비도술을 펼치는 자의 입장에선 지척이나 다름없는 삼 장을 격하고 던져진 비도는 일제히 철면공자의 상반신을 노렸다. 철면공자로선 진심정에 대한 공격을 거두고 자기 자신을 방어하는 게 옳은 상황이다.

그러나 그 순간 철면공자의 오른손이 진심정의 심장을 터뜨렸다. 게다가 그는 진심정의 사체를 그대로 잡아당겨 십보십비살의 비도를 모조리 막아냈다.

파파파곽!

진심정의 거대한 몸이 부르르 떨렸다. 동료이자 평생의 지기인 이상묘의 비도에 그의 온몸이 난자당한 것이다.

"죽일 놈!"

이상묘는 절규에 가까운 울부짖음을 터뜨리며 연달아 십보십비살을 펼쳤다. 그는 총 일백여덟 개나 되는 비도 중 남은 일백한 개를 한꺼번에 철면공자에게 집중시켰다.

당가가 자랑하는 암기술인 만천화우(滿天花雨)에 버금가는 위력의 비도술!

그러자 철면공자의 신형이 순간적으로 수십 개가 넘는 분영을 만들어냈다. 아니, 그가 만들어낸 분영의 숫자는 수십이 아니라 수백 개에 이르렀다. 이상묘가 평생 펼친 것 중 가장 뛰어난 비도술이 무위로 돌아가는 순간이었다.

콰득!

순간 이상묘의 심장 역시 묵성장에 꿰뚫렸다.

"이, 이럴 수가……."

이상묘의 입에서 피가 게워 나왔다. 이미 그의 눈에선 빛이 빠르게 소멸하고 있었다.

그때 이상묘의 심장을 터뜨린 손을 천천히 빼낸 철면공자가 목극연에게 차가운 눈빛을 던졌다.

"목극연 나서라!"

"……."

목극연의 호목 가득 뜨거운 분노의 불꽃이 담겼다. 눈앞에서 가장 총애하던 목부쌍웅이 연달아 죽음을 맞는 장면을 봤으니 당연한 일이다.

그러나 그가 분노를 폭발시키기에는 방금 전 철면공자가 보인 무위가 너무나 대단했다. 목왕부 최강의 고수인 그로서도 승부를 장담할 수 없다는 게 솔직한 심정이었다.

'역시 마교란 말인가!'

목극연의 시선이 옆에 도열해 있는 나머지 팔대고수 중 한 명인 대내 시위대장 반창의를 향했다.

하루 전 찾아온 육노당과 대결하다 꽤나 심한 중상을 입은 그의 안색은 썩 좋아 보이지 않았다. 아직도 내상을 모두 치료하지 못한 게 분명하다.

[반 대장, 자네는 지금 당장 내원으로 달려가 짐의 비빈들과 군주들을 대피시키도록 하라!]

[전하, 소장은…….]

[이곳은 짐이 막을 것이다! 반 대장은 이미 부상을 입은 몸이라 적도들을 막는 데 큰 도움이 되지 못하니, 짐의 명령에 따르도록 하라!]

반창의의 몸이 가볍게 떨렸다. 그의 주먹이 꽉 쥐어졌다. 육노당에게 부상당한 자신의 모자람이 분했기 때문이다.

그때 반창의에게서 시선을 뗀 목극연이 철면공자를 향해 천천히 걸어나갔다. 그의 양옆으로 학의 날개처럼 도열해 있던 팔대고수 중 반창의를 제외한 칠대고수와 수백에 이르는 대내시위들이 그 뒤를 따랐다.

누구라도 알 수 있는 상황!

"흐흐, 운남 사강파의 목왕부라!"

나직이 냉소한 철면공자가 천천히 손을 들어올렸다. 그러자 천마무적대가 역시 그의 좌우로 늘어섰다. 목왕부와 천마무적대 간의 전면전이 시작되기 직전에 이른 것이다.

"짐의 충성스런 신하들이여! 적도들을 멸하라!"

목극연의 우렁찬 대갈이 터져 나온 순간, 철면공자와 천마무적대가 일제히 앞으로 뛰어나갔다. 싸움에 말이 필요없다는 걸 보여주기라도 하려는 것처럼.

"저기… 내가 많이 보고 싶었어?"

진자운의 팔뚝에 매달린 채 담화연이 묻자 진자운의 입가에 피식 미소가 떠올랐다. 그는 신형을 날리는 사이에도 손가락 하나를 곧추세워 담화연의 이마를 살짝 튕겼다.

따악!

"아야!"

담화연이 자신의 머리를 두 손으로 부여잡자 진자운이 빙글거리며 말했다.

"사람을 잔뜩 고생시켜 놓고 할 말이냐?"

"이익……."

담화연은 갑자기 진자운의 어깻죽지를 있는 힘껏 깨물었다. 그냥 주먹으로 때려선 진자운을 간질이지도 못할 것 같았기 때문이다.

꿈틀!

진자운의 볼살이 가볍게 떨렸다. 담화연이 진짜 심하게 깨물었다는 반증이다.

'아!'

담화연이 진자운의 핏대 선 옆얼굴을 보고 얼른 어깨에서 입술을 떼어냈다. 그녀의 도톰한 입술에는 핏물이 얼핏 번져 나오고 있었다. 그 정도로 심하게 깨문 것이다.

"……."

담화연이 살그머니 진자운의 옆얼굴을 힐끔거리며 말했다.

"아팠어?"

"무진장 아팠다."

"그럼 내가 호 해줄까?"

"됐다."

무뚝뚝한 한마디를 내뱉은 진자운이 눈앞에 보이는 월동문 하나를 한걸음에 뛰어넘었다. 이제 몇 개의 소담만 넘으면 파미륵, 육노당 등과 일을 끝낸 후 만나기로 약속한 장소가 나타날 터였다.

그런데 막 다시 신형을 날려 소담을 뛰어넘으려던 진자운이 갑자기 걸음을 멈췄다. 그리 멀지 않은 곳에서 격하게 맞붙고 있는 두 개의 살기를 감지했기 때문이다.

'하나는 육노당이고, 다른 하나도 웬지 낯설지 않은 기운인데…….'

진자운은 잠시 염두를 굴리다 방향을 바꿔 살기가 충돌하고 있는 장소 쪽으로 신형을 날렸다. 만약 그의 예상이 맞다면 한시라도 빨리 싸움을 뜯어말리는 편이 옳았다.

'역시!'

진자운은 중문 하나를 뛰어넘자마자 자신의 예상이 맞는 걸 깨닫고 내심 혀를 찼다.

그가 담을 넘어 떨어져 내린 곳은 큼지막한 별원에 딸린 정원이었다. 한때 수없이 많은 기화이초를 뽐내고 있었을 이곳은 지금 완전히 초토화되어 있었다. 뇌정추와 폭뢰정을 든 육노당과 혈류마검을 펼치는 남희명에 의해서.

진지운은 한눈에 육노당이 압도하고 있는 상대가 과거 무림맹이 위치한 항주에서 본 바가 있는 남희명임을 눈치챘다. 그가 펼치는 혈류마검의 독특한 점은 꽤나 선명하게 진지운의 뇌리에 남아 있었다.

"아, 아가씨!"

진지운의 팔뚝에 매달린 담화연을 알아본 남희명의 입에서 가벼운 신음이 흘러나왔다. 그는 복면을 뒤집어쓴 진지운을 알아보지 못했다.

파르르르!

육노당의 타정기 팔백타법을 힘겹게 막고 있던 남희명의 검이 가는 떨림을 보였다. 주인인 남희명의 마음이 크게 흔들린 걸 눈치챈 듯하다.

"이런 육시랄 놈을 봤나! 감히 나와 싸우는 중에 한눈을 팔다니!"

'이런!'

육노당은 남희명의 혈류마검에서 파탄이 인 순간을 결코 놓치지 않았다.

재빨리 뇌정추로 남희명의 검봉을 때린 그는 바람같이 앞으로 전진하며 폭뢰정을 앞으로 찔렀다. 남희명으로선 검을 거둬들여 자기 자신을 방어할 수밖에 없는 공격!

파파팟!

남희명의 신형이 크게 흔들렸다. 폭뢰정의 찌르기를 정면에서 받아내는 데는 성공했으나 그 힘을 모두 막지 못하고 호구가 찢어져 버린 것이다.

그때 육노당의 뇌정추가 남희명의 견정혈을 때렸다.

퍽!

남희명은 반신이 마비되는 걸 느끼고 신형을 휘청거렸다. 눈앞이 어찔한 것이 더 이상 검을 붙잡고 버틸 수 없었다.

'큭!'

결국 남희명은 바닥을 발로 찍고 뒤로 신형을 날렸다. 어떻게 해서든 시간을 벌고자 함이었다. 그러나 이 역시 육노당에겐 무용한 일이었다.

스윽!

마치 그림자처럼 남희명을 따라붙은 육노당의 뇌정추가 이번엔 대추혈을 때렸다. 길다면 길고 짧다면 짧은 일각여간의 대결이 싱겁게 끝을 맺는 순간이었다.

"거기까지!"

진자운은 남희명이 바닥에 나뒹구는 것과 동시에 육노당에게 신형을 날렸다. 그가 살수를 쓰는 걸 막기 위함이었다.

그러자 남희명을 걷어차려던 발을 거두고 뒤로 물러선 육노당이 진자운에게 의혹 어린 시선을 던졌다.

"진 소협, 이 마검을 사용하는 자와 아는 사이인 거요?"

진자운이 미미하게 고개를 끄덕여 보았다.

"내 예상이 맞다면 그럴 것이오."

"예상이 맞다면?"

"그렇소."

진자운이 여전히 팔뚝에 매달려 있는 담화연에게 시선을 던졌다. 그러자 담화연이 아쉬운 표정으로 입맛을 다시곤 진자운의 팔뚝에서 살짝 떨어져 내렸다.

그녀는 육노당에게 별빛같이 매혹적인 눈빛을 던지며 말했다.

"도장, 그는 내 수하예요."

"이 소저 분은?"

평생 인생을 막 살아온 육노당에게도 담화연의 절세미모는 통했다. 자신의 절반밖엔 되지 않는 담화연을 힐끔거리며 그는 얼굴을 가볍게 붉혔다.

느닷없이 오랫동안 목욕을 하지 않아 냄새가 풀풀 나는 몸과 족히 석 달은 빨아 입지 않은 도복, 덥수룩한 수염에 신경이 쓰였다. 평생 처음 있는 일이었다.

진자운이 내심 고소를 머금으며 대답했다.

"오늘 우리가 구하러 온 천마신교의 성녀가 바로 이 꼬맹이오."

"천마신교의 성녀……."

육노당은 자신도 모르게 담화연을 다시 살폈다. 여전히 그녀의 얼굴을 보는 순간, 숨이 크게 가빠지는 현상을 경험했으나 이성이란 채찍이 가슴을 후려쳤다.

이와 같은 사내들의 시선에 꽤나 익숙해져 있던 담화연은 입가에 애교 어린 미소를 지어 보였다. 그나마 육노당은 순진한 편에 속했다. 그녀를 보자마자 잡아먹을 듯 욕망을 드러내는 사내들은 부지기수였다.

"나는 담화연이라 해요. 도장께서는 진 가가의 친구 분 같은데, 앞으로 잘 부탁드려요."

"아, 예! 예!"

육노당이 얼른 허리를 굽신거렸다. 지금처럼 마교의 성녀에게 정중한 인사를 받는 일만큼 수명을 단축시키는 일은 극히 드물었기 때문이다.

그때 쓰러져 있는 남희명에게로 다가간 진자운이 재빨리 그의 얼굴에서 복면을 벗긴 후 응급조치를 취했다. 그는 육노당과 한차례 싸워

본 터라 서산파의 정추신공과 타정기 팔백타법이 얼마나 무지막지한지 잘 알고 있었다.

그 결과 대추혈이 제압되었던 남희명은 곧 정신을 차릴 수 있었다. 그 역시 절정의 마공을 익힌 자라 육노당에게 일방적으로 몰리는 상황에서도 큰 부상은 당하지 않은 것이다.

"진 소협……."

대번에 자신을 알아보는 남희명에게 진자운이 히죽 웃어 보였다.

"제길, 결국 남해검문을 버리고 천마신교에 들어갔구만."

"화산파 도사들한테 쫓기던 중 사부님의 구원을 받아 어쩔 수 없었습니다."

"그렇게 된 일이군."

진자운은 한차례 고개를 끄덕이곤 더 이상 묻지 않았다. 남희명이 사문인 남해검문을 버리고 마교에 들어간 데는 말로는 표현할 수 없는 피치 못할 사정이 있을 터였다. 무림 중에 사문을 버리고 타 문파에 들어가는 것만큼 중죄는 없기 때문이다.

진자운이 더 이상 캐묻지 않자 남희명의 얼굴에 고마움의 기색이 떠올랐다. 그러나 그는 곧 소설향에게 신경이 미쳤다. 그녀와 그가 헤어진 건 꽤나 오래된 상태였다.

"진 소협, 소 사저는 만나지 못하셨습니까?"

"소 사저?"

"소, 소설향 사저 말입니다."

남희명이 갑자기 시뻘게진 얼굴로 말을 더듬자 진자운의 눈에 이채가 떠올랐다.

"자네는 소 소저와 함께 여강에 온 것인가?"

"그렇습니다. 방금 전까지 저는 소 사저의 뒤를 따라 아가씨의 처소로 향하고 있었는데……."

"그건 곤란하게 됐군."

진자운이 남희명에게서 떨어지곤 담화연을 힐끔거리는 데 여념이 없는 육노당에게 말했다.

"육 도장, 포대화상은 어디에 있소이까?"

"포, 포대화상? 파미륵 대사님을 말씀하시는 겁니까?"

여전히 담화연에게서 시선을 떼려 하지 않는 육노당을 슬쩍 째려보며 진자운이 고개를 끄덕였다.

"그렇소."

"그분이라면……."

육노당의 말이 채 끝나기도 전이다. 진자운 일행이 모여 있던 정원의 왼쪽 소담 위로 큼지막하고 늘씬한 그림자 두 개가 한꺼번에 모습을 드러냈다.

파팟! 팟!

큼지막한 그림자는 파미륵이었고, 늘씬한 그림자는 소설향이었다. 그들은 주변을 몽땅 뒤지고 다니던 중 진자운 일행의 목소리를 듣고 이곳으로 달려온 것이다.

"아가씨!"

소설향은 당장에 담화연 앞으로 달려가 부복했다. 평소 주독이 오른 새벽을 제외하곤 눈처럼 하얗던 그녀의 얼굴은 달빛 아래 희색이 만면해 있었다. 담화연의 행방을 좇던 중 가슴이 시커멓게 타 들어갔음이 분명하다.

담화연이 태연한 표정으로 생긋 웃어 보였다.

"설향 언니, 늦었네요."

"죄송합니다! 제가 무능하여……."

"됐어요. 대신에 천하에 몹쓸 바람둥이를 만날 수 있었으니까요."

'천하에 몹쓸 바람둥이…….'

소설향의 시선이 남희명을 마주 보느라 자신을 등지고 있는 진자운을 향했다.

"설마?"

소설향이 나직이 중얼거린 순간, 진자운이 신형을 돌렸다. 그의 얼굴은 소설향을 향해 웃음 짓고 있었다.

"여어!"

소설향은 한순간 진자운의 웃는 얼굴이 무척이나 마음에 들지 않았다. 마음속 깊은 곳에서 정체를 알 수 없는 무언가가 부글부글 끓어오르는 걸 느꼈다.

"진자운……."

소설향은 한참이 지난 후에야 간신히 입을 뗄 수 있었다. 그러나 그때 이미 진자운의 시선은 그녀에게서 떠나 있었다. 그는 입가에 매달려 있던 웃음을 지우고 파미륵에게 다가가 눈빛으로 질문을 던졌다.

'어떻게 된 상황이오?'

'본불이 어찌 알까?'

파미륵이 시큰둥한 표정으로 어깨를 으쓱해 보이자 진자운의 얼굴에 심술궂은 기색이 떠올랐다.

"제기랄, 포대화상쯤 되는 분이 이런 대소동이 일어났는데, 여태까지 상황 파악도 제대로 못했단 말이오!"

"그야……."

파미륵은 자신도 모르게 민대머리를 손으로 긁적였다. 진자운이 한 말이 하나도 틀리지 않았기 때문이다.

하지만 이대로 자신의 잘못을 인정하기엔 마음이 불편했다. 뭔가 변명을 늘어놔서라도 진자운에게 고개를 숙이는 일은 없어야만 했다.

그 결과 그는 곧바로 그럴듯한 변명 몇 개를 생각해 냈다. 그걸 진자운에게 말한다면, 그의 입을 능히 봉합할 수 있으리라 생각했다.

그러나 그는 끝내 한 가지 변명도 입 밖에 낼 수 없었다. 어느새 두 사람 사이에 담화연이 보기만 해도 황홀한 얼굴 가득 생글거리는 미소를 띤 채 끼어들었기 때문이다.

"진 가가, 아마 지금 목왕부를 치고 있는 건 신교의 천마무적대일 거예요."

"천마무적대?"

진자운이 의문의 눈빛을 던지자 담화연이 친절하게 설명해 줬다.

"천마무적대는 신교 외성에 속한 전투 오 개 부대 중 최강인 단독 부대예요. 군이 비교하자면, 정파 무림맹의 오단 중 청룡단에 비견할 수 있지요."

"그럼 신교에서 널 구하려고 천마무적대를 보냈다는 거냐?"

"그렇진 않을 거예요. 오히려 그들은 목왕부를 치면서 성녀인 나까지 제거할 생각을 품고 있을 거예요. 천마무적대의 대주인 상유하는 지닌 바 실력도 놀랍지만, 야심이 대단한 사람이니까요."

"상유하? 천마신교 역사상 최고의 천재라는 마군자 상유하를 말하는 거냐?"

"진 가가가 어떻게 그를 아시는 거죠?"

진자운이 씩 웃었다. 문득 그에게 틈날 때마다 마교의 대해 주저리 주저리 떠들어댔던 장진구가 생각났기 때문이다.

'그러고 보니 그 자식은 광마 선배한테 내가 보낸 서신을 씹어먹었단 말인가! 그 자식이 제대로 광마 선배한테 그 서신만 보냈어도 내가 이렇게 꼬맹이를 찾기 위해 고생하는 사태는 벌어지지 않았을 텐데……'

진자운은 언젠가 장진구를 만나면 톡톡히 맛을 보여주리라 마음먹었다. 빚을 지고는 못 사는 성미가 발동한 것이다. 물론 그건 어디까지나 마음속의 다짐일 뿐이다. 지금 그의 입가에는 흐릿한 미소만이 감돌고 있었다.

"뭐, 어쩌다 보니 알게 됐을 뿐이다."

"벌써 정파 내에도 상 대주의 명성이 알려졌다니 놀라운 사실이군요. 신교 내에서도 그의 진정한 실력을 알고 있는 사람은 몇 사람 없는데……"

"그러니 결론을 말하자면, 그 상유하란 자식이 지금 널 죽이기 위해 천마무적대로 목왕부를 치고 있는 거란 말이지?"

"그 외에도 몇 가지 사정이 있겠지만, 내 생각엔 그게 가장 큰 목적인 것 같아요."

"흠."

진자운이 목젖을 살그머니 매만졌다. 뭔가 고심을 하거나 궁리를 할 때 취하는 버릇이다. 그러자 갈수록 시끄러워지고 있는 내원의 대문 쪽을 계속 곁눈질하고 있던 소설향이 왈칵 목소리를 높였다.

"이 같은 때에 뭔 생각을 그리 오래하는 거야! 따로 생각할 게 뭐 있다고!"

진자운이 소설향을 바라봤다.

"소 소저에게 뭔가 탁월한 방법이 있나 보구려?"

"탁월한 방법은 무슨! 우리는 지금부터 아가씨를 모시고 목왕부를 탈출하면 되는 거야!"

"오호, 과연!"

진자운이 크게 탄성을 지르며 자신의 허벅지를 손으로 내려쳤다. 그러자 소설향은 순간적으로 자신이 진짜 대단한 묘수라도 냈는가 자못 헷갈려 하는 표정이 됐다.

그녀뿐만 아니다. 남희명이나 파미륵, 육노당 역시 두 눈을 깜박이며 그녀의 말속에 담긴 뭔가 심오한 의미를 찾기 위해 노력했다.

물론 그런 게 있을 리 없다. 한마디로 네 사람은 진자운에게 놀림을 당한 것이었다.

그 점을 가장 먼저 눈치챈 파미륵이 벙긋거리며 웃음을 던지자 소설향이 잡아먹을 듯한 표정으로 진자운을 쏘아봤다. 남희명 역시 덩달아 진자운에게 화를 냈고.

그러나 어쨌든 지금 가장 중요한 점은 목왕부를 탈출해야 한다는 거였다. 그것도 목왕부와 천마무적대 모두의 눈을 피해서.

"육 도장!"

진자운에게 호명받은 육노당이 얼른 고개를 가로저었다.

"우리가 침투한 굴로의 탈출은 불가능합니다. 이미 그곳은 싸움터의 중심으로 변해 있으니까요."

"그럼 다른 굴을 파는 건?"

"목왕부의 지반은 꽤 단단한 암반으로 되어 있어서 아무리 나라도 단숨에 탈출로를 판다는 건 힘든 일입니다. 혹시 서산파의 제자들이 다섯 명쯤 더 있다면 몰라도."

"그럼 땅 파서 달아나는 건 포기해야겠군."

진자운이 바로 포기하자 담화연이 말했다.

"음, 그러고 보니 목왕부 같은 왕부에는 오늘 같은 일을 대비해 밖으로 달아나는 비밀 통로가 몇 개 있을 텐데……."

"아냐?"

"대충은."

"앞장서라!"

진자운이 담화연에게 명령하듯 말하자 소설향과 남희명의 안색이 대번에 안 좋아졌다. 그들에겐 자신의 목숨보다 소중한 담화연을 마구 다루는 진자운에게 살심을 느꼈던 것이다.

그러나 담화연은 진자운이 자신을 마구 다룰수록 오히려 더 기뻐하고 있었다. 그만큼 진자운이 자신을 가깝게 생각하는 거라는 다분히 연애소설에나 나올 법한 착각을 하고 있는 것이다. 그녀는 본래 진자운이 어떤 사람한테나 이런 식으로 대한다는 걸 아직 모르고 있었다.

"대신 조건이 있어."

담화연이 손가락 하나를 펴 보이자 진자운이 귀찮다는 표정으로 고개를 끄덕였다.

"들어주마!"

"뭐든지?"

"그래."

"진짜루?"

"내가 거짓말 하는 거 봤냐?"

진자운이 퉁명스레 말하자 담화연이 고개를 잘래잘래 흔들곤 얼른 앞장섰다. 그녀의 맑고 투명한 얼굴로 득의양양한 기색이 얼핏 스쳐

갔다.

그렇게 담화연이 진자운 일행을 이끌고 찾아간 곳은 그동안 자매처
럼 지낸 목왕부의 두 군주가 기거하는 쌍봉루(雙鳳樓)였다.

담화연이 쌍봉루의 중문을 넘는 순간, 기쾌한 검세가 전후좌우에서
뻗어왔다. 쌍봉루를 지키고 있던 시위들이 바로 손을 쓴 것이다.

파파팟!

군주들을 호위하는 호위들답게 검세는 매서웠다. 날카로웠다. 무림
인의 기준으로 봐도 삼류는 벗어난 자들임에 분명했다.

만약 평범한 침입자였다면 단숨에 사지가 절단되었으리라!

하나 오늘 담화연을 따르는 사람들 중 일류 이하의 고수는 단 한 명
도 없었다. 그리고 그들 중 진자운을 제외한 나머지 사람들에게 담화
연은 여신이나 다름없는 존재였다. 급습을 가한 시위들에겐 애석하게
도 말이다.

"이런 무엄한 시주들을 봤나!"

"죽일 잡것들이!"

소설향과 남희명이 나설 것도 없었다. 육노당과 파미륵이 거의 동시
에 담화연을 공격한 시위들을 향해 쏘아져 갔다.

퍼퍽! 퍽!

네 명의 시위가 가을 바람에 흩날리는 낙엽처럼 날아갔다. 특별한
비명조차 없었다. 단번에 즉사한 것이다.

그러자 이번에는 파미륵과 육노당에게 다시 시위들의 검격이 쏟아
졌다. 이번에는 네 명이 아니라 여덟 명이었다.

"어허, 그래도!"

파미륵은 한 걸음 나서며 대수인을 운기하지도 않고 수장을 휘둘러 시위들의 검격을 모조리 튕겨냈다. 그의 불괴기공은 갓 삼류를 벗어난 시위들이 상대하기엔 너무 강력한 마공이고, 괴공이었다.

"크으으!"

"괴, 괴물이다!"

시위들은 겁에 질려 뒤로 주춤거리며 물러섰다. 아직 그들의 뒤에는 이십 명이 넘는 시위들이 남아 있었으나 다시 파미륵에게 덤벼들 용기가 남은 자는 아무도 없는 듯했다.

그때 오만한 표정으로 시위들을 바라보고 있는 파미륵과 육노당 사이로 담화연이 모습을 드러냈다. 자신이 나설 차례가 됐음을 눈치챈 것이다.

그녀는 파미륵과 육노당에게 한차례 눈웃음을 지어 보이곤 시위들에게 다가가 말했다.

"너희들 중 내가 누군지 아는 자가 없느냐?"

"소, 소저는……."

시위 중 낯이 익은 자가 말을 더듬으며 나서자 담화연이 입가에 어여쁜 미소를 지어 보였다.

"나는 목검연, 목청경 두 분 군주의 친구다. 악도들로부터 두 분 군주를 구하기 위해 온 것이니, 너희들은 결코 두려워할 필요가 없다."

"하지만 시위대장님께서 이곳을 목숨을 걸고 지키라 하셨사온데……."

"홍, 시위대장 따위가 두 분 군주의 목숨을 구할 수 있을 거라 보는 것이냐?"

담화연은 냉소와 함께 시위에게 한 걸음 다가섰다. 그러자 움찔 놀란 표정으로 그만큼을 뒤로 물러선 시위가 안색을 가볍게 붉혔다.

언제나 멀리서만 봐왔던 목왕부 제일의 미녀인 담화연을 코앞에서 목도하자 오금이 저리고 가슴이 떨려왔다. 정신이 몽롱해질 지경이었다.

담화연이 그에게 살짝 미소 지었다.

"여기 있는 자들 가지고 어찌 나와 내 방수들을 막을 수 있겠느냐? 너는 그저 날 두 분 군주에게 안내하기만 하면 된다."

"아, 알겠습니다."

시위는 거의 혼이 빠져나가 담화연에게 고개를 연신 끄덕였다. 그러자 그 모습을 뒤에서 지켜보고 있던 진자운이 작은 목소리로 중얼거렸다.

"요물."

소설향이 진자운에게 싸늘한 눈빛을 던졌다. 진자운을 당장 잡아먹고 싶다는 표정을 하고서.

잠시 후.

담화연을 앞세운 진자운 일행은 쌍봉루의 지하에 마련된 비밀 통로를 통해 목왕부를 빠져나가고 있었다.

당연한 일이겠지만, 일행은 어느새 잔뜩 불어나 있었다. 목왕부의 두 군주인 목검연과 목청경뿐만 아니라 십여 명의 비빈과 그들의 호위를 맡은 시위대장 철마권 반창의까지 합류했기 때문이다.

"미녀가 한 떼라니……."

진자운이 빙글거리며 중얼거리자 그의 옆에 찰싹 달라붙어 있던 담화연이 재빨리 옆구리를 꼬집었다. 거의 자동적으로 이뤄진 일이다.

"아!"

진자운이 눈살을 찌푸리자 담화연이 조그맣지만 단호한 목소리로 말했다.

"꿈도 꾸지 마!"

'뭘?'

진자운이 눈으로 묻자 담화연이 샐쭉하니 바라봤다. 마치 진자운의 마누라라도 된 것 같은 표정이다.

진자운은 다시 농을 한차례 던져 담화연의 속을 긁어놓으려다 눈을 가늘게 떴다. 방금 전까지 지겹게도 귓전을 때려대고 있던 소음이 어느새 멎었다는 걸 눈치챘기 때문이다.

'드디어 목왕부의 최후 저지선이 뚫렸다?'

진자운이 갑자기 걸음을 빨리해 담화연을 뒤로 떨어뜨렸다. 그는 최선두에서 길을 인도하고 있던 반창의에게 다가가며 말했다.

"반 대장, 입구까지 얼마나 남았소이까?"

"……."

반창의는 진자운을 한차례 바라보곤 조금 더 걸음을 빨리했다. 아무리 담화연의 중재가 있었다곤 하나 그는 육노당과 동료인 진자운과 함께하는 탈출이 마음에 들지 않았던 것이다.

"흠, 내 말에 대답하지 않으려는 거요?"

"……."

반창의는 여전히 대답하지 않았다. 그리고 그의 두 번째 침묵은 화를 불렀다, 아주 커다란.

퍽!

진자운에게 아랫배를 걸어차인 반창의는 내장이 끊기는 고통 속에서도 재빨리 뒤로 물러서며 방어 자세를 취했다. 방어를 먼저 한 후 반격에 나설 생각이었다. 그러나 이를 허락할 진자운이 아니다.

퍽!

똑같은 곳에 똑같은 힘으로 똑같은 타격이 있었다. 달라진 점이 있다면 처음이 왼발이었던 것에 반해, 두 번째는 오른발이라는 것이었다.

"크으윽!"

반창의는 솟구치는 고통을 참지 못하고 상처 입은 짐승과 같은 신음을 토해냈다. 정말 죽도록 아팠기 때문이다.

진자운이 그 모습을 보고 히죽 웃어 보였다.

"반 대장, 이젠 대답할 준비가 되었소?"

"…이노옴!"

진자운의 왼발이 다시 움직였다. 여전히 목표는 반창의의 아랫배였다. 그러자 반창의가 재빨리 양팔을 교차시켰다. 더 이상 똑같은 수법에 당할 수 없다는 오기였다.

그곳을 향해 진자운의 왼발은 무지막지한 힘을 동반한 채 파고들었다.

콰득!

반창의의 신형이 거의 한 자 가까이 공중으로 솟아올랐다가 떨어져 내렸다. 그는 기어이 자신의 복부를 방어하는 데 성공했다. 그러나 이미 힘을 모조리 상실한 그의 두 발은 당당한 육 척의 몸을 떠받칠 수 없었다.

쿵!

반창의는 어이없을 정도로 심하게 바닥에 고꾸라졌다. 그 소리에 일행 모두가 발걸음을 멈췄다.

"아아……."

"흐윽! 흑!"

너무 놀라 비명을 지르고 눈물 흘리는 비빈들과 두 군주를 향해 진자운이 별일 아니라는 듯 웃어 보였다.

"잠시 반 대장이 복통을 일으켰을 뿐이니, 미인들은 놀랄 것이 없소이다."

"……."

아무도 믿지 않을 소리였다. 당연히 진자운에게 돌아온 반응은 더할나위 없이 싸늘했다. 여인들은 고개를 돌려 그를 외면했고, 파미륵 등은 나직이 혀를 찼다.

그러나 진자운은 꿋꿋하게 자신에게 쏟아지는 비난의 눈빛을 무시하곤 반창의를 부축해 일으켰다. 물론 그의 귓전에 한마디 하는 것을 잊지 않고서.

"뭐, 또 내 말을 무시해도 좋소, 다시 아랫배를 걷어차이고 싶다면."

"컥! 그, 그것만은……."

반창의는 나직이 비명을 질렀다. 진자운에게 다시 아랫배를 걷어차이느니 차라리 죽는 편이 낫다고 그는 생각했다. 물론 그것 역시 지금으로선 진자운의 허락을 받아야 가능한 일이겠지만 말이다.

◆ 第四十二章 ◆

울부짖는 검! 포효하는 마음!

매에는 장사가 없는 법이다.

진자운에게 얻어맞고 크게 고분고분해진 반창의는 성심성의를 다해 비밀 통로를 안내했다.

중간중간 비밀 통로가 어느 곳으로 연결되어 있는지에 대한 설명 역시 그는 빼놓지 않았다. 진자운이 계속 눈치를 줬기 때문이다.

진자운 일행은 한 식경을 넘지 않아 비밀 통로에서 빠져나왔다. 상쾌한 여강의 밤바람은 오랫동안 공포에 떨며 어둔 비밀 통로를 걸어야 했던 사람들의 마음을 시원스레 씻어줬다.

"이곳은……."

빠르게 주변을 둘러본 진자운이 입을 떼자 반창의가 얼른 설명했다.

"진 소협, 이곳은 여강의 성산인 옥룡설산의 중턱입니다."

"그럼 이곳만 넘어가면 여강을 벗어나는 것이 되겠군?"

"그건 그렇습니다만······."

진땀을 흘리며 말끝을 흐리는 반창의에게 진자운이 눈살을 찌푸려 보였다.

"뭔가 문제가 있는 것이오?"

"문제야 당연히 있지!"

진자운에게 톡 쏘아붙인 건 불타고 있는 목왕부를 바라보며 공포에 질린 두 군주를 위로하고 있던 담화연이었다.

진자운이 그녀를 바라보며 고개를 삐딱하게 뉘어 보였다.

"흠, 그럼 고명하신 담 아가씨의 고견을 들어보실까?"

"흐흥, 이제야 진 가가도 내가 소중한 걸 알고, 존대할 생각이 났나 보구나!"

"시끄럽고!"

진자운이 바로 존대를 풀고 평상시 말투로 돌아가자 담화연이 살짝 입술을 내밀어 보이곤 설명했다.

"옥룡설산에는 오래전부터 목왕부와 여강의 패권을 놓고 다퉜던 옥룡설부란 곳이 있어. 그래서 그들의 세력권을 통과하기란 쉬운 일이 아니야."

"옥룡설부가 마군자 상유하가 이끄는 천마무적대만큼 강하냐?"

"당연히 그 둘의 전력을 비교할 순 없지. 하지만 옥룡설산이란 곳이 굉장히 오르기 힘들다는 게 문제야. 이곳 여강만 해도 지대가 높은데, 옥룡설산은 이곳에서도 우뚝 솟은 설산이야. 여태까지 단 한 명도 그곳의 정상을 밟지 못했다는데, 내가 보기엔 그런 곳에서 지형에 익숙한 자들과 싸우는 건 미친 짓이나 다름없다구."

'꽤 예리한 지적이군!'

진자운은 담화연을 새로운 표정으로 살폈다. 새삼 그녀가 평범한 소녀가 아니라 마교의 성녀란 걸 인식하게 된 것이다.

그때 두 사람의 대화를 조용히 듣고 있던 반창의가 머뭇거리는 표정으로 끼어들었다.

"저기, 한 가지 소장이 궁금한 점이 있는데 물어봐도 되겠습니까?"

"어째서 도주로를 옥룡설산 넘어로 잡았는지를 묻는 것이오?"

"그렇습니다. 여강에는 목왕부와 관계된 많은 납서족 귀족들이 있습니다. 그들 중 충성스런 자의 집에 잠시 몸을 숨겼다가 후일을 도모하는 편이 낫지 않겠습니까? 소장이나 진 소협 일행은 무공을 익혀 상관없겠으나, 왕부의 귀인들께서는 험난한 옥룡설산을 넘는다는 건 있을 수 없는 일입니다."

"흠, 딴은 그렇군."

진자운은 미미하게 고개를 끄덕이곤 반창의에게 명령하듯 말했다.

"반 대장, 그럼 여기서 우리는 두 패로 갈라지도록 합시다."

"두 패라니, 어떻게……?"

"반 대장은 주군의 명대로 두 분 군주와 귀인들을 호위해 여강 시내로 숨어드시오. 일단 오늘밤만 넘길 수 있다면, 천마무적대도 더 이상 여강에서 분탕질을 치려 하진 않을 것이오. 그랬다가는 무림 세력 간의 분쟁이 아니라 관부와 무림 간의 문제로 확대될 테니까요."

"그럼 진 소협 일행은……."

"우리는 오늘밤 중으로 옥룡설산을 넘을 것이오. 천마무적대가 진정으로 노리는 건 우리들이니, 그 편이 양측에게 좋을 거요."

"그런……."

반창의는 진자운의 말뜻을 바로 알아듣고 얼굴 가득 감격한 기색을 떠올렸다.

그의 생각에 지금 진자운은 천마무적대를 유인하기 위해 위험천만한 옥룡설산을 넘어 여강을 탈출하려 하고 있었다. 방금 전 두들겨 맞은 원한조차 잊을 정도로 감정이 격동되는 건 당연했다.

'내가 당당한 한 사람의 사내라면 당연히 진 소협을 따라야 할 것이다. 하지만 나는 주군께서 목숨을 걸고 내린 명을 받들어야 하는 처지니, 안타깝구나!'

내심 가벼운 한숨과 함께 격동된 마음을 추스른 반창의가 진자운에게 정중히 포권했다. 한 사람의 무림인으로서 진자운의 의협심에 경의를 표한 것이다.

"소장, 진 소협의 명에 따르겠소이다!"

"어서 가보시오, 언제 추격대가 따라붙을지 알 수 없는 일이니."

"알겠습니다. 진 소협, 부디 보중하시길!"

그 말을 끝으로 반창의는 목왕부의 두 군주와 비빈들을 이끌고 옥룡설산을 떠나갔다. 한순간에 무너져 버린 목왕부와 납서족의 미래는 이제 그들의 양어깨에 얹혀졌다고 봐도 과언이 아닐 터였다.

"아, 갔다! 갔어!"

담화연은 반창의와 한 떼의 여인들이 떠나자 고개를 가볍게 흔들며 진자운에게 의미심장한 미소를 던졌다. 마치 그의 내심을 속속들이 읽고 있다는 표정이다.

진자운이 그녀의 시선을 슬쩍 피하며 중얼거렸다.

"왜 그런 이상한 표정으로 날 보는 거냐? 설마 내가 진짜로 미인에게 정신이 팔려 무공도 모르는 한 떼의 여자들을 호위할 거라 생각한 건 아닐 테고."

"그럴 마음이 정말 조금도 없었어?"

"당연하지!"

"그럼 어째서 비밀 통로를 발견했을 때 나와 여인들을 가장 먼저 앞세운 거야? 그때 꽤나 표정이 진지해 보이던걸?"

"흥, 그거야……."

진자운은 뭐라 변명을 늘어놓으려다 입을 다물었다. 지금 여기선 어떻게 말을 하든 담화연이 믿어줄 것 같지 않았기 때문이다.

결국 그는 애꿎게 담화연의 이마에 군밤 한 대를 때리곤 말했다.

"슬슬 정찰에 나섰던 사람들이 돌아올 때다. 나는 포대화상과 육 도장을 맞으러 갈 테니, 너는 여기서 소 소저와 남 형을 기다리고 있어라."

"나도 따라갈 거야!"

담화연이 이마를 손으로 부여잡은 채 소리치자 진자운이 고개를 흔들어 보였다.

"떼쓰지 마!"

"아앙!"

담화연이 우는 표정을 지어 보였으나 진자운은 그녀를 놔둔 채 빠르게 걸음을 옮겼다. 천마무적대의 추격에 대비하기 위해 후방 정찰에 나선 두 사람의 보고를 한시라도 빨리 받아야만 앞으로의 탈출 계획을 세울 수 있기 때문이다.

진자운이 걸음을 빨리한 지 얼마 안 되어 멀리 파미륵과 육노당의 모습이 보였다.

파미륵의 안색이 평온한 데 비해 육노당은 얼굴을 잔뜩 찌푸리고 있었다. 두 사람 중 누구에게 먼저 질문을 던질지는 삼척동자라도 알 수 있는 문제였다.

"육 도장, 문제가 생긴 것이오?"

육노당이 고개를 절레절레 흔들며 대답했다.

"아무래도 비밀 통로가 적에게 발견된 것 같습니다. 마음이 찜찜해서 비밀 통로의 입구를 부수러 갔는데, 돌 바닥 저편으로부터 일단의 발 울림이 들려오는 게 아닙니까? 그래서 일단 뇌정추를 이용해 입구를 부숴놓긴 했는데, 그리 많은 시간을 벌어줄 것 같진 않습니다."

"어느 정도 시간을 벌 수 있겠소?"

"일각, 아니면 이각이 한계일 것입니다."

"……."

진자운이 잠시 염두를 굴리는 사이 두 사람에게 다가온 파미륵이 음흉한 표정으로 웃었다.

"크크크, 이렇게 빨리 뒤쫓아오다니… 역시 마교의 최정예라는 천마무적대답구만! 마군자란 아이가 마교 역사상 최고의 기재라던데, 우리 진 소협을 이길 수 있을지 모르겠군."

"포대화상, 날 충동질해서 싸움 붙일 생각은 하지 않는 게 좋소."

"누가 뭐라던가! 본불은 잠시 궁금했을 뿐일세. 마도제일의 기재와 정파 비무대회 우승자 간의 우열이."

"흥!"

진자운은 파미륵을 향해 나직이 코웃음 쳤다. 그의 흉악스런 내심이 빤히 보였기 때문이다. 그러나 이때 그의 눈 깊은 곳에서는 잔잔한 불꽃이 이글거리고 있었다. 그 역시 궁금했다. 자신과 상유하 중 누가 더 강한지에 대해.

'뭐, 일단은 꼬맹이를 무사히 이곳에서 탈출시키는 게 우선이다. 마군자 상유하와는 이번이 아니라도 자웅을 가릴 기회가 있을 테니까.'

진자운은 가슴속에서 불끈거리며 일어난 불꽃을 억지로 잠재웠다. 담화연을 떠올리자 마음 깊숙한 곳에서 잠금 장치가 떨어져 내린 것이다.

그때 멀리서 담화연이 소설향 등과 함께 달려왔다. 이젠 슬슬 여강을 탈출할 때였다.

*   *   *

철면공자의 얼굴을 가린 철가면은 온통 피에 젖어 있었다. 다름 아닌 목왕부의 당대 주인인 창평왕 목극연을 죽이며 튄 핏물을 피하지 않은 까닭이다.

'실수다! 이만한 왕부라면 외적의 침입 시 도주할 비밀 통로 한 개쯤은 있는 게 당연한 일이거늘!'

철면공자는 자신의 잘못을 자책하며 발끝에 힘을 실었다. 처음으로 들어선 비밀 통로지만 조금의 머뭇거림이나 거리낌을 내보이지 않았다.

'새로운 부대주……'

'무공과 담량만큼은 인정해 줘야겠군!'

철면공자를 따르는 천마무적대 사이에 암묵적인 공감이 퍼져 나갔다. 그들은 이미 전 부대주인 대룡대검 곤상진을 머리 속에서 지우고 있었다. 힘이 곧 정의이고, 패도의 극에 이른 마교이기에 가능한 일이었다.

철면공자의 통솔을 받으며 천마무적대는 빠르게 비밀 통로를 따라 달렸다. 비밀 통로의 짙은 어둠은 결코 그들의 발걸음을 붙잡아둘 수 없었다.

진정한 강함!

그것이야말로 천마무적대에 속한 자들이 가지고 있는 단 한 가지의 공통점이었다.

그렇게 비밀 통로의 끝에 도달해서야 철면공자와 천마무적대는 멈춰 섰다. 과거 상쾌한 바깥의 바람을 비밀 통로로 전달해 줬던 입구가 무너져 있는 까닭이다.

"도주로를 끊었다?"

철면공자의 중얼거림이 끝나기도 전에 뒤에 도열해 있던 천마무적대 두 명이 앞으로 튀어나갔다. 그들의 양손에는 각기 강력한 기력이 담겨져 있었다.

—멸악마권(滅岳魔拳)!
—풍파철장(風波鐵掌)!

모두 마교 백대마공 중 권장공 서열 오십위권 안에 들어 있는 장법이며, 무언가를 부수는 데는 제격인 마공이었다.

콰릉! 쾅! 쾅!

무차별적으로 휘둘러지는 권장에 앞을 막고 있던 돌덩이들이 마구 튀어 올랐다. 그들은 힘으로 가로막힌 입구를 뚫을 생각임이 분명했다.

덕분에 인접해 있던 철면공자와 천마무적대는 느닷없는 돌무더기

세례를 받아야 했다. 남의 피해를 염두해 두고 펼치는 권장이 아니기에 당연한 일이었다.

그러나 입구를 뚫는 자들이나 날아오는 돌무더기를 대충 옆으로 쳐서 날려 버리는 자들이나 별다른 말이 없었다.

그들에게 있어 입구를 막은 돌무더기들은 여태까지 상대해 왔던 적들과 전혀 다름이 없었다. 적을 쳐부수는 일에 남을 배려하거나 불평을 늘어놓는 건 말이 안 되는 일이었다.

우르르!

기어이 최후로 남아 있던 돌무더기가 무너져 내렸다.

오랜 어둠의 종막.

돌무더기를 부순 자들이 재빨리 옆으로 물러섰다. 부대주인 철면공자를 존중한다는 의미였다.

철면공자가 입구 쪽으로 신형을 날리자 그 뒤를 천마무적대가 따랐다. 잠시 늦춰졌던 추격이 재개되는 순간이었다.

*   *   *

이틀이 지났다.

진자운 일행은 밤이 끝나기 전에 옥룡설산을 넘었다. 옥룡설산에 터주대감이라 할 수 있는 옥룡설부의 제지가 없었기에 가능한 일이었다.

운이 좋았다고 할까?

진자운은 그리 생각했다. 최소한 한차례 커다란 싸움을 피하긴 힘들다고 생각했는데, 아무런 문제도 만나지 않고 옥룡설산을 넘었으니 당연한 일이다.

그러나 운이란 게 그렇게 계속 지속될 리 없다. 그걸 알기에 진자운은 계속 긴장을 유지했다. 완전히 안전해졌다는 판단이 들 때까지는 한시라도 마음을 놓을 수 없었다.

그렇게 여강의 인근에 위치한 학경(鶴慶)을 눈앞에 뒀을 때였다. 담화연을 업은 채 산길 이백 리를 이틀간 쉬지 않고 주파한 진자운에게 남희명이 빠른 걸음으로 다가왔다.

"진 소협, 잠깐 드릴 말이 있습니다."

평소 본 적이 없는 단호한 기색이 깃든 얼굴. 남희명을 잠시 살핀 진자운이 업고 있던 담화연을 툭 내던졌다. 불필요해진 짐짝마냥.

"아야!"

진자운의 등에 업혀 기분 좋게 잠들어 있던 담화연이 엉덩방아를 찧고 인상을 잔뜩 찌푸렸다. 화가 잔뜩 난 얼굴이다.

진자운이 그런 그녀에게 말했다.

"잠깐 소 소저에게 가 있어라."

"아파!"

"그러게 누가 남을 말처럼 생각하라고 하더냐."

"쳇, 말이 뭐 어때서! 나한테 앞으로 말처럼 충성하면 얼마나……."

"맞는다!"

진자운이 진짜 손을 들어 보이자 담화연이 얼른 혀를 내밀고 소설향 쪽으로 달려갔다. 평소 절대로 진자운에게서 떨어지지 않으려 하던 모습과는 사뭇 달랐다.

담화연의 뒷모습을 힐끔 바라본 진자운이 남희명에게 시선을 던졌다. 이제 말하라는 뜻이다.

남희명이 말했다.

"추격이 점차 좁혀지고 있습니다."

"십 리 밖?"

"알고 계셨습니까?"

"매일같이 정찰을 나갔던 남 형이 돌아오는 주기가 갈수록 짧아지기에 대충 마음속으로 계산을 해봤을 뿐이오."

"그렇군요."

남희명은 크게 고개를 끄덕이곤 새삼스런 표정으로 진자운을 바라봤다. 과거 항주에서 처음 만났을 때부터 무공이 뛰어나다는 건 알고 있었지만, 요 근래 목도한 진자운의 모습은 특출난 점이 많았다. 바로 지금처럼.

'진 소협은 작은 일에는 엄청날 정도로 유난을 떨면서도 정작 큰일 앞에서는 대범하다. 이미 오래전부터 적의 추격이 좁혀들기 시작했다는 걸 알고 있던 나조차 지금 오금이 저리는데, 이리 태연하다니. 이런 게 바로 그릇의 차이란 것이겠지?'

남희명은 자신으로선 도저히 눈앞의 진자운을 따라잡을 수 없으리라 생각했다. 그리고 그 생각은 그의 가슴에 작은 통증을 일으켰다. 종종 진자운과 담화연에게 시선을 고정시킨 채 한숨을 쉬곤 하던 소설향 때문이었다.

동병상련(同病相憐)?

그것보다는 짝사랑을 해본 사람이 짝사랑을 하는 사람의 심경을 알 수 있다고 하는 게 옳을 것이다.

그는 진자운과 재회한 후 부쩍 말이 없어진 소설향의 내심을 읽고 가슴으로 울었다. 통곡했다. 그리고 원망했다. 이룰 수 없는 사랑이 그를 울렸다.

그는 후회했다, 한시라도 빨리 자신의 절실한 마음을 소설향에게 토로하지 못한 것을. 그랬다면 어쩌면 지금처럼 말 한마디 못하고 자신의 마음을 접진 않았으리란 생각이 들었기 때문이다. 그리고…….

"진 소협, 그렇기 때문에 모두의 안위를 위해 후위에서 적을 따돌릴 사람이 필요합니다. 이대로 가면 반나절이 가기 전에 따라잡힐 테니까요."

"……."

"내가 그 역할을 맡겠습니다. 성녀의 안위를 보호하는 것이야말로 제가 받은 사명이니까요."

…그리고 사랑하는 사람을 위해 죽겠다는 말도 안 되는 생각을 품지도 않았을 것이다. 스스로 절대 납득할 수 없는 거지 같은 생각 말이다.

진자운이 지그시 남희명을 바라봤다.

"그건 대단히 위험한 일이오."

"알고 있습니다. 나 역시 죽고 싶은 생각은 없으니, 최대한 적을 유인한 후 따로 방도를 강구해 달아날 작정입니다."

"천마무적대로부터?"

"내게 그 정도 역량은 있다고 생각합니다."

남희명이 쓰디쓴 내심을 참으며 웃음 지었다.

*   *   *

철면공자의 인솔을 받은 천마무적대는 쉽사리 옥룡설산의 중턱에서 두 방향으로 나뉜 도주의 흔적을 찾아냈다.

풀이 뉘인 방향이나 희미한 족적, 바람 속에 섞인 미세한 사람의 내음만으로도 도주자의 성별과 인원을 파악할 수 있는 능력자가 천마무적대에는 부지기수였다. 그들에게 이런 상황이 그리 특별한 것은 아니다.

철면공자는 곧바로 여강 쪽으로 난 흔적을 포기하고 옥룡설산을 넘었다. 성녀 담화연을 호위할 정도의 고수라면 험악한 처녀지인 옥룡설산이라 해도 쉽사리 넘을 수 있으리란 판단이었다.

그 결과 철면공자는 만 하루가 지나지 않아 확신하게 됐다, 자신의 판단이 옳았다는 것을.

그러면 이젠 맹렬한 추격만이 남아 있을 뿐이다. 목표를 정한 천마무적대란 늑대의 무리는 결코 중간에 쉬는 법이 없고, 잔뜩 굶주려 있었다. 목표물의 목젖을 물어뜯어 터져 나올 붉은 선혈과 살육의 향연에.

'응?'

철면공자는 잠시 젖어 있던 상념에서 벗어났다. 척후로 보냈던 대원이 생각보다 일찍 돌아왔기 때문이다.

철면공자의 무심한 시선을 접한 척후가 빠른 걸음으로 달려와 보고했다.

"전방 이백 장 밖에 장애물 하나가 나타났습니다."

"하나?"

"예, 주변에 다른 자들은 보이지 않았습니다."

"흠."

철면공자의 무심한 눈빛이 척후를 향했다. 그러자 그 눈빛이 무얼 뜻하는지를 눈치챈 척후가 얼른 고개를 숙여 보이며 말했다.

"장애물은 마공을 익힌 자입니다."

"신교의 마공인가?"

"그렇습니다. 몸 전체에서 뿜어져 나오는 기세로 볼 때 적어도 백대 마공 중 이십위권 안에 드는 마공을 구성 이상 익힌 자라 사료됩니다."

"그렇군."

철면공자가 그제야 무심한 눈빛을 척후에게서 거뒀다. 장애물의 무력이 그와 같다면 안공이 탁월해 척후를 맡은 눈앞의 대원 혼자 처리할 수 없는 게 당연하다.

그때 철면공자에게서 그다지 멀리 떨어져 있지 않던 대원 둘이 거의 동시에 다가왔다. 천마무적대 내 서열 십위권 내에 드는 강자들이었다.

상황은 불문가지!

장애물을 제거하겠다는 의지의 표명이었다.

철면공자는 문득 눈살을 가볍게 찌푸렸다. 천마무적대가 지나칠 정도로 유능하단 생각이 들었기 때문이다.

'이 지독할 정도로 강한 늑대들의 무리에 과연 내가 필요키는 한 것일까? 무공을 떠나 인간적으로 이토록 강한 자들이 모인 곳이 천마무적대인 것을……'

철면공자는 잠시 떠오른 상념을 지우고 눈에 힘을 담았다. 얼마 전 상유하에게 영혼을 팔며 얻은 강력한 힘을 떠올리자 가슴속 깊은 곳에서 불끈 자신감이 샘솟았다.

"장애물이 한 명인 걸로 미뤄, 그자는 추격자의 발길을 잡아두는 역할을 맡은 최고수가 분명하다. 하지만 자랑스런 천마무적대가 단 한 명의 장애물을 제거하기 위해 둘씩이나 갈 필요는 없다."

"……"

"장애물의 제거는 본인이 맡을 테니, 천마무적대는 성녀에 대한 추격을 늦추지 말라!"

철면공자의 명이 떨어진 순간, 두 대원의 얼굴이 미묘한 감정을 드러냈다. 개개인의 강함 못지않게 몇 배나 강력한 힘을 발휘할 수 있는 집단전에 능한 게 천마무적대이다.

그러니 천마무적대에 속한 자들의 관심사는 적이나 장애물을 어떻게 하면 효율적으로 제거하고 부술 수 있는지였다. 철면공자가 말한 자랑스런 천마무적대 운운 따윈 관심조차 가져 본 일이 없었다.

어쨌든 성녀 담화연에 대한 건은 무척 중요하고, 명령이 떨어졌으면 복종하는 게 수하 된 자의 도리다. 두 사람이 얼른 허리를 숙여 보이고 뒤로 물러서자 철면공자의 시선이 척후의 보고가 있었던 곳으로 향했다.

*   *   *

남희명은 처음부터 혈류마검을 극성으로 펼쳤다. 느닷없이 모습을 드러낸 철면공자가 풍겨내는 기세가 예사롭지 않았을뿐더러, 혼자였기 때문이다.

휘류류류!

혈류마검이 일으키는 붉은빛 검기는 폭풍과 같은 기세를 품고서 철면공자에게 파고들었다. 남희명이 여태까지 펼친 것 중 최고의 위력이 담긴 혈류마검이었다.

단숨에 수십 개로 늘어난 검영과 검기!

만약 철면공자의 반격을 받을 경우 혈류마검은 눈에 보이는 몇 배나 되는 검기로 세분화된다. 폭풍이 비바람마저 동반하게 되는 셈이다.

'그렇게만 된다면……'

남희명은 승부는 거기서 끝이 나리라 생각했다. 비바람을 동반한 혈류마검의 폭풍에는 그만큼의 위력이 충분할 정도로 담겨 있었다.

그러나 애석하게도 철면공자는 남희명의 뜻대로 움직여 주지 않았다. 붉은빛 검기가 파고든 순간, 그는 방어를 하는 대신 뒤로 물러서는 걸 택했다. 일단 급하게 쏟아지는 소나기는 피하는 편이 낫다는 무학의 이치에 맞는 행동이었다.

문제는 남희명이 억지로 혈류마검이란 폭풍에 비바람을 동반시키려 할 때 일어났다.

파파파파!

혈류마검의 검기가 가벼운 떨림과 함께 분화를 일으키려는 순간, 뒤로 물러섰던 철면공자의 쌍수에서 검은색 진기의 덩어리가 뭉클거리며 일어났다.

'묵성장!'

남희명의 혈류마검이 철면공자의 장심을 노렸다. 묵성장의 패도적인 위력을 아는지라 먼저 기세를 늦추는 게 옳다는 판단이었다.

그 순간, 철면공자의 묵성장과 혈류마검이 일으킨 검기가 격돌했다. 그러자 묵성장의 패도적인 위력에 혈류마검의 검기들이 연달아 튕겨 날아가는 게 아닌가!

철면공자가 펼친 묵성장은 단순한 장공을 뛰어넘은 장강(掌罡)이었다. 장환의 바로 아래 단계였다. 아직 검기성강을 완벽하게 이루지 못한 남희명의 혈류마검으로선 역부족인 건 자명한 사실이다.

파창!

남희명은 검과 함께 뒤로 튕겨져 날아갔다. 그나마 검신합일을 한 상태였기에 검이 부러지는 건 면했으나, 혈류마검의 분화는 이미 물 건너간 상태.

'큭, 묵성장 따위한테 혈류마검이 밀리다니!'

남희명은 목구멍에서 치솟아오르는 핏물을 억지로 삼켰다. 강적을 앞두고 약한 모습을 보일 순 없었다. 그리고 남희명은 발끝에 기력을 집중해 묵성장의 장강을 받아내느라 생긴 반진력을 반감시켰다. 철면공자의 이격에 대비하기 위해서였다.

'신교에서도 십대마공으로 분류되는 혈류마검을 익혔다니, 놀랍군. 확실히 성녀를 지키는 자다워. 하지만 너는 혈류마검을 완성하지 못하고 날 만난 게 불행이다!'

대번에 남희명이 익힌 게 혈류마검임을 눈치챈 철면공자의 쌍수가 다시 뭉클거리는 검은색 장강을 만들어냈다. 조금 전보다 더욱 강력한 위력을 담고서.

삭초제근(削草制根)!

그는 자신보다 상급의 마공을 익힌 남희명을 살려놓을 생각이 전혀 없었다.

콰쾅!

다시 남희명의 혈류마검과 철면공자의 묵성장이 충돌했다. 전보다 더욱 커다란 소음이 터져 나왔다. 그만큼 힘에서 밀리는 남희명에겐 지독한 타격이 있을 수밖에 없었다.

"우웩!"

남희명은 억지로 검을 잡은 채 뒤로 연달아 물러섰다. 그의 입에선 연신 죽은 피가 꾸역꾸역 터져 나왔다. 아무리 그의 혈류마검이 묵성장보다 상승의 마공이라곤 하나 숙련도에서 엄청난 차이가 났다.

구성 남짓과 십성 완성!

그 차이는 가히 하늘과 땅만큼이었다. 남희명은 온몸으로 냉엄한 현실을 뼈저리게 느끼며 눈앞의 철면공자를 바라봤다. 그의 얼굴을 가린 철가면이 붉게 물들어 있었다. 마치 악마가 미소를 짓고 있는 듯 보였다.

'시력마저 이상해진 것인가…….'

남희명은 고개를 크게 가로저었다. 머리가 빠개질 듯 아프고 눈앞의 모든 광경이 핏빛으로 보이는 게, 눈의 모세혈관이 모조리 터진 것 같았다.

그때 철면공자가 다시 쌍수 가득 장강을 만들어내고서 처음으로 입을 열었다.

"지금 당장 성녀의 행방에 대해 말하면 목숨만은 살려주겠다!"

"미친……."

남희명은 어금니를 사려 물었다. 철면공자의 말에 욕지기가 치밀어 올랐기 때문이다.

그러자 철가면 안쪽에 숨은 철면공자의 입가에 꿈틀거리는 미소가 떠올랐다. 죽음을 앞둔 남희명의 모습을 바라보는 것만으로 그는 극도의 쾌감을 느꼈다. 남을 짓밟는 자만이 가질 수 있는 특권이다.

"그럼 죽어라!"

철면공자의 쌍수에 담겨 있던 장강이 거센 꿈틀거림을 보였다. 이젠 끝을 보려 함이다.

"아직은……."

남희명은 검을 쥔 손에 힘을 줬다. 그러자 부들거리며 떨리는 검봉에 미약한 혈기가 어렸다. 최후의 힘까지 몽땅 짜 넣어 만들어낸 검기였다.

생명이나 다름없는 최후의 진기!

그 모습을 무심하게 바라보며 철면공자가 장심 가득 일으킨 장강을 남희명의 얼굴을 향해 쏟아냈다. 세상의 어떤 것이라도 박살 내고 깨부술 수 있는 패도를 담고서.

콰쾅!

남희명이 신형이 실 끊어진 연처럼 밖으로 나뒹굴었다.

생사를 장담할 수 없는 중상을 입은 채.

그런데 순간, 묵성장으로 남희명을 날려 버린 철면공자가 뒤로 휘청이며 한 걸음 물러섰다. 아니, 그는 한 걸음만 물러선 게 아니다.

탁! 타타탁!

철면공자는 무지막지한 암경에 눌린 채 연달아 대여섯 걸음 이상을 뒤로 물러섰다. 한 걸음씩 물러설 때마다 선명한 족적이 바닥에 새겨졌다. 그가 한순간 감당해야 했던 힘이 어느 정도였는지를 알려주는 모습.

"이, 이게 무슨……."

철면공자는 이를 갈며 자신의 떨리는 쌍수를 바라봤다. 천하의 어떤 것이든 산산조각 내 부술 수 있을 것 같던 그의 쌍수의 장심 부위에서 핏물이 점점이 배어 나오고 있었다.

남희명이 최후에 펼친 혈류마검에 당한 것인가?

그렇진 않았다. 최소한 방금 전까지 두 사람 간에 보인 기량의 차이만으로도 그건 말이 안 됐다.

게다가 철면공자가 입은 피해는 그뿐이 아니다.

쩌적!

순간 철면공자를 철면공자이게 했던 철가면이 이마에서 턱에 이르기까지 가는 실금을 만들어냈다. 만년한철(萬年寒鐵)로 된 철가면이 손상을 입은 것이다.

철면공자는 얼른 피 묻은 양손으로 얼굴을 감싸 안았다. 그에게 얼굴을 가려주는 철가면은 매우 중요했다. 어쩌면 생명 그 자체보다 더욱 중요할지도 모른다.

부들부들부들…….

철면공자는 양손으로 얼굴을 감싸 안은 채 어깨를 들썩였다. 무형의 어떤 것에 상처라도 입은 듯한 모습이다.

그때 방금 전 남희명이 생사를 가름 짓는 일격을 받아냈던 그 자리에 온몸을 피로 덮어쓴 한 명의 청년이 떨어져 내렸다. 남희명의 의도를 눈치채고 뒤쫓아온 진자운이었다.

*   *   *

'천마무적대의 삼조가 단 한 사람의 손에 전멸했다는 건가?'

피로 적셔진 대지를 바라보며 상유하는 눈에 작은 이채를 담았다. 그의 더할 나위 없이 아름다운 눈빛이 향한 곳에는 대략 십여 구가 넘는 시체가 나뒹굴고 있었다.

흡사 강력한 화기에 폭사라도 당한 것 같은 모습들!

천마무적대의 오 개 조 중 가장 빨리 성녀 담화연 일행의 뒤를 쫓고 있던 삼조는 완전히 전멸한 상태였다. 그들은 개개인의 신분을 나타나는 병기와 옷자락만 남긴 채 처참하게 박살나 있었다.

강기!

천하의 어떤 것이든 부수지 못할 게 없다고 알려진 초절정고수의 강기공이 아니고선 보일 수 없는 위세였다. 그리고 상유하가 내심 중얼거린 것처럼 이와 같은 일을 벌인 자는 놀랍게도 단 한 사람이었다.

그 점을 한눈에 알아본 상유하의 입가에 문득 부드러운 미소가 떠올랐다. 본래 영마 반여삭의 염려와 달리 성녀 담화연을 제거하거나 회유하는 일에 그다지 큰 신경을 쓰지 않고 있던 그에게 충동적인 호기심이 생겨난 것이다.

'십대마군의 귀염둥이인 줄만 알았던 성녀에게 강력한 원군이 생겼다는 건가? 일이 재밌게 됐군.'

상유하의 시선이 문득 동쪽 방면을 향했다. 대략 한 식경 전 무자비하게 천마무적대 삼조를 박살 낸 초절정고수가 향했으리라 짐작되는 방향이었다.

그러나 상유하는 곧 동쪽에서 시선을 떼고 그 반대편을 향해 미소 지었다. 그의 이성은 성녀 담화연을 제압하면 모든 게 자신의 뜻대로 된다는 걸 알고 있었기 때문이다.

톡톡.

상유하는 자신의 머리를 손가락으로 몇 차례 건드렸다. 잠시 마음속에 인 갈등을 해소할 시간이 필요했다.

언제나와 같이 그는 곧 결정을 내렸다, 자신의 마음이 원하는 쪽으로.

"철면공자는 앞으로 내 계획에 반드시 필요한 자다. 하지만 앞으로 위대한 천마신교의 대권에 오르려면 이만한 시련쯤은 스스로 견뎌내야겠지. 시련을 견디지 못하고 꺾인다면, 그거야말로 그의 명운이 그밖에는 안 되는 것일 테고……."

뜻 모를 말을 중얼거린 상유하의 신형이 순간적으로 바닥을 내딛더니, 하늘 위로 솟구쳐 올랐다. 그리고 공중에서 순식간에 방향을 비튼 그의 신형은 얼마 전까지 천마무적대 삼조가 목표로 삼고 있던 서쪽을 향했다, 맹렬한 기세를 품고서.

*　　　*　　　*

"퉤!"

진자운은 피가 섞인 침을 바닥에 뱉어냈다. 천마무적대 삼조와 조우한 후 당한 가벼운 내상의 영향이다.

그는 마교 최강의 독립 부대로 불리는 천마무적대 삼조에게 꽤나 애를 먹었다. 그만큼 무당산에서 이미 상대해 본 일이 있는 천살혈영대와 천마무적대의 차이는 상당했다. 사실 아예 비교의 대상이 안 된다고 보는 게 옳았다.

덕분에 진자운은 천마무적대 삼조를 상대함에 있어 충분히 주의를 기울이고도 적지 않은 내상을 대가로 치렀다. 내장이 몇 차례나 진동했고, 내력 역시 평소의 팔 할 정도밖엔 사용할 수 없는 몸이 된 것이다.

만약 얼마 전 혈음마도 귀미태와의 일전이 없었다면, 그래서 단천일검을 깨닫지 못했다면 그가 치른 대가는 이 정도로 끝나진 않았을 터였다. 어차피 싸움의 결과에 있어 예상이란 것만큼 무의미한 건 없을 테지만 말이다.

진자운은 소지를 움직여 십 장 밖에서 철면공자를 요격한 흑아검을 회수했다.

쉬리릭!

공중에서 한차례 커다란 원운동을 보인 흑아검은 마치 어미 품으로 돌아오는 작은 새처럼 회수됐다.

검파에 매달린 은사가 그림처럼 멋지게 진자운의 팔뚝에 휘어감겼다. 마치 능숙한 강태공이 월척을 낚은 후 낚싯대를 거두는 것과 비슷한 모습.

진자운은 흑아검을 회수한 후 바닥에 대자로 누운 남희명을 눈으로 살피곤 눈살을 가볍게 찌푸렸다. 남희명의 부상이 대단히 심각하다는 걸 한눈에 눈치챘기 때문이다.

진자운은 짜증이 치솟는 걸 느꼈다.

그가 아는 남희명은 약자가 아니다. 오히려 강자라 함이 옳았다. 마교 십대마공 중 하나인 혈류마검의 전수자가 약하지 않은 건 당연하다.

해서 그는 남희명이 후방을 막겠다고 했을 때 군이 말리지 않고 허락했다. 남희명이 시간을 벌어주는 동안 거머리처럼 집요하게 달라붙는 천마무적대를 각개격파하거나 크게 교란시키기 위해서였다.

그렇게만 된다면, 아무리 마군자 상유하가 이끄는 천마무적대라곤 하나 추격을 완전히 떨쳐 내지는 못해도 도주에 어느 정도의 여유를 얻을 수 있을 거라는 판단이었다.

결과적으로 진자운은 각개격파 전법으로 천마무적대에 약간의 타격을 입히는 데 성공했다.

비록 예상했던 것보다 천마무적대 개개인의 무력이 강하고 선봉이 적었던 걸로 미뤄, 여러 개의 분대 중 하나를 타격했을 뿐이나 효과가 전혀 없었다곤 할 수 없다. 모두 남희명이 용감하게 나서준 덕분이었다.

'그런데 당사자가 이런 꼴이라니!'

진자운은 남희명에게서 시선을 떼고 여전히 얼굴을 부여잡은 채 온몸을 덜덜 떨고 있는 철면공자를 매섭게 쏘아봤다.

"네가 마군자 상유하냐?"

꿈틀!

상유하의 이름이 진자운에게서 언급된 순간이다. 마치 지병이라도 발병한 듯 눈앞의 진자운조차 아랑곳 않고 있던 철면공자의 어깨와 가슴의 요동이 거짓말처럼 멈췄다.

그는 천천히 양손을 철가면에서 떼어냈다.

이마로부터 턱까지 미세한 실금이 가 있긴 하나 그의 철가면은 아직 원형을 유지하고 있었다. 아직은 괜찮았다. 부서질 염려로 아무것도 못할 정도는 아니다.

번뜩!

정확히 중간쯤에 실금이 가 있는 철가면에 뚫린 두 개의 동공 속에서 차가운 안광이 번뜩였다. 건드려선 안 되는 성역을 침범당한 것에 대한 분노의 눈빛이었다.

"미천한 것이 감히 주인의 이름을 입에 담다니!"

"미천한 것?"

진자운은 갑자기 주변을 휘휘 훑어봤다. 자신 외에 이곳에 다른 누군가가 있는지를 살피는 것이다. 그리고 입가에 떠오른 흐릿한 미소.

히죽!

"아무래도 그 말은 내게 한 말인 것 같구만?"

"당연하다!"

철면공자는 단호한 일갈과 더불어 쌍수를 들어올렸다.

우우웅!

이미 그의 쌍수에는 묵성장의 묵빛 기류가 맹렬한 회오리를 일으키고 있었다.

장강!

남희명을 상대할 때완 달리 그는 처음부터 묵성장을 극성까지 끌어올리고 있었다. 눈앞의 진자운을 남희명을 능가하는 강적으로 인정했다는 뜻일까?

그보다는 분노가 더 옳은 답일 터였다. 자신의 성역을 연달아 짓밟힌 자의 광기에 가까운 분노.

'죽인다!'

남희명이 순간적으로 바닥을 발로 살짝 굴렀다. 그러자 단숨에 수십 개로 분화되기 시작한 그의 신형.

분영환마신법!

마교 백대마공 중에서도 신법만으론 꽤나 높은 서열을 차지하고 있는 마공이 극성까지 펼쳐졌다. 그리고 그에 더해 십성에 이른 묵성장이 검은 장강의 회오리를 일으키며 진자운을 폭격하듯 파고들었다.

파파파파파!

펼쳐진 순간부터 직격을 가하기까지 거의 찰나 만에 모든 게 이뤄진 묵성장은 단숨에 진자운을 꿰뚫었다. 산산조각 냈다. 적어도 곁에서 두 사람의 대결을 지켜보는 사람이 있다면 그렇게 생각했을 터이다.

그러나 순간적인 분노로 광기에 찬 공격을 퍼부은 철면공자는 곧바로 냉정을 되찾았다. 그의 묵성장은 진자운을 타격하지 못했다. 헛되이 그가 남긴 잔상을 공격했을 뿐이다.

그렇다면 진자운은 어디에?

철면공자는 염두를 굴리기보다 오랫동안의 수련으로 쌓인 자신의 감각에 몸을 내맡겼다. 수만 번에 걸쳐 반복한 분영환마신법과 묵성장의 투로를 따른 것이다.

파곽!

순간적으로 수십 개로 분화됐던 철면공자의 신형이 하나로 돌아왔다. 그뿐 아니다. 그의 쌍수는 묵성장 중 최고의 수비초식인 묵성회광(墨星回光)을 펼치고 있었다.

그 결과는 탁월했다.

철면공자의 광기 어린 공격을 피함과 동시에 바람같이 펼쳐진 진자운의 자오원앙각은 무위로 돌아갔다. 철면공자의 묵성회광에 가로막혔기 때문이다.

물론 진자운이 그쯤에서 공격을 포기할 리 없다.

휘릭!

재빨리 자오원앙각을 거둬들인 진자운이 허리를 살짝 튕기며 벼락같이 파산경을 펼쳐 냈다. 머리를 노리며 파고드는 묵성장의 회오리를 박살 내기 위함이다.

콰쾅!

파산경과 묵성장이 맞부딪친 순간 일어난 건 천지를 진동시키는 폭음이었다. 적어도 진자운과 철면공자의 귀에는 그리 들렸다.

'제법!'

'강하다!'

두 사람은 재빨리 뒤로 물러섰다.

두 차례의 격돌로 인해 둘 모두 타격을 입었기에 간격을 조정할 필

요가 있었다. 그리고 그건 이제 본격적인 싸움이 시작됐다는 걸 의미
했다.

'제길, 시간이 없는 게 아쉽군!'

진자운은 슬쩍 남희명 쪽을 바라보곤 천천히 귀아검을 빼 들었다.
심각한 중상을 입은 남희명을 살리기 위해선 한시라도 빨리 눈앞의 철
면공자를 제압해야만 했다. 적수공권이라곤 하나 강기를 다루는 자를
상대로 주먹질로 맞대응하고 있을 시간 따윈 없었다.

'단천일검으로 단숨에 베어버린다!'

진자운이 귀아검을 수평으로 들어 철면공자의 미간을 겨눴다.

흑아검의 직격으로 생긴 실금 사이를.

타탁!

진자운이 발끝으로 대지를 박찬 순간, 철면공자 역시 신형을 날렸
다. 진자운이 아니라 바닥에 쓰러져 가쁜 숨을 내뿜고 있는 남희명을
향해서.

第四十三章 ◆ 쌍웅대립(雙雄對立)

쌍웅대립(雙雄對立)

"크헐, 이런 빌어먹을 일이 있나!"

"그러게 말입니다."

파미륵과 육노당은 서로를 바라보며 고개를 절레절레 흔들었다. 진자운이 떠나고 얼마 지나지 않아 조우한 천마무적대 이조의 전력이 상상 이상이었기 때문이다.

그때 담화연의 앞을 지켜 서서 혈우마도를 정신없이 휘두르고 있던 소설향이 긴장한 표정으로 말했다.

"천마무적대는 합공과 집단 전술에 꽤나 능해요. 두 분은 괜스레 정신 분산시키지 말고 전력을 다해 버티시는 게 좋아요."

"합공과 집단 전술? 그거야말로 쪼잔한 자들이나 펼치는 한심한 절기가 아닌가!"

파미륵이 한마디 불평을 늘어놓자 육노당이 얼른 동조했다.

"그렇습니다! 어찌 무림에 발을 들여놓은 당당한 사내들이 다수로 소수를 합공하는 방법이나 자랑한단 말입니까? 관부의 개들도 아니고."

"육 도장, 어찌 본불과 생각이 그리 일치한단 말인가!"

"세상에 보편타당한 정서란 게 있잖습니까, 정서!"

육노당은 뒷말에 강조를 넣고는 연달아 뇌정추와 폭뢰정을 휘둘렀다. 생각 같아선 강뢰를 펼치고 싶으나 천마무적대 이조는 결코 홀로 달려들지 않았다. 적어도 세 명이 한 조를 이뤄 합공을 가하는 것이다.

또한 그들은 파미륵과 육노당의 걸쭉한 욕설이나 입담에도 한 점의 동요를 보이지 않았다. 마치 잘 만들어진 기계 인형처럼 그들의 공격에는 절도가 있고, 진퇴 역시 완벽했다. 파미륵이나 육노당 같은 절정 고수조차 어찌해 볼 수 없을 정도로.

그 점은 소설향 역시 마찬가지였다.

그녀는 본래 싸움에 임해선 천 년 먹은 여우나 너구리같이 노회한 파미륵과 육노당과 달리 성격이 괄괄했다. 웬만하면 당장 혈우마도를 전력으로 펼쳐 피의 폭풍을 만들어냈을 터였다. 그게 타고난 성정에 맞았다.

그러나 지금 그녀는 방어에만 치중할 뿐이었다. 당최 천마무적대 이조의 합공에서 허점을 발견할 수 없을뿐더러, 무공이 약한 담화연을 보호하는 입장이었기 때문이다.

덕분에 싸움은 한동안 불승불패의 형국을 유지할 뿐이었다. 생각보다 담화연을 둘러싼 세 사람의 방어가 강력하자 천마무적대 이조는 무리를 하는 대신 지원을 기다리는 쪽을 선택했다. 오랫동안 연마해 온 집단전의 기본대로.

'조금만 시간을 끌면 부대주와 다른 조들이 도착한다.'

'그때까지만 이들을 잡아두면 우리의 임무는 끝나는 거다.'

'무리할 필요는 없어.'

지극히 합리적인 생각이었다. 특별히 천마무적대 이조의 결정에 문제가 있는 건 아니었다.

다만 그들은 한 가지 간과한 사실이 있었다. 그들이 공격하고 있는 사람들 중에는 어려서부터 마교의 집단 전술을 깊이 체득한 사람이 끼어 있었고, 머리 또한 그리 나쁘지 않다는 것이었다.

'흥, 시간을 끌려는 거군.'

싸움터에서 한 걸음 떨어져서 천마무적대 이조의 움직임과 전술을 살피고 있던 담화연이 소설향에게 전음으로 말했다.

[설향 언니, 저들은 지금 시간을 끌려 하고 있어요!]

소설향이 혈우마도를 연달아 다섯 번 휘둘러 강습해 들어왔던 삼 인을 튕겨내고 얼른 답했다.

[아가씨, 그 점은 저 역시 알고 있습니다. 하지만…….]

[천마무적대의 기본 대인 전술인 삼체연환(三體連環)은 정교함이 생명이에요.]

[정교함이 생명?]

[그래요. 그러니 설향 언니와 다른 분들이 나에 대한 방어를 허물고 일시 한곳으로 힘을 집중한다면, 생각보다는 쉽사리 깰 수 있을 거에요.]

[그건…….]

소설향이 부정적인 의견을 내놓으려 하자 담화연의 목소리가 평소와 달리 엄중해졌다.

[설향 언니, 천마무적대는 결코 한 개 조로만 움직이지 않아요. 한시라도 빨리 삼체연환을 깨지 않는다면, 잠시 잠깐 사이에 두 개 조가 몰려와 합공당할 뿐이에요. 우리가 삶을 구하려면 그전에 움직일 수밖에 없어요.]

담화연의 지적은 지극히 타당했다. 소설향으로선 다른 의견을 내 반박할 도리가 없었다.

소설향이 잠시 침묵을 지킨 사이 담화연은 파미륵과 육노당에게 비슷한 내용을 전음으로 전했다. 삼체연환에 속수무책으로 방어만 하고 있던 두 사람으로선 눈이 번쩍 뜨이지 않을 수 없었다.

'크흐흐, 과연 마교의 성녀와 함께 있으니 덕을 보는군.'

'이렇게 된 이상 한시라도 빨리…….'

파미륵과 육노당의 시선이 서로를 찾았다. 그리고 의미심장하게 나눠진 눈빛 교환.

"크헛!"

"하앗!"

거의 동시에 기력을 토해내 각기 삼체연환을 뒤로 물러서게 만든 파미륵과 육노당이 각자 자리를 이탈했다. 담화연을 중심으로 만들어졌던 삼각의 두 축을 허물고 소설향에게로 신형을 날린 것이다.

따당!

콰쾅!

강뢰가 폭발하고, 대수인이 거창한 기운을 토해냈다. 물론 소설향의 혈우마도 역시 때를 놓치지 않고 강력한 도기를 뿜어냈다.

"크윽!"

"큭!"

완벽함, 그 자체였던 삼체연환이 처음으로 파탄을 드러냈다. 천마무적대 이조로선 전혀 상상치도 못했던 반격을 받은 셈.

순식간에 포위망을 뚫고서 달아나기 시작한 담화연 일행을 천마무적대 이조는 잠시 멍청하게 바라봤다. 뜻밖의 일을 당해 혼란을 느낀 것이다.

그러나 느닷없이 세 명의 부대원을 잃었으나 그들은 전혀 위축된 모습이 아니었다. 한 번의 실패 따윈 더욱 커다란 성공으로 메우면 되는 것이다.

"추격 재개!"

누군가의 입에서 터져 나온 한마디만을 남긴 채 천마무적대 이조는 전열을 정비했다. 이렇게 된 이상 다른 조에서 담화연 일행과 조우하기 전에 이조가 먼저 따라잡아야만 했다. 명예를 걸고서.

쇄액!

진자운은 단천일검을 펼치는 대신 수중의 귀아검을 그대로 내던졌다.

목표는 막 남희명을 덮치고 있는 철면공자의 어깨.

일단 그가 방어를 위해 신형을 뒤틀거나 묵성장을 펼쳐 막으면, 그 사이를 빌어 남희명을 구해내려는 의도였다.

하지만 그 순간 철면공자는 진자운의 예상대로 움직이지 않았다. 그는 어깻죽지를 노리며 파고든 귀아검은 아랑곳 않고 남희명의 목줄기를 잡아 자신의 품으로 잡아당겼다. 일단 남희명을 붙잡아 인질로 삼고 보자는 심산.

콰득!

결국 귀아검은 철면공자의 어깻죽지를 그대로 꿰뚫었다. 진자운이 다급한 와중에 전력을 기울이진 못했으나 그 정도의 힘은 충분했다.

휘청!

철면공자의 신형이 크게 흔들렸다. 귀아검이 꿰뚫은 어깻죽지에서 터져 나온 피분수를 보지 않더라도 그가 순간적으로 입은 타격이 적지 않다는 걸 알 수 있었다.

'제기랄, 남희명을 뺏겼다!'

진자운은 눈살을 가볍게 찌푸렸다. 눈앞의 철면공자를 너무 우습게 봤다는 걸 인정하지 않을 수 없는 상황이니 당연하다. 광인과 같던 첫인상에 당한 것이다.

그때였다.

지잉!

철면공자가 호신강기를 펼쳐 어깨에 절반쯤 박혀든 귀아검을 밖으로 밀어내 버렸다. 그와 함께 어깨와 가슴팍을 잔뜩 물들이고 있던 핏줄기가 현저히 줄어들었다. 귀아검을 밀어내는 것과 동시에 부근의 혈도를 봉맥했음이 분명하다.

"크하하!"

철면공자의 철가면 안쪽에서 흉험한 대소가 터져 나왔다. 그는 자신의 승리를 자신하고 있었다.

"처음부터 이럴 작정이었던가?"

진자운의 질문에 철면공자가 대소를 멈췄다. 그는 언제 광기에 젖어 있었냐는 듯 차갑게 가라앉은 눈빛으로 말했다.

"너는 내 본래 목적이 뭐였다고 생각하는 거지?"

"네 본래의 목적?"

"그렇다!"

진자운은 잠시 염두를 굴린 끝에 안색을 딱딱하게 굳혔다. 강기를 다룰 정도의 무공을 지닌 철면공자가 갑자기 비열한 소인배처럼 인질극을 벌인 까닭을 눈치챘기 때문이다.

"…너는 처음부터 날 이곳에 잡아두는 게 목적이었군?"

"크흐!"

철면공자는 흉험한 조소로 대답을 대신했다. 그리고 남희명의 목젖에 살짝 손가락을 박아 넣으며 말했다.

"어차피 천마무적대의 최종 목표는 성녀다. 그렇다면 네 녀석 같은 고수를 잡아두는 것만으로도 내 목적은 충분히 달성된 것이라 볼 수 있다. 너는 이 점에 대해 어떻게 생각하느냐?"

'미친놈! 이런 상황에서 결국 자신이 승리자란 걸 강조하고 싶어하다니……'

진자운은 내심 철면공자에게 욕설을 내뱉고 슬그머니 옆으로 반보 움직였다. 간격을 조정하기 위함이다.

그러자 철면공자가 남희명의 목젖에 박은 손가락에 조금 더 힘을 주며 경고했다.

"허튼수작을 부리면 이자의 목숨은 없다!"

진자운이 움직임을 멈췄다. 그 대신 그는 입술을 한차례 꿈틀거리고 조롱하듯 말했다.

"내가 성녀 같은 미녀를 놔두고 냄새나는 사내 녀석의 목숨 따위에 연연할 거라 믿는 건가?"

"미녀? 크흐흐, 확실히 성녀란 계집은 절세의 미녀이긴 하지. 이런 사내 녀석과 비교할 수 없긴 해. 하지만 그럼 네놈은 어째서 절세의 미녀인 성녀를 놔두고 이 녀석을 구하러 온 것이지? 그 점에 대해 내게 설명해 봐라!"

"시간상 충분할 줄 알았거든."

"뭐?'

"그 녀석을 구하고도 시간이 남을 줄 알았다는 거다. 만약 이렇게 될 줄 알았다면 절대로……."

진자운이 말끝을 흐린 순간 철면공자의 동공이 두 배쯤 커졌다. 갑자기 진자운이 신형을 돌려 날아올랐기 때문이다.

"저… 저……."

철면공자는 어처구니가 없었다. 그가 성녀 담화연을 언급한 건 어디까지나 시간을 끌려는 의도와 조롱이 주된 목적이었다. 결코 진자운이 남희명을 버리는 짓은 하지 않으리란 자신감이 있기에 할 수 있는 말이었다.

그런데 느닷없이 이런 행동이라니?

당혹한 나머지 철면공자는 남희명의 목젖에 박혀 있던 손가락에서 잠시 힘을 뺐다. 힘을 뺐다기보다는 빠졌다고 함이 옳은 변화.

그 짧은 변화가 상황을 급반전시켰다.

쉬악!

철면공자의 귓전에 소리가 들려왔을 때는 이미 시퍼런 검광을 담은 흑아검이 떨어져 내리고 있었다. 하늘에서 떨어지는 뇌전처럼.

꽉!

철면공자는 뒤로 주춤거리며 잔뜩 확장됐던 동공을 절반 넘게 축소시켰다. 남희명을 붙잡고 있던 팔뚝이 떨어져 나간 고통 때문에 벌어진 일이다.

"내 팔이… 내 팔이…… 크아악!"

철면공자는 남희명의 목젖에 달랑거리며 매달려 있는 자신의 잘려 나간 팔을 바라보며 비명을 질렀다. 눈으로 보면서도 얼마 전까지 자유자재로 움직이던 팔뚝이 절단된 현실을 수긍할 수 없는 것이다.

그때 하나의 점으로 보일 정도로 멀어졌던 진자운이 다시 돌아왔다. 그의 손에는 어느새 삼아검 중 마지막인 월아검이 들려져 있었다. 늑대와 같은 눈빛을 하고서.

"사람 잘못 건드렸다!"

"……."

진자운의 단천일검이 철면공자의 가슴을 때렸다.

미친 듯한 바람을 동반한 채로.

콰득!

철면공자가 뒤로 힘없이 날아올랐다가 바닥에 툭 하고 떨어져 내렸다. 한 쌍의 묵성장 중 하나를 잃은 그의 방어는 무력할 뿐이었다.

데구루루!

바닥에 무너져 내린 그의 얼굴을 가리고 있던 철가면이 힘없이 두 쪽 났다. 그리고 드러난 흉측하기 이를 데 없는 얼굴.

"나병(癩病)에 걸렸던 건가……."

진자운은 칠충칠화독에 중독되어 얼굴이 녹아내린 철면공자, 아니, 천마공자 담인진을 바라보다 눈살을 가볍게 찌푸렸다. 그의 눈에 담인진의 망가진 얼굴은 나병 환자의 그것과 별다른 차이가 없어 보였다. 그가 자신의 얼굴을 가린 철가면에 지나칠 정도로 민감하게 반응했던 까닭을 비로소 알게 된 것이다.

슥!

바닥에 떨어진 철가면을 집어 든 진자운이 양손에 내력을 모았다. 그러자 두 쪽 났던 철가면이 일순 붉게 물들었다. 단천뢰심강의 위력이었다.

그렇게 철가면은 다시 하나가 되었다. 마치 처음부터 아예 두 조각 난 일이 없었던 것처럼.

"네 얼굴에 흠집을 낸 건 정말 미안하게 생각한다. 하지만 너는 너무 치사했어."

진자운은 수중의 철가면을 한차례 위로 던졌다가 받아 들고는 담인진의 얼굴에 정중하게 씌워줬다. 자신을 꽤나 힘겹게 만들었던 강적에 대한 작은 예의였다.

그때 정신을 반쯤 잃었던 남희명이 힘겨운 목소리로 중얼거렸다.

"지, 진 소협……."

"아, 깼나?"

진자운은 담인진에게서 시선을 떼고 남희명에게 다가가 그를 부축해 일으켰다. 그러자 남희명이 볼살을 가볍게 떨어 보이곤 말했다.

"어, 어째서 이곳에 오신 것입니까? 아가씨와 소 소저의 안위는 나 같은 놈과는 비교도……."

"시끄럽고!"

한마디로 남희명의 말을 자른 진자운이 그를 들어 어깨에 걸치며 말했다.

"어차피 천마무적대란 놈들은 꽤나 강적들이다. 이제부터 남 형이 애지중지하는 소 소저와 아가씨를 구하러 갈 테니까 정신 바짝 차리라구!"

"누, 누가 애지중지한다는……."

남희명은 진자운이 일부러 소설향을 앞에 둔 까닭을 눈치채고 안색이 크게 붉어졌다. 잔뜩 피를 흘리고 내상을 당해 새하얗던 얼굴, 어디에 그런 피가 남아 있었는지 궁금할 정도였다.

그런 남희명의 모습을 보고 진자운이 히죽 웃었다.

"죽지는 않겠구만."

"그……."

남희명은 더 이상 말할 수 없었다. 진자운이 경고했던 것처럼 전력으로 경공을 발휘했기 때문이다. 마치 시위를 떠난 화살과 같이.

*   *   *

담화연은 천마무적대에게 추격을 당하면서부터 줄곧 그들의 움직임과 동정을 살피고 있었다.

어려서부터 마교의 절세마공을 익히는 것보다는 조직과 집단 전술, 귀계와 음모 쪽에 관심이 많던 그녀에게 이번과 같은 경험은 매우 중요했다. 그야말로 책이나 자료에서 봤던 것과는 다른 생생한 실전 경험이기 때문이다.

그런 담화연이 보기에 천마무적대의 추격은 완벽한 정석이나 다름없었다. 추격 시의 압박과 연계, 간격 조절이 책에서 봤던 것과 단 하나도 일치하지 않는 게 없었다.

때문에 담화연은 천마무적대의 추격이 그리 대수롭게 생각되지 않았다. 어떻게 해서든 뿌리치고 도망칠 자신이 있었기 때문이다.

하지만 그런 식의 생각은 곧 오산임이 드러났다. 천마무적대 이조를 떨쳐 냈다고 생각한 순간, 담화연 일행은 일조와 사조의 협공을 받는 처지가 됐다. 여태까지 담화연의 머리 속에 논리정연하게 정리되어 있던 전술 전략이 송두리째 헝클어지는 순간이었다.

'쳇, 설마 저것들이 여태까지 날 가지고 놀았던 건가?'

담화연은 살기등등한 일조와 사조의 모습을 바라보며 아랫입술을 살짝 깨물었다. 여태까지 자신만만했던 자신을 바라보며 조소했을 것을 생각하니 분한 마음이 들었다.

그때 힘겹게 일조와 사조의 합공을 막아내고 있던 파미륵과 육노당이 담화연에게 은근슬쩍 시선을 던졌다. 이조를 제치고 달아났을 때처럼 어떤 조언을 해주길 바라는 것이다.

그러나 이런 상황에서 담화연이라 한들 딱히 묘수가 있을 리 없다. 이미 이조를 제친 것과 별개로 일조와 사조의 합공을 만났다는 건 천마무적대가 정석을 버렸다는 의미였다. 그런 상황에서 담화연이 할 만한 조언은 자리를 지킨 채 죽도록 싸우라는 독려 정도가 전부일 터였다.

물론 담화연은 그런 말을 하는 대신 생긋 웃어 보일 뿐이었다. 죽도록 자신을 위해 싸우란 말을 하기보다는 그런 한 번의 미소가 더 효과적임을 알고 있었기 때문이다.

확실히 그녀의 어여쁜 미소는 효과가 있었다.

소설향은 더욱 혈우마도를 바삐 움직였고, 파미륵의 육장에 담긴 힘은 더욱 강해졌으며, 육노당은 평생 처음으로 타정기 팔백타법 중 최근에 익힌 절초들을 줄줄이 쏟아냈다. 어쨌든 삼인조의 방어는 견고하여 한동안은 무너질 걱정을 하지 않아도 좋을 듯싶었다.

'그나저나 이 죽일 바람둥이는 어디 가서 뭘 하고 있는 거야! 이럴 때 날 구해주러 와야 할 거 아냐!'

담화연은 가볍게 발을 굴렀다. 진짜 화가 나서가 아니라 애가 타는 마음을 자신도 모르게 표출한 것이다.

그런 담화연의 마음을 읽기라도 한 것일까?

연신 차륜전의 수법으로 담화연 일행을 공격하던 일조와 사조가 주춤하며 공세를 멈췄다. 갑자기 그들을 향해 날아든 십여 개가 넘는 암기에 대항하기 위해서였다.

파곽! 곽! 곽!

암기라 생각했던 건 그저 평범한 돌멩이들이었다. 다만 그 속에 담긴 경력은 그다지 평범하지 않았다. 사실은 꽤나 비범하다고 해도 그다지 손색은 없을 듯했다.

아무렇게나 소맷자락을 휘둘러 돌멩이를 받아내려던 일조의 몇 명이 낭패한 표정으로 신형을 비틀거렸다. 돌멩이에 담긴 경력이 느닷없이 강한 진동과 함께 거센 회오리를 일으켰기 때문이다.

"이런!"

"이 무슨!"

진형이 가볍게 흐트러진 사이 돌멩이를 던진 당사자인 진자운이 한 줄기 미풍과 같은 신법으로 모습을 드러냈다.

그는 소설향이 곳곳에 남겨놓은 표식을 좇아 이곳에 오는 사이, 남희명을 안전한 장소에 숨겨놓느라 시간을 지체했다. 그 덕분에 잔뜩 고생한 꼴을 하고 있는 삼 인을 바라보는 진자운의 입가에 살짝 어색한 미소가 매달렸다.

"좀 늦었수다!"

파미륵의 입술이 삐죽여졌다.

"좀?"

진자운이 어깨를 으쓱해 보였다.

"상처 하나 없는 걸 보니, 그리 많이 늦진 않은 것 같소만?"

"허, 상처 하나 없다?"

파미륵은 자신의 너덜너덜해지다 못해 걸레 조각이나 다름없게 된 가사 자락을 눈으로 살피곤 고개를 절레절레 흔들었다. 백 마디 말보다 더 사람의 가슴을 찌르는 행동이다.

물론 그 정도로 진자운이 눈 하나 깜짝할 리 없다. 그는 가볍게 파미륵의 잔뜩 삐친 표정을 외면했다. 대신 그는 자꾸 눈가에 작은 주름을 만들고 있는 소설향을 안심시키듯 말했다.

"소 소저, 남 형은 안전하오!"

"누가 그런 걸……."

소설향은 얼른 진자운에게서 시선을 떼고 고개를 돌렸다. 자신의 내심을 읽힌 듯하여 마음이 언짢았던 것이다.

그 모습에 히죽 웃어 보인 진자운이 담화연을 힐끔 바라보곤 앞으로 쑥 나섰다. 그러자 새롭게 등장한 강적을 살피느라 진형을 잠시 뒤로 물리고 있던 천마무적대 일조와 사조의 움직임이 바빠졌다.

기본적으로 새로 나타난 진자운마저 진형에 가두려는 모습.

그러나 진자운은 이미 삼조를 부순 경험이 있었다. 그들의 의도 정도는 충분할 정도로 눈치채고 있었다.

'흥, 정파든 마교든 기재란 것들은 상상력이 부족하단 말씀이야!'

내심 가볍게 냉소한 진자운이 바람같이 일조를 향해 파고들었다. 처음 생각대로 각개격파의 미학을 추구하긴 그른 듯하나, 일단 눈앞의 일조와 사조부터 조져 놓고 볼 작정이었다.

'정말 무식한 방법이… 군.'

담화연을 좌절로 빠뜨린 장본인은 상유하였다. 그는 정석대로 담화연 일행을 추격하고 있던 천마무적대 각 조 중 가장 가까이에 있던 일조와 사조에 표식을 남겨 협공을 가할 수 있게 만들었다.

사실 그는 이것만으로 충분하리라 봤다. 생각했던 것보다 담화연의 주위에는 고수가 많았지만, 일조와 사조의 합공을 막을 정도의 역량은 없다고 봤기 때문이다.

물론 거기엔 철면공자 담인진이 진자운을 그 정도는 잡아둘 수 있으리란 전제가 있었다.

본래 절정에 가까운 고수였던 담인진은 상유하의 도움으로 거의 초절정에 근접한 고수가 되어 있었다. 그리고 여전히 음험한 계략을 짜내는 머리를 가지고 있기도 했다. 아무리 삼조를 몰살시킨 진자운이라해도 쉽사리 이기기엔 힘들 것이란 예상은 그리 어려운 게 아니었다.

그런데 지금 진자운은 상유하의 예상을 간단히 벗어나 일조와 사조 앞에 도착해 있었다. 상유하로선 평소 경험해 본 바 없는 일을 만난 셈이다.

'지금 당장 저 특이한 친구를 제압하고 성녀를 손아귀에 넣는 게 옳은 일이나, 어쩐지 그러고 싶지 않구나. 그건 내게 아직도 조금쯤 인간의 감정이 남았기 때문인가?'

상유하는 잠시 고민했다. 이렇게 어떤 일을 행함에 있어 고민하는 것도 꽤나 오랜만에 경험하는 일이었다. 자못 새롭고 신기한 감각이었다.

그러나 눈앞의 상황은 꽤나 천마무적대 일조와 사조에게 굉장히 안좋은 방향으로 흘러가고 있었다. 진자운의 출전으로 인해 기세가 오른 담화연 일행에게 일조와 사조가 점차 수세에 몰리기 시작한 것이다.

즉, 현재까지 방관자의 입장을 견지하고 있는 상유하로선 더 이상 시간을 끌고 있을 수 없다는 뜻이었다. 아직까진 천마무적대가 그에게 필요했기 때문이다. 천마무적대가 필요하다기보다는 천마무적대주라는 직위가 필요하다는 표현이 더욱 옳을 테지만 말이다.

게다가 또 한 가지!

상유하는 눈앞의 진자운에게 묘한 호기심을 느꼈음을 부인할 수 없었다. 얼마 전까지 반드시 손아귀에 넣거나 죽이려 했던 성녀 담화연에 대한 관심조차 일시 흐릿해질 정도로 강렬하게.

"어쩔 수 없군."

나직한 중얼거림과 함께 상유하가 입가를 살짝 모아 휘파람을 불었다.

삐이익!

듣는 이의 가슴을 묘하게 설레게 만드는 휘파람 소리는 일시 천지를 감돌았다. 천지사방에서 들려오는 듯하고, 땅속에서 솟아오르고 하늘 위에서 떨어져 내리는 듯했다. 도무지 방향을 종잡을 수 없는 것이다.

그 점이 진자운이 얼굴에 인상을 쓰게 만들었다. 그리고 다른 이들 역시 마찬가지였다.

"이 휘파람 소리는……."

"이건……."

당장에라도 피를 볼 것 같던 쌍방이 동시에 뒤로 물러섰다. 서로 간의 거리를 벌렸다. 단 한 차례의 휘파람이 만들어낸 결과치고는 놀랍다.

그럼에도 이곳에 모인 어떤 사람도 이러한 결과에 놀라움을 표시하진 않았다. 다만 주변을 휘휘 둘러보며 경계의 표정을 지어 보일 뿐이다.

그때 갑자기 천마무적대 일조와 사조가 아무런 망설임도 없이 질서정연하게 물러서더니, 뒤도 돌아보지 않고 퇴각하기 시작했다. 여태까지 기꺼이 자신들의 목숨과도 바꿀 듯하던 담화연을 포기하고서.

"이게 도대체……."

소설향이 자신도 모르게 중얼거리자 살짝 그녀의 곁에 다가선 담화연이 수심이 깃든 얼굴로 말했다.

"최악의 상황이 벌어진 것 같군요."

"아가씨……."

"천마무적대주가 근방에 도착한 것 같아요."

"마군자 상유하가!"

소설향이 놀라 소리 지르자 담화연이 천천히 고개를 끄덕여 보였다. 그러자 어느새 그녀의 근처에 이른 진자운이 수중의 귀아검을 거둔 채 말했다.

"꼬맹아, 상유하란 자가 그리 대단하냐?"

담화연이 평소처럼 화내지 않고 대답했다.

"내가 아는 한 그는 천마무적대주로 임명됐을 때 이미 천마신교 십대마공 중 셋을 거의 극성까지 연마한 상태였어요."

"그렇다면 지금은 더욱 성취가 대단하겠군?"

"그렇겠죠. 그는 천마신교 역사상 최고의 천재라고 이름난 사람이니까요."

"그럼 어째서 여태까지 나서지 않았던 것이지?"

"그건……."

담화연은 잠시 말끝을 흐렸다. 그녀 역시 그 점이 의문스러웠기 때문이다.

그때 성큼거리며 다가온 파미륵이 마뜩찮은 표정을 얼굴 가득 담고서 말했다.

"진 소협, 방금 전의 휘파람 소리가 어디서 들려왔는지 파악했는가?"

"……."

진자운이 대답 대신 히죽 웃어 보였다.

"파악했는가!"

"전혀."

진자운이 언제 웃음을 보였냐는 듯 고개를 가로저었다. 그가 맨 처음 자신만만한 표정을 보인 건 어디까지나 파미륵을 놀리는 것에 불과했다.

파미륵의 얼굴에 그럴 줄 알았다는 표정이 떠올랐다.

"본불이 보기에 방금 전의 휘파람은 천마신교의 십대마공 중 하나인 음살현공(音殺玄功)인 듯한데, 광마의 현음상인과 맞수를 이룰 정도로 고절한 음공이라네."

"현음상인과?"

"현음상인에 대해 아는가?"

"뭐, 조금."

진자운은 자신이 현음상인에 대단히 익숙할뿐더러, 지금에 이르러선 펼칠 수도 있다는 사실을 말하지 않았다. 광마 종리신광과의 사이에 대해 미주알고주알 설명하기가 귀찮았기 때문이다.

그러자 파미륵은 더 이상 캐묻지 않았다. 광마 종리신광의 현음상인은 천하에 꽤나 유명한 절기이기에 진자운이 그 이름 정도는 알 수도 있다고 그는 여겼다.

"크흠, 자네가 현음상인을 안다니 놀랍구만. 하지만 광마의 현음상인은 천하에 꽤나 알려진 절기지만, 음살현공을 아는 자는 마도에서도 몇 없다고 할 수 있다네."

"이런 상황에서도 꼭 잘난 척을 해야 직성이 풀리쇼?"

진자운이 한마디 쏘아붙이자 파미륵이 늘어진 턱살을 한차례 주물럭거리곤 고개를 끄덕였다.

"그야 두말하면 잔소리지. 세상에 본불이 스스로를 높이지 않는다면 어찌 다른 우매한 중생들이 본불의 존엄을 알 수 있단 말인가? 세상은 그저 공으로 되는 것이 없다네."

"아, 그렇수?"

진자운은 다시 귀찮은 생각이 들어 더 이상 뭐라 하지 않았다. 대신 손을 연신 휘저어서 빨리 다음을 말하라고 재촉했다. 그러자 파미륵이 오랜만의 승리를 자축하는 웃음을 밉살맞게 지어 보이고 말했다.

"그러니 평생을 마도에서 잔뼈가 굵은 본불 역시 음살현공이 대충 이러한 특성을 지녔다는 것만 알 뿐 그 위력에 대해선 전혀 모르는 바네. 음살현공 자체가 세상에 모습을 드러낸 일이 거의 없기 때문일세."

"결국 포대화상도 아는 것이 전혀 없다는 거요?"

"그렇다고 볼 수 있네. 다만 본불이 추측하기론 상유하란 어린 친구가 음살현공을 이토록 자유자재로 사용할 수 있다면, 그 무위가 오마에 크게 뒤지진 않으리란 걸세. 그러니 우리는 이곳에서……."

"한시라도 빨리 도망쳐야 한다?"

진자운의 퉁명스레 말을 끊자 파미륵이 얼굴 가득 진지한 표정을 지어 보였다.

"본래 청산이 푸른 한 땔나무 걱정을 할 것이 없고, 군자의 복수는 십 년도 늦지 않다고 했네. 천마무적대란 어린 아해들만 해도 힘에 부치는 터에 그 상유하란 어린 친구까지 가세한다면 일이 크게 어려워지지 않겠는가!'

"흥, 그야 그렇겠지만……."

"본래 어려움을 알고 뒤로 물러서는 건 비겁한 일이 아니라 때를 읽을 줄 아는 자의 소치라네."

"……."

진자운은 파미륵의 말에 반박하려다 얼굴에 지친 기색이 역력한 육노당과 소설향 등을 살폈다. 그리고 담화연의 근심 가득한 얼굴 역시 바라봤다.

진자운이 파미륵의 말을 이해하지 못하는 건 아니었다. 오히려 평소 같았으면 벌써 앞장서서 달아나는 걸 주장하고 있을 터였다. 결코 그는 쓸데없는 싸움을 즐기는 성격이 아니었기 때문이다.

하지만 지금의 형국은 은연중 호적수로 생각하던 상유하가 직접 싸움을 걸어온 상황이었다. 적어도 진자운에게 방금 전의 휘파람은 그런 의미로 다가왔다.

걸어온 싸움!

그렇다. 상유하가 진자운에게 걸어온 싸움이었다. 때문에 절대로 상유하를 피해 달아나고 싶지는 않다는 게 진자운의 솔직한 내심이었다. 이는 어려서 골목대장을 할 때부터 지켜온 진자운의 자존심이었다.

'제길, 그래도 지금으로선 어쩔 수 없는 건가?'

진자운은 살짝 눈을 감았다가 떴다. 눈 깊숙한 곳에서 활활 타오르는 투기를 잠재우기 위한 준비 동작이었다. 그리고 그의 눈이 다시 뜨여졌을 때다.

여태까지 한마디 말도 없이 진자운만을 빤히 바라보고 있던 담화연이 갑자기 얼굴에 준엄한 기색을 담은 채 소리쳤다.

"이 바보야!"

"……."

"이 등신 같은 남자야! 지금 설마 날 지킨답시고 걸어온 싸움을 피해 달아나려는 거야!"

진자운이 한쪽 눈을 살짝 찡그려 보이자 담화연이 더욱 목소리를 높였다.

"나는 천마신교의 성녀야! 세상에 어떤 자들도 감히 날 어쩌진 못해! 그러니까……."

"……."

"진자운, 너는 네 자신의 가슴에 당당해지는 거야! 나는 네게 걸림돌 따위가 될 마음은 눈곱만큼도 없으니까!"

말을 마친 담화연이 소설향을 향해 서늘한 눈빛을 던지며 명령했다.

"설향 언니, 지금부터의 도주의 총책임은 내가 맡겠어요. 날 따를 수 있나요?"

"그야 당연히……."

"고마워요."

소설향에게 살짝 고개를 숙여 보인 담화연이 육노당과 파미륵을 동시에 쳐다보며 말했다.

"파미륵 대사와 육 도장은 이번에 날 구출하는 데 큰 공을 세웠어요.

신교에 귀의할 뜻이 있다면, 앞으론 내가 그늘이 되어줄 거예요. 그러니 지금부터 날 믿고 따를 수 있겠어요?"

"저기, 그건……."

머뭇거리는 육노당과 달리 파미륵은 얼른 장대한 몸을 담화연에게 크게 조아려 보였다.

"본불은 어디까지나 성녀의 수발이 되기만을 희망할 뿐이외다."

'저놈의 늙은 중이!'

진자운이 살짝 째려봤으나 파미륵은 그의 눈빛을 모른 척 회피했다. 어차피 마도에 속한 그로선 마교의 성녀인 담화연이란 존재가 없었다면 지금까지 진자운의 말을 따를 까닭이 없었다. 한마디로 담화연의 제안은 고민하거나 재고할 가치조차 없다고 볼 수 있다.

또한 그의 생각엔 진자운이 상유하에게 떨어질 것이 별로 없어 보였다. 그가 여태까지 지켜본 진자운은 충분히 괴물이었다. 상유하가 마교 최고의 천재라면 진자운은 정파 전체를 통틀어 최강의 후기지수라 할 수 있었다.

설혹 이번에 진자운이 상유하를 이길 수는 없다 해도 크게 밀리진 않을 거란 판단이었다. 그리고 그가 아는 진자운은 죽지만 않는다면 어떻게서든 도망 정도는 칠 수 있는 인물이었다. 결코 앉아서 죽음을 맞진 않을 성격인 것이다.

'그러다 재수 좋게 이번에 상유하란 어린 녀석이 커다란 부상을 입거나 죽어준다면 더욱 좋은 일이고.'

육노당이 내심 음흉한 염두를 굴리는 동안 담화연은 재차 육노당에게 결정을 재촉했다.

"육 도장은 어찌하실 셈인가요?"

"그게… 그게……."

여전히 머뭇거리며 자신의 눈치를 살피는 육노당에게 진자운이 내심 쓰게 웃고는 말했다.

"제기랄, 육 도장은 뭘 그렇게 고민하는 거요? 마음에는 들지 않지만, 정말 대단한 여장부가 아니오? 담 아가씨를 그늘로 두게 되면 만독문에게 강압을 받는 서산파에게도 그리 나쁜 일은 아니게 될 테니, 육 도장은 망설일 것이 없소."

"그럼 진 소협은 어찌하시려고……."

"나요?"

다소 장난스레 손가락으로 자신을 가리켜 보인 진자운이 히죽 웃으며 대답했다.

"이렇게 된 이상 당연히 걸어온 싸움에 답하러 가야 하지 않겠소."

"진 소협, 파미륵 대사의 의견도 틀린 바는 없으니 다시 생각해 보는 게 어떻겠소이까?"

"미안하오. 내 가슴이 지랄 맞게 떠들어대고 있어서 어찌할 수 없구려."

진자운이 어깨를 한차례 으쓱해 보이자 육노당의 안색이 가볍게 흐려졌다. 진자운이 완전히 마음을 굳혔다는 걸 눈치챈 것이다.

그때 진자운은 흔쾌히 웃어 보이곤 담화연 쪽을 힐끔 바라봤다. 그녀는 애써 의연한 표정을 지어 보이고 있었지만, 백설 같기만 하던 두 볼은 살짝 상기되어 있었고 눈가엔 물기가 촉촉했다. 그 마음을 어렵지 않게 짐작할 수 있었다.

'제길, 꼬맹이 주제에…….'

진자운은 담화연에게 보일 듯 말 듯 이를 드러내며 말했다.

"반드시 돌아오마."

"쳇, 돌아오든지 말든지……."

"자식!"

슬쩍 담화연의 뺨을 한 번 쓰다듬은 진자운이 바람같이 신형을 뽑아 올렸다. 대충 마음속으로 짐작한 휘파람이 불어온 방향을 향해서. 그가 조금 전 파미륵에게 했던 말은 새빨간 거짓말이었던 것이다.

"…나아쁜 새끼! 진짜 가네!"

진자운의 모습이 완전히 시야에서 사라지자 담화연이 참고 있던 눈물을 왈칵 쏟아냈다.

수정의 결정과도 같은 눈물방울이 두 볼을 타고 뚝뚝 떨어져 내렸다. 진자운을 다시는 못 볼지도 모른다는 생각이 그녀를 한없이 서럽게 만들었다.

"아가씨, 진 소협은……."

"잠시만! 아무 말도 하지 말아줘요!"

담화연은 소설향에게 손을 내저어 보이곤 계속 진자운이 떠난 자리만을 하염없이 바라봤다. 마치 지금 이 순간을 자신의 가슴속에 차곡차곡 접어서 간직하려는 모습이었다.

'하아!'

소설향은 가볍게 탄식했다. 그녀는 진자운에 대한 자신의 애매한 마음을 이젠 완전히 접어야 한다고 생각했다.

*   *   *

이틀 후.

총 다섯 개 조로 나뉘어져 있던 천마무적대는 어느 순간 한데 모였다. 진자운에게 전멸한 삼조를 제외한 네 개 조가 약속이라도 한 것처럼 동시에 집결했다.

이상한 일. 천마무적대 전체가 여태까지 다섯 개 조로 나뉘어 성녀 담화연의 뒤를 집요하게 쫓던 걸 생각하면 이해할 수 없는 모습이다.

그 점은 집결한 천마무적대 내부에서도 궁금해하는 자들이 꽤 여럿 있었다. 그들은 다른 조의 친한 동료들에게 눈짓을 해 보이며 진위 여부를 묻느라 잠시 시끄러웠다.

그때 천마무적대 전체의 의혹을 한 방에 날리는 등장이 있었다. 그들의 우상이자 절대적인 주군이라 할 수 있는 마군자 상유하가 모습을 드러낸 것이다.

"대주를 뵈옵니다!"

"대주를 뵈옵니다!"

천마무적대 전체가 일제히 부복했다. 부대주를 맡고 있던 철면공자 담인진을 대할 때와는 완연히 다른 모습이다.

상유하가 천마무적대를 지그시 바라보며 입가에 봄날 훈풍 같은 미소를 담았다.

"제군들, 요 근래 고생이 꽤 많았던 걸로 안다."

"그렇지 않습니다!"

천마무적대 전체가 마치 약속이라도 한 듯 입을 모았다. 그 또한 상유하가 상대가 아니라면 있을 수 없는 일이다.

그 점을 상유하 역시 알고 있었다.

그는 미미하게 고개를 끄덕여 보이곤 말했다.

"삼조가 얼마 전 전멸당했다. 이는 천마무적대가 약했기 때문이 아니다. 단지 상대가 생각보다 강했을 따름이다.”

“…….”

“그러나 상대가 강하다 하여 천마무적대가 뒤로 물러설 수는 없는 일이다. 그렇지 않은가?”

“당연합니다!”

역시 천마무적대는 입을 모아 소리쳤다.

당장에라도 진자운을 잡아 죽이기 위해 몸을 날릴 태세였다. 상유하가 눈앞에 있다는 사실만으로도 천마무적대 전체는 후끈 달아올라 있었다.

그 모습을 눈으로 살핀 상유하가 입가에 머물러 있던 미소를 거뒀다.

“그래서 이제부터 나는 삼조의 복수를 하러 갈 것이다.”

“대주의 뒤를 따르겠습니다!”

“대주의 뒤를 따르겠습니다!”

천마무적대의 목소리는 어느 때보다 크고 확신에 차 있었다. 상유하가 함께하는 한 천마무적대에게 불가능한 일은 없었다. 그것은 천마무적대에겐 거의 신앙과도 같았다.

하지만 상유하는 천천히 고개를 가로저었다.

“이번 일은 나 혼자 한다. 신교의 상부에서 성녀에 대한 모든 명령이 취소되었으니, 제군들은 지금부터 각 조 조장들의 인도를 따라 신교로 돌아가도록 하라!”

“대주!”

“대주!”

상유하의 목소리에 단호함이 담겼다.

"이는 명령이다! 지금 당장 시행하도록 하라!"

"조, 존명!"

부복해 있던 천마무적대가 일제히 복명했다. 그러자 그 모습을 잠시 바라보고 있던 상유하가 동쪽 하늘을 슬쩍 바라보며 내심 중얼거렸다.

'슬슬 도착할 때가 됐겠군.'

상유하의 입가로 의미를 알 수 없는 미소가 번져 나왔다.

*　　　*　　　*

슉!

진자운은 공중에서 연달아 세 바퀴나 회전하며 까마득한 절벽 중턱에 형성된 분지 위로 떨어져 내렸다. 혹시라도 있을지 모르는 암습에 대비하기 위함이었다.

보기에 좋고 멋있는 모습.

분지 중간쯤에 불쑥 솟아 있는 사람 키만한 바위에 주저앉아 진자운을 기다리고 있던 상유하가 그 모습을 보고 가볍게 박수를 쳤다.

짝짝!

순간 진자운의 시선이 상유하를 향했다. 무공을 익히지 못한 사람이라면 오금이 저릴 정도의 눈빛.

물론 상유하가 그쯤에 겁먹을 사람은 아니다. 그는 진자운의 무시무시한 눈빛을 자연스레 받아넘기곤 입가에 부드러운 미소를 만들어냈다.

"하하, 정말 찾아올 줄은 몰랐는데……."

'빌어먹을 자식이 웃기는!'

진자운은 문득 지난 이틀 동안 주변 일대를 몽땅 뒤져야 했던 일을 떠올리고 이를 살짝 갈았다.

자신이 고생고생하며 주변을 이 잡듯 헤매는 동안 눈앞의 상유하는 편히 앉아 놀고 있었을 것을 생각하자 분노를 넘어 강렬한 살의를 느꼈다.

상유하가 질문했다.

"요 근래 정파무림의 떠오르는 별이라 불리는 진 소협이 맞겠지요?"

"내가 반보무적 일보단천 진자운이 맞긴 하지."

진자운의 퉁명스런 대답에 상유하의 눈에 이채가 떠올랐다.

"반보무적 일보단천?"

"하하, 세상의 어떤 것이든 다 알고 있는 것 같은 얼굴을 하고서 이 몸의 명호조차 몰랐단 말인가!"

슥.

진자운은 조소 섞인 일갈을 하고는 슬며시 일보를 내딛더니, 금세 상유하가 앉은 바위 근처에 떨어져 내렸다. 자신과 비슷한 또래로 보이는 상유하를 올려다보며 얘기를 나누고 싶지 않았기 때문이다.

그 점을 상유하는 쉽사리 짐작할 수 있었다.

마교에 입문한 이후 속에 능구렁이를 수십 마리씩은 숨기고 있는 마두들만을 상대해 왔던 상유하로선 진자운의 이런 직선적인 모습이 꽤나 신선했다. 자신도 모르게 진짜 웃음을 내비칠 정도로.

"엇!"

진자운은 가벼운 신음과 함께 어깨를 가볍게 떨었다. 상유하의 미소를 본 순간, 등줄기로 오싹한 소름이 돋았다. 그리고 굉장히 기분이 나빠졌다. 한순간 상유하의 미소에 마음을 빼앗긴 자신의 모습을 발견했기 때문이다.

'이 자식, 감히 사내자식 주제에!'

진자운은 다시 이를 갈며 입 안의 침을 모아 상유하 앞에 뱉었다.

"퉤!"

바닥에 떨어진 침 중 몇 방울이 상유하의 티끌 한 점 묻지 않은 신발에 튀었다. 온몸을 백의로 감싼 미공자인 상유하를 일부러 욕보이려는 수작.

그러나 상유하는 발을 들어 진자운의 침을 피하지 않았다. 덕분에 그의 신발에는 점점이 더러운 얼룩이 묻었다.

'피하지 않는다?'

진자운의 눈에 이채가 떠올랐다. 상유하의 행동이 예상을 한참 벗어났기 때문이다.

상유하를 처음 본 순간 그가 떠올린 건 무당파나 다른 명문정파에서 숱하게 볼 수 있던 재수없는 부잣집 귀동이였다. 상유하의 겉모습은 분명 그들과 비교해 볼 때 좀 더 눈부시고 화려할 뿐 별다른 차이가 없어 보였다.

그런데 아니었다. 적어도 상유하는 그런 귀동이들이 가지고 없는 걸 가진 사람이었다. 재수없고 음흉하긴 하나 확실한 능력을 보여줬던 철면공자 담인진이 주인으로 모신 자다운 역량이 엿보였다.

진자운은 이 시점에서 깨끗이 상유하에 대한 자신의 선입견이 잘못된 것임을 인정했다.

"마교에서 낳은 불세출의 천재라고 했던가?"

"마군자란 멋진 명호도 있소이다."

"그야말로 사내답지 않게 곱상하게 생긴 것에 비견될 만큼 재수없는 명호군. 뭐, 나도 그다지 그런 점에 있어 자랑할 주제는 못 되지만."

진자운은 가볍게 어깨를 으쓱해 보였다. 당장에라도 상유하를 잡아먹고 싶었던 종전까지와 마음이 변한 것이 조금쯤 쑥스러웠기 때문이다.

상유하가 다시 물색없이 웃어 보였다.

"사실 본인도 마군자란 명호가 조금 낯간지럽긴 했소이다. 주변에서 만들어줘서 사용하긴 했지만, 본인과 전혀 어울리지 않는다고 생각했기 때문이오. 그런데 오늘 진 소협의 말을 듣고 보니 속이 조금쯤 후련해지는 것 같소이다."

"그렇군."

진자운은 조금 안심한 표정으로 고개를 끄덕였다. 방금 전까지만 해도 가슴이 설렐 정도였던 상유하의 미소가 지극히 소탈한 사내와 같아 보여 마음이 크게 풀어진 것이다.

그때 상유하가 미소를 거뒀다.

"그럼 서로 통성명도 한 셈이니, 시간 끌 것 없지 않겠소이까?"

"물론!"

간명한 대답과 동시에 진자운이 히죽 웃어 보였다.

第四十四章 ◆ 철가면과 강철 사슬

철가면과 강철 사슬

여강에서 얼마 떨어지지 않은 학경(鶴慶) 근처의 가파른 산길.

구불구불 끝없이 이어진 산길을 바람같이 달리는 한 마리의 하얀 당나귀가 있다. 그냥 오르는 것만도 힘들 산길을 달리는 속도가 비호와 같으니 범상찮은 영물임에 분명해 보인다.

그 당나귀의 위에는 백의 궁장의를 곱게 차려입고 등에 범상찮은 보검을 매단 면사녀가 앉아 있었다. 얼마 전 강남의 모용세가를 떠나온 철봉황 모용청려였다.

"봉추야, 착한 봉추야. 널 이렇게 고생시키는 날 너무 원망하지 마렴. 이래야 하는 내 마음도 너무너무 아프단다."

모용청려는 연신 하얀 당나귀 봉추의 엉덩이를 채찍으로 때리며 달콤하게 속삭였다. 근처에 눈이 멀어 앞이 보이지 않는 소경이 있다면 눈앞에서 벌어지고 있는 동물 학대의 현장을 전혀 인식하지 못할 터였다.

그러나 봉추는 연신 엉덩이를 노리는 채찍 세례 속에서도 묵묵히 앞으로 내달릴 뿐 조금의 반항도 보이지 않았다. 얼마 전 사랑하는 암말 백아와 헤어진 상처로 인해 갈가리 찢긴 가슴의 상처가 봉추에겐 더욱 아파왔기 때문이다.

그러한 사실은 모용청려가 더욱 잘 알고 있다.

그녀는 봉추의 눈망울이 아련한 떨림을 보일 때마다 전혀 사정을 보지 않고 수중의 채찍을 휘둘렀다. 봉추의 상사병 때문에 중요한 일을 그르칠 순 없기에 내린 극약처방이다.

어쨌든 봉추는 채찍을 얻어맞을 때마다 짧은 다리를 더욱 재게 놀려 거친 산길을 쏜살같이 달렸다.

그 속도는 웬만한 준마가 평지를 뛰는 것에 비할 바가 아니다. 적어도 전설상의 관우(關羽)가 타고 다녔다는 적토마(赤土馬) 정도는 가져와야 비견할 수 있을 것 같다.

그렇게 거친 산길을 전혀 힘들이지 않고 달리며 모용청려는 내심 가볍게 한숨을 토해냈다. 거의 십여 년 만에 갑자기 그녀를 찾아온 사부의 엄명이 떠올랐기 때문이다.

'하아, 사부님께서 전수해 준 무공 내력으로 미뤄, 그분이 무당파의 인물이란 건 내심 짐작하고 있었지만, 그렇게 대단한 위치에 있는 분일 줄이야……!'

모용청려는 천하 팔대세가 중 모용세가의 금지옥엽이며, 그녀의 부친인 창파검제 모용진천은 구주 이십오성 중 십강에 드는 인물이다.

따로 다른 문하에 들어간다는 건 전혀 필요치 않은 일이며 어불성설이라 할 수 있었다. 하지만 그럼에도 불구하고 모용청려는 부모님 몰래 십오 년 전 신선 같은 풍모의 노도사와 사제지연을 맺었다.

거기엔 모용청려 자신의 재질과 의지가 크게 작용했다고 할 수 있다. 그녀는 부친인 모용진천에 의해 맺어진 태중혼약으로부터 자유롭고 싶다는 생각에 이와 같이 대담한 일을 저지른 것이다.

덕분에 모용청려는 어려서부터 무림 중에 빠르게 두각을 나타냈다. 그리고 지닌 바 능력을 십분 발휘하지 않고도 당금 후기지수 중 으뜸인 사룡삼봉에 꼽힐 수 있었다.

사실 그녀가 자신의 능력을 모두 발휘한다면, 아예 나머지 사룡삼봉에 속한 자들과는 격이 다른 존재라 할 수 있었다. 후기제일지수가 되는 것조차 여반장(如反掌)이나 다름없다고 할 수 있는 것이다.

하지만 모용청려에게는 그런 야심 따위 애초에 없었다. 그녀는 그저 자신의 운명을 스스로 개척할 수 있을 정도의 힘만을 원할 뿐 세상의 어떤 것에도 관심이 없었다. 타고난 성정이 그러하니 어쩔 수 없는 일이었다.

그런 모용청녀에게 피할 수 없는 난처한 일이 생긴 건 지금으로부터 약 삼 개월 전이었다.

그녀는 항주 무림대회 이후 집요하게 따라붙는 패왕도 철무한을 피해 무림맹을 빠져나와 모용세가에 칩거하던 중 사부의 갑작스런 방문을 받았다.

대충 무공을 전수해 준 이후 우리의 인연은 여기까지라고 했던 사람이 필요한 일이 생기자 치사하게 그녀를 찾았다. 혈육을 제외하고 세상에 믿을 사람이 없다는 여느 부모님들의 말이 크게 틀리지 않았음을 보여주는 예라 할 수 있다.

'어쨌든 부모님의 간섭에서 벗어나 자유롭게 살고 싶어 맞은 사부님이라 하나 일단 은혜를 입은 이상 그분의 명령을 따르지 않을 도리는 없다. 낯모르는 사내를 구하는 게 썩 내키진 않지만, 일구이언해 놓고 자기는 사내가 아니라 단지 한 명의 늙은 도사일 뿐이니 상관없다고 변명하시던 모습도 제법 귀여웠고 말야.'

모용청려는 십여 년 만에 만난 늙은 사부의 더욱 초췌해진 안색을 떠올리며 입가에 가벼운 미소를 담았다. 그리고 가벼운 호기심을 느꼈다. 아마도 현 무당파 최고 배분일 게 분명한 사부가 했던 말을 번복하면서까지 자신에게 구하라 명한 미지의 사내에 대해서.

찰싹!

봉추의 짧은 다리가 조금 게으름을 피우는 듯하자 여지없이 모용청려의 손이 채찍을 휘둘렀다. 한시가 급하니 어쩔 수 없는 일이었다.

*　　　　*　　　　*

지잉!

검을 빼 들고 세 번째다. 진자운의 귓전으로 귀아검의 울부짖음이 똑똑히 전해져 왔다. 평소 앞을 가로막는 적을 여지없이 박살 내며 지르던 환호성과는 확연이 차이를 보이는 울음이다.

'제기랄, 단천일검까지 힘으로 밀어내는 건가!'

진자운은 공중에 멈춘 채 애절한 울음만을 토해내던 귀아검을 거두며 내심 혀를 찼다.

그는 상유하를 높이 본 터라 처음부터 태극혜검의 중검무봉을 펼쳤다가 물을 먹고, 바로 단천일검으로 승부를 걸었다. 자신이 아는 최강의 초식을 펼친 것이다. 그런데 놀랍게도 일 합 만에 손해를 봤으니 기분이 좋을 리 없다.

파파팟!

진자운은 재빨리 원원도도로 전신을 방어했다. 단천일검을 거두자 노도처럼 몰려들기 시작한 상유하의 장력을 흩어버리기 위함이다.

거기다 그는 재빨리 뒤로 물러서기까지 했다. 일단 부드러움으로 강함을 제압하는 수법을 펼치긴 했으나 단천일검을 우습게 막아낸 상유하의 장력을 완전히 무력화시키긴 쉽지 않다는 판단이었다.

파파파파파!

삽시간에 진자운을 중심으로 눈부신 검기가 중첩되어 일어났다. 그러나 진자운의 판단대로 중검무봉과 단천일검을 압도하던 위세의 장력은 다급히 펼쳐진 원원도도만으로 쉽사리 해결되진 않았다.

몇 개나 되는 검원에 에워싸인 상태에서도 진자운은 강한 압박을 느꼈다. 그만큼 장력의 위세는 대단했다.

결국 진자운은 연달아 뒤로 물러서야만 했다.

한 걸음씩 뒤로 물러설 때마다 내식이 끓어오르는 게 상유하가 펼친 장력에는 극고의 내가중수법이 포함된 것 같았다. 일시 그는 절벽의 끝에서 위태위태한 걸음을 내딛고 있었다.

'제기랄, 뭔 놈의 장력이기에 내 단천뢰심강의 호신강기를 아무렇지도 않게 뚫는 거냐!'

진자운은 내심 욕설을 퍼부었다. 상유하가 대수롭지 않게 펼친 일장의 위력은 그만큼 그의 예상을 훌쩍 뛰어넘고 있었다.

그때 상유하가 두 번째 장력을 쏟아냈다.

첫 번째 장력의 위세가 전혀 줄지 않은 상황이었다.

그럼에도 펼쳐진 두 번째 장력!

진자운으로선 정면으로 막아내기 불가능한 위력임에 분명했다. 그리고 그는 지금 거친 바람이 휘몰아치고 있는 절벽 끝에 서 있었다.

파앗!

진자운은 눈앞에서 처음의 몇 배나 범위가 확장된 장력의 소용돌이를 피하기 위해 바람같이 뛰어올랐다.

극한까지 펼쳐진 제운종.

진자운은 거의 삼 장이란 거리를 모조리 뒤덮은 장력의 기세를 뚫고서 공중으로 솟아올랐다. 금리도천파(金鯉渡穿波)나 다름없는 모습.

휘리릭!

그 상태에서 진자운은 공중에서 검기를 거뒀다.

누가 보든 미쳤다고 할 만한 행동.

그러나 진자운은 결코 미치지 않았다. 그는 오히려 평소보다도 훨씬 냉정했다. 눈앞의 상유하는 필경 그만한 가치가 있는 호적수였기 때문이다.

'기회는 한 번뿐이다!'

일순 진자운의 손에서 검기가 거둬진 귀아검이 나비처럼 떠나갔다. 막 자신의 장세를 벗어난 진자운을 향해 다시 장력을 일으키고 있던 상유하를 향해서.

슈우!

다시 한 번 미쳤다는 말이 절로 나올 만한 행동.

상유하는 달리 생각했다.

그는 일장을 보태는 것으로 공중으로 날아오른 진자운을 다시 장력의 그물에 가두며 눈에 이채를 띠었다. 한 점의 검기조차 실리지 않은 채 공중을 가로질러 오는 귀아검에 담긴 현기를 읽었기 때문이다.

그의 뇌리로 무림 중에 떠도는 태극혜검의 전설적인 한 가지 초식이 떠올랐다.

'…어검비선(御劍飛仙)?'

그제야 상유하의 장력이 끈질기게 추격하고 있던 진자운을 놓아줬다. 목표를 귀아검으로 바꾼 것이다.

콰콰콰!

상유하가 거둬들인 장력이 일순 공중에서 한데 뭉쳐졌다. 그리고 귀아검을 노린 채 백색 소용돌이를 일으키며 파고들었다. 중검무봉까지 밀어냈던 여태까지의 위세로 볼 때 귀아검의 운명은 결정난 것이나 다름없는 듯 보였다.

한데, 그 순간 공중에서 잠시 신형을 고정시킨 진자운의 손가락이 귀아검 쪽을 향했다. 얼핏 보기에 지검무 태극을 펼치는 것과 다름없는 동작.

지이잉!

다소 느릿하게 움직이던 귀아검이 일순 푸른 검기를 뿜어냈다. 그리고 몇 배나 빨라졌다. 천공에서 떨어져 내리는 유성처럼 한 가닥 푸른 꼬리를 뿌리며.

'역시!'

순간 상유하의 백색 장력이 공중에서 거센 폭발을 일으켰다. 천지가 진동하는 듯한 굉음이 일었다.

그와 함께 상유하는 뒤로 한 걸음 천천히 물러섰다. 이때 그의 양손은 하얀 빛으로 물든 채 가슴에 모아져 있었다. 느닷없이 천지를 박살 낼 듯하던 그의 장력을 뚫고 가슴으로 파고든 귀아검을 막기 위함이었다.

윙윙윙윙!

하얀 빛으로 감싸인 상유하의 양손에 끼인 채 귀아검은 푸른 검기를 연신 뿌려대고 있었다. 분명 상유하의 양손에 가로막혔음에도 귀아검은 마구 몸을 떨어댔다. 흡사 스스로 생명이라도 얻은 듯한 모습이다.

"역시 어검술인가. 당금 무당파에 북검신도를 제외하고 태극혜검의 어검비선을 펼칠 수 있는 이가 또 한 명 있었다니, 놀라운 일이야."

상유하는 자신의 손안에서 마구 용틀임을 보이고 있는 귀아검을 바라보며 즐거운 듯 웃었다. 그 모습은 처음 진자운의 가슴을 떨리게 만들었던 때와 똑같았다. 그는 지금 진심으로 기뻐하고 있는 것이다.

그러나 진자운의 얼굴엔 어이없음과 기막힘이 빠르게 교차할 뿐이었다. 사실 지금과 같은 상황이라면 그가 살짝 넋이 나간다 해도 욕할 순 없을 터였다.

그도 그럴 것이 방금 전에 펼친 어검비선은 그야말로 실패를 각오하고 펼쳐 낸 것이었다. 모험이었다. 아직 그의 태극혜검은 완전히 완성됐다고 볼 수 없었기 때문이다.

자존심을 건 필사의 각오!

진자운은 그렇게 근성으로 어검비선을 성공시켰다. 그리고 자신의 승리를 확신했다.

왜 그렇지 않겠는가?

그의 귀아검은 단숨에 그 대단하던 상유하의 장력을 뚫어버렸다. 거칠 것 없이 상유하의 가슴으로 파고들었다. 그런데 어검술을 맨손으로 잡아내는, 말도 안 되는 일을 눈앞에서 목도하게 될 줄이야…….

순간 어검비선을 펼치느라 공중에 잠시 멈춰 있던 진자운의 신형이 빠르게 밑으로 떨어져 내렸다. 어검비선에 전력을 몽땅 투입한 이상 당연한 결과였다. 피할 수 없는 운명이었다.

"씨바… 알!"

진자운은 끝없이 떨어져 내렸다. 운무밖엔 보이는 것이 아무것도 없는 절벽 밑으로.

"아!"

상유하는 자신의 파옥무상수(破玉無上手)에 끼인 채 버둥거리고 있는 귀아검에 정신을 집중하던 중 입을 가볍게 벌렸다. 눈앞에서 갑자기 절벽 밑으로 떨어져 내린 진자운의 느닷없는 모습에 놀란 것이다.

일순 그는 파옥무상수에 담긴 힘을 늘렸다.

일 푼 정도?

그것만으로 진자운의 전신내력을 빨아먹은 귀아검을 제압하는 데는 충분했다. 전혀 부족함이 없었다.

파창!

귀아검이 산산조각났다. 폭발했다기보다는 그냥 모든 힘을 잃고 부서졌다고 보는 게 옳았다.

후드득!

발밑으로 쏟아져 내리는 검편을 뒤로하고 상유하의 신형이 흐릿한 잔영으로 변했다.

철면공자 담인진의 특기인 분영환마신법이나 펼친 사람이 달랐다. 그저 눈을 현혹시키는 수준에 불과했던 담인진과 달리 상유하의 움직임은 아예 공간을 순간적으로 이동하는 것과 다름없었다.

그는 어느새 진자운이 떨어져 내린 절벽 끝자락에 도착해 있었다. 진자운의 생사를 확인하기 위함이었다.

"흐음, 북검신도 정도의 내력이 없는 탓에 어검비선을 펼치느라 내력을 모조리 소모했다. 그래서 절벽 아래로 추락했다. …고 믿어달라는 건가?"

상유하의 입가로 흐릿한 미소가 떠올랐다. 그의 얼굴엔 진자운의 어검비선을 확인했을 때와 마찬가지로 장난스럽고 즐거운 기색이 떠올라 있었다. 절대로 진자운이 절벽 밑으로 추락해 사망했다곤 믿지 않는 얼굴이었다.

슥!

상유하가 가볍게 절벽 아래로 신형을 날렸다. 짧은 순간, 진자운을 잡으러 가기로 결정한 것이다.

*   *   *

모용청려는 잠시 하늘을 올려다봤다. 갑자기 이상한 기운을 느꼈기 때문이다.

'설마?'

모용청려의 눈동자가 가볍게 흔들렸다.

백여 장쯤 떨어졌을까?

그녀가 올려다본 까마득하게 높은 절벽 위에서 희끗한 점 하나가 빠르게 떨어져 내리는 모습이 보였다.

대충 예상이 되는 모습.

물론 그렇다고 모든 예상이 다 맞는 건 아니나 모용청려는 확인해야겠다는 생각을 했다. 진짜 그녀의 예상이 맞다면, 사부가 구하라 했던 사람일 가능성이 매우 높다는 생각이 들었기 때문이다.

파앗!

모용청려는 봉추의 안장을 살짝 밟고서 신형을 날렸다. 하늘에서 떨어져 내리는 사람을 받기 위함이니, 한시도 시간을 늦춰선 곤란했다.

*　　　*　　　*

귓속으로 마구 파고드는 바람.

귀 울림.

진자운은 살짝 감고 있던 눈을 떴다.

그는 실눈으로 절벽 위를 살폈다. 혹시라도 상유하가 쫓아오는지를 살피기 위함이었다.

그러나 애초에 그의 행동은 말이 안 됐다. 구름과 바람이 마구 회오리치고 있는 가운데를 뚫고 무서운 속도로 떨어지는 주제에 시력을 집중한다는 건 결코 쉬운 일이 아니었다. 사실 불가능하다는 말이 가장 옳을 터였다.

진자운은 곧바로 자신의 멍청함을 깨달았다. 하긴 절벽에서 떨어진 게 처음인만큼 이런 난처한 일이 발생할 줄 미리 알 수는 없는 노릇이었다.

'일단은 사는 게 우선이다!'

진자운은 재빨리 대자로 활개를 펴고 있던 신형을 공중에서 가볍게 회전시켰다. 일단 아무런 대책 없이 떨어져 내리는 동안 가중된 낙하 속도를 조금이라도 늦추기 위함이었다.

휘리릭!

진자운이 몇 번이나 회전하는 동안 낙하 속도가 점차 줄어들었다.

그렇다곤 하나 바닥에 이대로 떨어진다면 필시 즉사할 게 당연한 속도였다. 뭔가 특별한 대책이 필요했다.

진자운은 자신이 절벽을 너무 우습게 알았다는 탄식과 함께 공중에서 신형을 비틀며 흑아검을 뽑았다. 절벽 부근에 검이라도 꽂아 넣어 추락 속도를 줄이기 위함이었다.

카카캉!

흑아검이 꽂힌 절벽에 기다란 홈집이 생겼다. 수없이 많은 세월과 풍파를 견뎌낸 암반으로 된 절벽은 쉽사리 흑아검에게 자신의 몸을 허락하지 않았다.

그래도 덕분에 진자운은 추락 속도가 다시 현저하게 떨어진 걸 눈치챘다. 그렇다면 이제는 근성과 운의 문제였다. 쪽팔리지만, 상유하에겐 전혀 통하지 않았던 그 근성에 다시 매달려야 하는 것이다.

진자운은 단숨에 절반으로 부러진 흑아검을 다시 절벽에 꽂아 넣었다. 처음과 달리 혼을 실은 일검!

콰직!

흑아검이 절벽에 자신의 몸을 파묻는 순간, 진자운은 호구가 찢어지는 듯한 통증을 느꼈다.

그뿐 아니다. 그의 어깨는 바로 탈구되어 버렸다. 아무리 두 차례에 걸쳐 추락 속도가 떨어졌다곤 하나 한동안 대책없이 떨어지고 있었던 만큼 이 정도 대가를 치르는 건 당연하다고 볼 수 있다.

"끄으!"

진자운은 관심을 갖고 지켜봐 주는 사람이 없어서 아프단 비명도 지르지 못했다. 쪽팔린 건 둘째 문제였다.

어쨌든 진자운은 간신히 절벽에서 떨어져 죽는 꼴은 면하게 됐다.

불행 중 다행이라고 할까? 근성은 두 번이나 그를 배신하지 않았다.

진자운은 잠시 흑아검의 검파에 의지한 채 절벽 중간에 대롱거리며 매달려 있었다.

속도를 죽이고 죽인 끝에 떨어지는 걸 멈췄다. 그러니 이젠 어떻게 살아날 방도를 강구할 차례였다. 절벽 중간에 이렇게 매달린 채로는 결코 오래 못 버틸 게 분명했기 때문이다.

'그럼 이젠 어쩐다?'

진자운은 반사적으로 다시 고개를 들어 자신이 떨어져 내린 절벽 위쪽을 바라봤다. 그러나 곧 그는 고개를 크게 가로저었다. 어떻게 도망쳤는데, 다시 절벽 위로 기어오르겠는가. 그건 미친 짓이나 다름없었다. 재고할 가치가 없는 생각이다.

그렇다면 답은 한 가지였다. 어떻게 해서든 아래로 기어 내려갈 수밖에 없었다. 절벽에 박아 넣느라 절반밖엔 남지 않은 흑아검에 의지한 채 말이다.

진자운은 여전히 까마득한 높이를 자랑하는 절벽 아래쪽을 힐끔 바라보곤 입가에 작은 한숨을 담았다. 아무리 생각해도 내려가는 데 며칠은 족히 걸릴 것 같았기 때문이다.

그런데 그때였다. 절벽에 부딪쳤다 산산조각나거나 튕겨져 나가는 바람 소리만이 감돌고 있던 절벽 위쪽에서부터 기묘한 소음이 들려왔다.

탁! 탁탁탁!

진자운은 귓전을 울리는 묘한 소음이 뜻하는 바를 한참 생각하다 얼굴을 와락 일그러뜨렸다.

'쫓아 내려왔구나!'

그렇다. 현 상황에서 진자운의 귓전을 자극하는 소음의 정체는 자명했다. 진자운을 따라 절벽에서 뛰어내린 상유하는 절묘한 신법으로 낙하 속도를 줄이고 있음이 분명했다.

그렇다면 한 가지 이상한 점이 있다.

어검술을 맨손으로 받아낼 정도의 절대고수인 상유하가 절벽을 뛰어내리는 데 이렇게 큰 소리를 낸다는 건 이해가 가지 않는 일이다. 심하다 싶을 정도인 바람이 부는 중에서도 절벽을 걷어차는 소음만큼은 유난히 또렷하게 들려왔다.

하지만 진자운은 자기 나름의 기준으로 상유하를 예단하고 더욱 얼굴에 인상을 썼다. 그가 일부러 발바닥에 내력을 모아 소음을 크게 내고 있음을 눈치챈 것이다. 자신이 내려오는 걸 확실하게 알리려는 목적을 가지고.

"이 빌어먹을 놈! 그렇게 광명정대하게 추격하고 싶었냐!"

순간 하늘을 향해 크게 소리 지른 진자운이 잡고 있던 흑아검을 단숨에 빼냈다. 그러자 잠시 흔들거린 그의 신형이 다시 밑으로 추락하기 시작했다.

결국 이판사판이 된 것일까?

그렇진 않았다. 진자운은 머리를 절벽 아래로 향한 채 연달아 흑아검을 휘둘렀다. 가속도가 붙기 전 조금씩 조금씩 떨어지는 압력을 줄여 나가는 방식.

대단히 무식하지만, 아주 타당성이 없진 않은 안전 추락 방법이었다. 어쨌든 그는 어떤 신법보다도 빠르지만 그럭저럭 안전하게 절벽 아래로 내려가게 된 것이다. 성공은 장담할 수 없지만 말이다.

그렇게 진자운은 이렇게 된 이상 자신의 명예를 걸고 절대로 상유하로부터 달아나겠다고 굳게 결심했다. 연신 반 토막난 흑아검을 휘둘러 대며.

*   *   *

털푸덕!

모용청려는 결국 제때 도착하는 데 실패했다. 그녀의 예상대로 절벽에서 떨어져 내린 희뿌연 점은 사람이었고, 확실하게 바닥에 추락했다. 그녀가 도착하기 바로 직전의 일이다.

그러나 놀랍게도 천 장(千丈)도 넘어 보이는 절벽 위에서 추락한 사람은 한 줌의 피떡으로 변하지 않았다. 사지가 산산조각나고 골수로 바닥을 더럽힌 것도 아니다.

마치 몇 장 높이의 나무에서 떨어져 내린 듯 행색이 말짱해 보였다. 다만 그녀의 눈앞에서 대자로 뻗어 있을 뿐이었다.

건장한 체형의 사내.

모용청려는 잠깐 동안 놀란 표정을 한 채 아무런 움직임도 보이지 못했다. 무가의 여식임에도 사람이 죽는 모습을 그녀는 오늘 처음으로 목도한 때문이다.

'정말 죽… 었나?'

모용청려는 잠시 머뭇거리다 사체로 추측되는 사내에게 조심스레 다가갔다. 꺼림칙한 기분이 없진 않았으나 생사를 확인하고 싶은 호기심이 더욱 컸다.

툭!

그래도 찜찜한 마음을 완전히 떨치긴 힘들었을 것이다.

모용청려는 바닥에 떨어진 돌멩이를 발로 차서 사내의 머리를 맞혔다. 혹시라도 살아 있다면 미세한 움직임이라도 보일 거란 생각이었다.

물론 죽기 직전의 중상을 입은 상태라면 문제가 달라지겠지만, 그녀는 전혀 그런 확률은 염두해 두지 않았다.

사부가 그녀에게 구하라 했던 인물이라면 적어도 절정고수일 터였다. 그냥 단순한 사고로 절벽에서 떨어지는 불상사를 맞을 일은 없다고 보는 게 옳았다.

그러니 현 상황에서 생각할 수 있는 건 눈앞의 사내가 누군가에게 도망친 것이거나, 맞아 죽고 버려졌거나 둘 중 하나였다. 한마디로 경상을 입고 살았든, 죽었든지 간에 둘 중 하나의 상태일 게 분명하다는 뜻이다.

'미동조차 않는다니……'

한동안 안력까지 돋워가며 사체로 추정되는 사내를 살핀 모용청려는 눈빛을 가볍게 흩뜨렸다.

그녀가 돌멩이에 가한 힘은 그리 적은 게 아니었다. 적어도 심한 통증을 느낄 만한 위력이 담겨 있었다.

그런데도 돌멩이에 가격당한 사내는 미동조차 하지 않고 있었다. 만약 조금이라도 숨결이 남아 있다면, 신음이라도 흘러나와야 옳았다.

결국 사부가 말한 사람이 아니거나, 그녀가 완전히 늦어버렸다는 의미. 생면부지의 사내이긴 하나 마음이 흔들리는 건 인지상정이라 할수 있었다.

"실례했습니다."

모용청려는 사체─그녀의 마음속에서 이미 눈앞의 사내는 죽은 사람이었다—를 향해 그림같이 허리를 숙여 보였다. 그리고 잠시 고민했다.

사체의 얼굴을 확인하고 매장해 주고 싶긴 한데, 여인의 몸으로 그런 험한 일을 하려니 꺼려지는 마음이 없지 않았다. 다분히 감정적이고 즉흥적인 고민이었다.

"훗, 불가에서는 옷깃만 스쳐도 억겁의 인연이라 했던가? 전후 사정이야 어찌 됐든 이렇게 만난 처지에 세상의 도리를 논하는 것도 우스운 일일 테지."

모용청려는 가벼운 실소와 함께 사체 쪽으로 다가갔다. 그리고 그녀가 막 사체의 어깨에 손을 댈 무렵이다.

파라락!

바람에 옷자락이 휘날리는 소리와 함께 사체가 추락한 절벽 위로부터 한 명의 백의 미공자가 떨어져 내렸다. 진자운을 추격해 절벽을 뛰어내린 상유하가 결국 바닥까지 도착한 것이다.

"아!"

모용청려는 일순 눈이 부시단 생각이 들었다. 그만큼 상유하의 용모는 그녀 평생에 처음 봤다고 할 정도로 근사했다. 그냥 단순히 잘생겼다는 표현으로는 부족했다. 감히 똑바로 쳐다보기가 두려울 정도였다.

'어찌 사내가……'

모용청려는 나직이 한숨을 토해냈다. 남녀의 차이를 고려하더라도 절대적인 미의 기준에서 그녀는 자신의 외모가 눈앞의 사내보다 떨어진다고 느꼈다.

굳이 비교하자면 평생 본 최고의 미녀인 담화연이나 비교할 수 있을까?

모용청려는 면사로 얼굴을 가리고 다니는 자신에 대한 묘한 자괴감을 느꼈다. 그만큼 상유하와의 만남은 그녀에게는 충격적인 사건이라 할 수 있었다.

그렇게 잠시 얼어붙어 버린 모용청려와 달리 상유하는 눈앞의 면사 미녀에게 약간의 관심도 보이지 않았다. 담화연의 절세미모에도 별다른 반응을 보이지 않는 그이니 당연한 일이다.

상유하의 관심은 오로지 여전히 바닥에 대자로 뻗어 있는 진자운에게 가 있었다. 그가 이런 엉뚱한 행동을 하고 있는 까닭을 쉽사리 예상키가 힘들었기 때문이다.

'일부러 죽은 체해서 현 상황을 벗어나겠다는 건, 날 곰과 똑같은 수준으로 본다는 건데…….'

상유하는 입가에 살짝 미소를 띠었다. 여전히 진자운의 의도를 짐작키는 어렵지만, 재밌다는 생각이 바뀐 건 아니었다. 오히려 더욱 그는 흥미를 느꼈다.

슉!

상유하가 진자운에게 손을 뻗어갔다. 그러자 모용청려는 몽롱한 상태에서 비로소 깨어났다. 그리고 눈에 이채를 담았다.

아무리 눈앞의 상유하가 평생 처음 본 미공자라곤 하나 자신이 먼저 발견한 사체를 빼앗긴다는 건 자존심이 상했다.

파팟!

모용청려는 양손의 소지를 들어 바람같이 상유하를 찔러갔다. 모용세가 비전의 일음지를 펼친 것이다.

'모용세가의 일음지?'

상유하는 자신의 곡지혈을 노리고 파고든 음유한 지력을 향해 가볍게 소매를 털어냈다. 모용세가의 일음지라면 꽤나 무림에 널리 알려진 무공으로, 아예 무시로 일관할 순 없는 위력이 담겨 있었기 때문이다.

타탁!

순간적으로 강철 같은 강도로 변한 상유하의 소맷자락과 맞부딪친 일음지가 불속에 던져진 콩알과 같은 소음을 내며 소멸했다. 무림 중에 떠도는 일음지에 대한 찬사가 무색해지는 순간이었다.

그러나 처음부터 모용청려에겐 상유하를 무공으로 제압할 의사가 없었다. 그녀는 단지 눈앞의 사체를 자신 쪽으로 끌어당길 잠깐의 여유가 필요했을 뿐이다.

스슥!

일시 봉황과 같은 환영을 일으키며 모용청려는 상유하의 앞을 가로막아 섰다. 어느새 그녀의 손에는 오색찬란한 기운을 뿜어내는 보검이 쥐어져 있었다.

"무례하군요!"

"무례하다?"

"그렇지 않으면 후안무치한 건가요! 어찌 처음 본 사이에 남의 물건을 가로채려 하는 것이죠?"

모용청려의 말은 거의 억지에 가까웠다. 만약 전후 사정을 옆에서 지켜본 사람이라면 대부분 그리 말할 터였다.

상유하 역시 그리 생각했다.

"소저가 말하는 남의 물건이란 저기 바닥에 떨어진 물건(?)을 말하는 것이오?"

모용청려의 면사가 나풀거렸다.

"당연히 그렇죠."

"그렇다면 저기 떨어진 물건의 정체를 소저는 알고 있겠군요?"

"그, 그건……."

"설마 자신의 물건이 뭔지도 모른다고 하는 것이오? 그렇다면 소저는 지금 억지를 부리는 거라고 소생은 말하겠소이다."

"……."

상유하는 더 이상 모용청려와 대화를 나눌 필요성을 느끼지 못한 듯 앞으로 나섰다. 또다시 자신의 앞을 막는다면 힘으로 그녀를 밀어붙이려는 생각이었다.

그때 잠시 머뭇거리고 있던 모용청려가 갑자기 눈에 이채를 띠더니 자신만만한 목소리로 말했다.

"누가 물건의 이름을 모른다는 건가요! 정말 무례한 사람이군요!"

"그럼?"

"내가 잠시 머뭇거린 건 처음 보는 낯모르는 사람이 남녀 간의 사사로운 부분을 묻기에 당황했을 뿐이에요."

"남녀 간의 사사로운 부분……."

"나와 저기 부상을 입고 쓰러져 있는 진 소협은 오래전에 정혼한 사이예요. 그러니 진 소협이 내 물건이라는 표현은 그리 틀린 게 아니지 않겠어요?"

"하!"

상유하는 순간적으로 모용청려의 어깨 너머로 얼핏 보이는 진자운을 곁눈질했다. 그가 그사이에 전음으로 모용청려에게 자신의 정체를 말했음을 눈치챈 것이다.

물론 그렇다고 바뀌는 게 있을 리 없다.

상유하는 한차례 웃음을 지어 보이곤 모용청려에게 수장을 뻗어갔다. 그러자 봄날 뺨을 스치는 부드러운 미풍과 같은 움직임과 달리 그의 장심 한복판에 검은 소용돌이 한 개가 생겨났다.

'마공?'

이미 눈앞의 상유하가 보통이 아니란 사실을 짐작하고 있던 모용청려의 눈 깊은 곳에 경계의 빛이 떠올랐다. 상대가 마공을 펼치는 자라면 이번 대결에서 목숨을 걸어야 할지도 모르기 때문이다.

콰릉!

바로 그 순간 상유하의 장심에 떠올라 있던 검은 소용돌이가 모용청려에게 파고들었다. 그는 위협이 아니라 바로 살초를 전개한 것이다.

"예의없는 사람!"

모용청려는 수중의 검을 횡으로 내리그어 상유하의 장력을 막으면서 점잖게 꾸짖는 말을 잊지 않았다. 그녀 역시 사룡삼봉 중 으뜸이라 알려진 철봉황인만큼 비슷한 연배의 상유하를 두려워할 까닭이 없었다.

그러나 자연스레 사량발천근의 묘리를 담았던 그녀의 검은 단숨에 뒤로 튕겨졌다. 상유하의 장력에 담긴 엄청난 힘을 흩어버리기엔 그녀의 내공이 너무 부족했다.

"아!"

모용청려는 단숨에 진자운이 있는 곳까지 물러섰다. 일 초 만에 검을 든 손이 욱신거리고 있었다. 그녀와 상유하 간에는 도저히 건널 수 없는 실력의 차이가 존재하고 있음을 보여주는 모습이다.

모용청려의 얼굴은 일시 사색으로 변했다. 도저히 눈앞의 상유하를 상대할 자신이 없었기 때문이다.

그런데 그때 마치 기다렸다는 듯 등뒤의 명문혈 쪽에서 한 가닥 웅장한 기운이 노도처럼 쏟아져 들어오는 게 아닌가!

'진 소협이 도와주는구나!'

모용청려는 대번에 상황 파악을 하고 다시 검을 휘둘러 재차 파고든 상유하의 묵빛 장력을 두 쪽 냈다. 그녀 혼자의 힘만으로는 어림도 없던 일을 성공시킨 것이다.

'할 수 있다!'

모용청려는 용기백배하여 상유하를 노려봤다. 이렇게 된 이상 그와 끝까지 싸워볼 생각이었다. 그러자 그녀의 귓전을 울리는 진자운의 목소리.

[모용 소저가 상대할 만한 자가 아니오. 쓸데없는 짓 하지 말고 뒤로 비키쇼!]

'으음.'

모용청려는 진자운의 의도를 눈치채고 내심 신음했다. 확실히 그의 말대로 자신으로선 상유하와 대적할 수 없는 건 분명하나 자존심이 은근히 상했다.

'하지만 이만큼이나 실력의 차이가 여실한 이상 어쩔 수 없는 일이겠지……'

다시 상유하의 묵빛 장력이 쇄도한 것과 동시, 모용청려는 바닥을 살짝 차며 공중으로 날아올랐다. 더 이상 진자운을 두고 그와 다투지 않겠다는 뜻을 분명히 한 것이다.

휘익.

상유하는 군이 모용청려를 뒤쫓으려 하지 않았다. 어차피 처음부터 그의 목표는 진자운에 있었으니 모용청려 정도의 고수에게 신경을 쓸 까닭이 없었다.

'그럼 슬슬 밑천을 드러내 보실까?'

상유하는 한걸음에 진자운에게 다가갔다. 그리고 그의 손이 진자운의 어깨에 닿았을 때다.

번쩍!

바닥에 대자로 뻗어 있던 진자운의 몸에서 엄청난 기의 방전이 일어났다. 마치 자신의 몸 전체를 폭사시키는 것과 마찬가지의 모습.

'호오?'

상유하는 자신의 수장을 따라 노도처럼 밀려드는 한 가닥 뇌전과 같은 기운에 신형을 가볍게 떨었다. 일시 그가 느낀 충격은 천공에서 떨어져 내린 벼락에 직격당한 것과 동일한 수준이었다.

단천뢰심강!

그는 진자운이 온몸의 진기를 모조리 짜내 펼쳐 낸 유형화된 단천뢰심강을 무방비 상태로 얻어맞은 것이다.

비틀.

상유하가 뒤로 한 걸음 물러선 순간, 진자운이 언제 죽은 체했냐는 듯 바닥을 박차고 벌떡 일어섰다. 방금 전까지 죽은 것 같던 그의 얼굴은 다소 창백한 걸 제외하면 말짱해 보였다. 그러나 그것도 잠시,

"웩!"

진자운의 입에서 검붉은 핏덩이가 터져 나왔다. 이미 어검비선과 무지막지한 절벽 추락 방법 덕분에 내력이 거의 고갈된 상태에서 무리하게 펼친 단천뢰심강의 여파였다.

"…제길!"

진자운은 핏덩이를 채 다 뱉어내기도 전에 나직이 욕설을 내뱉었다. 그의 눈앞에서 단천뢰심강에 직격을 당한 상유하가 그 원인이었다.

방금 전까지 낮술이라도 먹은 것 같던 그는 어느새 안정된 자세로 돌아가 있었다. 게다가 그의 입가에 떠올라 있는 밉살맞은 미소라니!

"무당의 단천뢰심강인가?"

"내 화후가 낮을 뿐이다!"

진자운이 이를 갈 듯 소리치자 상유하가 미미하게 고개를 끄덕여 보였다.

"확실히 자네의 단천뢰심강은 평범하더군. 기껏해야 호신강기 수준을 다소 벗어났을 뿐, 자유자재로 강기공을 펼칠 수는 없는 단계가 분명해."

"쳇, 내 뱃속의 회충이 있다면 필시 네놈이겠군."

"꼭 자네 뱃속의 회충이어야만 그런 사실을 알 수 있는 건 아니야. 하지만 자네는 꽤나 정직한 사람인 것 같더군."

진자운으로선 평생 처음으로 들어보는 말이었다. 그래서 기분이 나빴다. 사기와 협잡으로 한세상을 보낸 그였다. 정직하단 말은 전혀 칭찬으로 들리지 않았다.

'이 녀석, 자기가 이겼다고 그런 막말을 하다니!'

진자운은 속으로 이를 갈며 아직 핏물이 잔뜩 머금어져 있는 침을 바닥에 뱉어냈다. 어찌 됐든 그가 거의 죽을 각오로 준비했던 뻔뻔스런 함정을 눈앞의 상유하는 피하지 않고 정면으로 받아줬다. 그랬음에도 패배한 지금, 별다른 변명은 늘어놓고 싶지 않았다.

상유하의 입가에 다시 미소가 떠올랐다.

'역시 정직한 자로군. 마음에 들어.'

상유하는 문득 묘한 아쉬움을 느끼며 수장을 들어올렸다. 이젠 완전히 무방비 상태가 된 진자운에게 최후의 일격을 가하기 위함이었다.

그런데 바로 그때였다.

진자운의 충고대로 착실히 뒤로 물러서 두 사람의 대결을 지켜보고 있던 모용청려가 다시 상유하의 앞을 가로막아 섰다. 검조차 들지 않고서.

"내가 한 가지 할 말이 있으니, 두 사람은 잠시 싸움을 멈추도록 하세요."

진자운이 모용청려를 바라보며 퉁명스레 한마디 했다.

"모용 소저, 이미 싸움은 끝났고, 난 무방비 상태로 저 더럽게 잘생긴 소마두한테 목을 내밀고 있는 상황이오."

상유하가 미미하게 고개를 끄덕이며 동조했다.

"사실 진 소협의 말은 꽤나 옳다고 할 수 있소."

"제기랄!"

상유하를 노려보며 나직이 욕설을 토한 진자운이 마지못한 표정으로 말했다.

"상황이 이러하니, 모용 소저가 끼어들지 않는 게 좋소이다."

"역시 그러는 게 좋겠소이다."

언제 목숨을 걸고 싸웠냐는 듯 진자운과 상유하는 이구동성으로 모용청려에게 뒤로 빠지라 말했다. 진자운이 모용청려의 안위를 걱정한 데 반해 상유하는 굳이 여자를 죽이는 귀찮은 일을 자처하고 싶지 않다는 이유였다.

그러한 사실을 모용청려가 모를 리 없다. 그녀는 은연중 진자운에게 상냥한 눈웃음을 던지고 상유하를 싸늘하게 쏘아봤다. 그리고 말했다.

"두 사람은 날 꽤나 무시하는군요. 하지만 과연 이걸 보고서도 그럴 수 있을까요?"

모용청려는 품 안에서 작은 동전 하나를 꺼내 들었다.

겉에 태극문양이 그려진 평범한 철전.

그러나 그건 진자운에겐 결코 평범할 수 없는 물건이었다. 과거 그를 무당파로 이끌었던 물건이었기 때문이다.

"그건 태극철전!"

"태극철전?"

모용청려가 눈살을 가볍게 찌푸리며 되묻자 진자운이 장황한 설명을 늘어놓으려다 입을 다물었다. 그가 자기 맘대로 태극철전이라 명명한 철전을 바라보는 상유하의 눈빛이 심상치 않음을 눈치챘기 때문이다.

'뭔가 있다!'

진자운이 내심 크게 소리친 순간, 상유하가 입가에 묘한 음모가 느껴지는 미소를 떠올렸다.

"소저는 대단한 분을 사부로 모시고 있구려. 확실히 그 물건을 내보인다면, 소생으로선 한 걸음 뒤로 물러설 수밖에 없겠지요. 하지만 내가 이대로 물러선다는 건 체면상 안 되겠고… 조금쯤 이득을 봐야겠는데, 그래도 되겠소이까?"

모용청려가 경계심을 품은 채 되물었다.

"어떤 이득을 보겠다는 거죠?"

"소저의 정혼자인 진 소협의 목숨에는 조금도 해를 끼치지 않는 것이오."

"그의 몸에 상처를 입히는 것도 안 돼요."

"그렇게 하리다."

'하아!'

모용청려는 내심 자신의 모험이 성공으로 돌아갔음에 안도의 한숨을 내쉬었다. 사실 그녀가 사부에게 받은 철전이 이와 같은 위력을 발휘하리라곤 생각지 못했기 때문이다.

그때 상유하가 모용청려에게 살짝 고개를 끄덕여 보이곤, 갑자기 품에서 검붉은 물건을 꺼내 진자운의 발치에 던졌다.

철그럭!

"이건……."

진자운이 눈살을 가볍게 찌푸려 보이자 상유하가 말했다.

"철가면이라네. 자네의 손에 죽은 내 수하가 쓰고 있던 것과 동일한 물건이지."

"그래서?"

"그 철가면은 한 번 쓰면 쉽사리 벗을 수 없는 잠금 장치가 되어 있는데, 자네는 지금부터 그걸 얼굴에 쓰고 살아야 하네. 그리고 일 년이 지난 후 천마신교로 찾아와 철가면을 쓴 채 내 수하가 되거나 죽어야 해. 내 수하의 목숨 값에 대한 조그만 대가라 할 수 있겠지."

"내가 거부하겠다면?"

"자네는 거부할 수 없어."

"어째서 그렇지?"

"그건……."

잠시 말끝을 흐린 상유하가 다시 음모가 느껴지는 미소를 떠올렸다.

"자네가 내 말을 거부하겠다면, 성녀의 목숨으로 그 값을 대신할 생각이거든."

"……."

진자운은 상유하에게 히죽 웃어 보였다. 그리고 천천히 철가면을 집어 들었다. 지금 그의 제안을 거부할 힘이 없음을 잘 알고 있었기 때문이다.

"일 년 후 천마신교로 찾아가겠다."

"기다리지."

상유하의 대답이 떨어진 것과 함께, 진자운이 철가면을 얼굴에 덮어썼다. 스스로의 몸에 강철 사슬을 매단 것이다. 복수의 맹세와 더불어.

◆ 第四十五章 ◆ 싸워야 하는 이유!

싸워야 하는 이유!

담화연은 바람에 몸을 내맡기고 있었다.

망연한 눈빛.

무언가 집요함이 느껴지는 그녀의 눈동자는 줄곧 한 방향만을 바라보고 있었다. 진자운이 돌아오겠다 말하고 떠나간 바로 그 방향이었다.

'아가씨…….'

소설향은 몇 번이나 담화연을 부르려다 다만 입술을 달싹일 뿐이었다. 지금 그녀를 움직일 수 있는 건 오직 단 한 사람, 진자운뿐임을 알고 있었기 때문이다.

그때 문득 혼이 빠져나간 듯하던 담화연의 눈에 초점이 모아졌다. 그리고 몇 번의 깜박임.

"진 가가가 아니다……."

담화연은 나직이 중얼거리곤 섬세하고 자그마한 몸을 가볍게 떨었다, 갑자기 거세진 바람에 추위를 느끼기라도 하는 것처럼.

물론 소설향은 담화연이 한낱 바람 따위에 추위를 느낄 사람이 아니라는 걸 알고 있다. 그래도 그녀는 잔뜩 구름이 낀 얼굴을 한 채 담화연에게 다가섰다.

"아가씨……."

"진 가가가 아니잖아!"

담화연은 크게 소리치며 왈칵 화를 냈다. 일시 거대한 분노가 작고 여린 그녀의 몸 전체를 휘감았다. 소설향이 그 박력에 놀라 뒤로 한 걸음 물러설 정도였다.

그때 담화연을 분노케 만든 장본인인 상유하가 마치 천신처럼 백삼 자락을 펄럭이며 다가들었다. 진자운에게 철가면을 씌우자마자 그는 자신이 했던 호언장담대로 담화연을 붙잡기 위해 달려온 것이다.

슥!

질풍과 같던 움직임과 달리 산들바람과 같은 착지.

상유하가 여유있는 걸음으로 다가들자 담화연의 뒤에 서 있던 파미륵과 육노당이 미리 약속이라도 한 듯 연수합격에 나섰다. 평소 보였던 그들의 자부심이나 자존심을 생각하면 놀라운 모습.

그러나 그들의 연수합격은 상유하가 내뻗은 묵빛 장력 앞에 허무한 작태가 되고 말았다.

"크헉!"

"컥!"

파미륵과 육노당은 다급한 신음과 함께 황급히 오 장 밖으로 신형을 물렸다. 그들의 연수합격조차 무색케 만들 정도의 위력이 묵빛 장력에는 담겨 있었다.

그때 상유하만을 빤히 바라보고 있던 담화연이 나직이 중얼거렸다.

"담인진의 묵성장!"

상유하가 여전히 그의 장심에 머물러 있는 묵빛 소용돌이를 눈으로 살피곤 담화연에게 빙긋 웃어 보였다.

"성녀께서도 알고 있는 걸 보면, 생각했던 것보다 꽤나 쓸 만한 무공인 것 같습니다."

"담인진은 어찌 됐지요?"

"죽었습니다."

"죽어? 감히 상유하 당신이⋯⋯."

상유하는 미미하게 고개를 저어 보였다. 그리고 말했다.

"담 공자를 죽인 건 무당파의 속가제자인 진자운입니다. 그래서 제가 담 공자의 복수를 했습니다. 그러니 성녀께서는 노여움을 거둬주십시오."

"⋯⋯."

상유하가 허리를 숙여 보이는 순간, 담화연은 발작적으로 작고 앙증맞은 수장을 들어올렸다.

그녀의 눈앞에 상유하의 천령혈이 그대로 내려다보였다. 그냥 수장으로 내려치기만 하면 상유하를 즉사시킬 수도 있을 것 같았다.

'하지만⋯⋯.'

담화연은 복잡미묘한 시선을 한 채 천천히 수장을 내려놨다. 한순간 끓어오른 살기를 억제하는 데 성공한 것이다.

순간 입가에 미소를 띤 상유하가 굽혔던 허리를 바로 했다. 그리고 방금 전 담화연이 발산했던 살기를 전혀 모르는 것처럼 말했다.

"다만, 한 가지 성녀께 용서를 구해야 할 일이 있는데, 그건 진자운이란 자를 죽이지 못했다는 겁니다."

"그, 그럼……."

"그는 저와 일년지맹을 맺었습니다."

"일년지맹?"

"그렇습니다. 일 년 후 신교로 찾아와 저와 생사를 결하기로 약조를 한 겁니다."

"아!"

일순 창백하게 질려 있던 담화연의 얼굴에 화색이 돌아왔다. 진자운이 살아 있다는 한 가지 이유만으로 그녀는 천하에서 가장 행복한 소녀가 된 것이다.

그 모습을 바라보며 다시 입가에 미소를 담은 상유하가 말했다.

"그러니 성녀께서는 저와 함께 신교로 돌아가서야 될 것 같습니다. 지금 당장!"

"그건 명령인가요?"

"어찌 감히!"

다시 허리를 숙여 보인 상유하가 한마디를 덧붙였다.

"하지만 진자운과 맺은 일년지맹(一年之盟)에는 성녀께서 앞으로 제 말을 따른다는 조건이 포함되어 있습니다. 만약 그렇지 않을 시에는……."

"…일년지맹은 효력을 잃는 것이겠군요?"

"바로 그렇습니다."

상유하의 뻔뻔스런 대답에 담화연 옆에 서 있던 소설향이 혈우마도의 도파를 잡았다.

그녀의 얼굴에는 당장 발도해 눈앞의 절세 미남자를 천참만륙하고 싶다는 표정이 노골적으로 드러나 있었다.

그러나 그녀는 감히 발작할 수 없었다. 눈앞의 상유하가 오마에 버금가는 절대고수이자 내심을 전혀 알 수 없는 모략가임을 너무도 잘 알고 있었기 때문이다.

'그렇지만 이 무엄한 놈! 감히 아가씨께……'

문득 이를 악문 소설향의 어깨를 담화연이 살짝 쓰다듬었다. 그녀의 흥분을 가라앉히려는 의도였다.

"아가씨……"

거의 울음이 섞인 소설향의 부름에 담화연이 어여쁘게 웃어 보였다.

"진 가가가 무사하대. 지금 난 너무 행복하니까, 설향 언니는 내 걱정을 할 필요가 없어."

"그렇지만……"

"괜찮다니까."

담화연은 다시 한차례 소설향의 어깨를 쓰다듬고 대답을 기다리고 있는 상유하게 말했다.

"신교로 복귀하겠어요. 상 대주는 지금부터 내 호위를 맡도록 하세요."

"존명!"

상유하의 허리가 세 번째로 숙여졌다, 의미 불명의 미소와 더불어.

*　　　　*　　　　*

사천성 단파(丹巴).

유명한 구대문파 중 하나인 청성파가 있는 청성산으로부터 얼마 떨어지지 않은 성읍에 작은 소란이 일어난 건 정오를 조금 넘었을 때다.

일남일녀(一男一女)와 하얀 당나귀 한 마리.

소란의 중심은 단연 여인 쪽이었다. 사내가 장신에 장발을 아무렇게나 늘어뜨린 걸 제외하면 평범한 외양인 데 비해, 여인은 누구든 바라보는 것만으로도 숨이 멎을 듯한 미녀인데다, 진귀한 하얀 당나귀마저 데리고 있었다. 소란이 일어나지 않는 게 이상한 일일 터였다.

일남일녀의 정체는 한 달 전 운남을 떠나온 진자운과 모용청려였고, 하얀 당나귀는 봉추 밥통이었다.

상유하와의 충격적인 만남 이후 모용청려는 그동안 해온 면사를 포기한 상태였다. 사내임에도 놀라울 정도로 아름답던 상유하를 만난 이후 그보다 못한 미모를 지닌 터에 면사를 하는 데 부끄러움을 느꼈기 때문이다.

덕분에 진자운과 그녀는 이곳 단파까지 오는 동안 많은 번거로움을 야기했다. 지금과 같이.

웅성웅성.

단파 같은 소읍에서는 일생 처음 보는 미녀였다. 어떻게든 조금이라도 더 자세히 보기 위해 달려드는 다양한 연령대의 사내들을 보고 살짝 질린 모용청려가 진자운에게 속삭이듯 말했다.

"진 소협, 어떻게 좀 해봐요."

"진 소협?"

진자운이 반문과 함께 고개를 내젓자 모용청려의 얼굴에 불편한 기색이 떠올랐다. 다분히 화가 난 얼굴이었다. 그러나 그 모습조차 더할 나위 없이 아름다웠다.

진자운의 존재를 꺼려 근접한 거리까지는 다가서지 않던 사내들 중 몇이 거의 모용청려의 코앞까지 다가섰다. 아름다움에 이끌리는 사내의 서글픈 본능이 불러일으킨 사고다.

"미, 미인!"

"미인! 미인!"

각기 이십대 후반과 사십대 초반으로 보이는 두 사내는 거의 동시에 모용청려에게 다가들다 흠칫 걸음을 멈췄다. 각기 움직인 방향은 다르나 목적지가 똑같으니, 서로 간에 어깨를 부딪치는 사고가 일어나고 말았다.

"으윽!"

"이런!"

잠시 제정신이 아니었다는 걸 말해 주듯 어깨를 부딪친 두 사람은 서로를 바라보며 각기 앓는 소리를 냈다.

사십대의 장년인은 부끄러움에 안색을 붉혔고, 이십대 청년은 어깨를 가볍게 으쓱해 보였다.

이런 경우 아직 혼처를 정하지 않은 청년 쪽이 좀 더 당당해지기 마련이다. 젊음은 모든 죄를 용서하거나 완화시켜 주는 묘약이 있다고나 할까?

물론 그렇다고 항상 나이 많은 사람이 모든 걸 포기하고 뒤로 물러서야 한다는 법은 없다. 세상에는 나이나 국경, 신분을 초월해 반드시 쟁취하거나 이루고 싶은 일이 한두 가지 정도는 있기 때문이다.

"어험, 험! 나는 상처한 지 십 년이 지났다네!"

"아직 장가도 가지 못했습니다!"

장년인과 청년 간에 불꽃 튀는 신경전이 일어났다. 잠시의 머뭇거림 끝에 첨예한 대립으로 상황이 발전한 것이다.

그 모습을 보며 나직이 한숨을 내쉰 모용청려가 여전히 아예 관계없는 사람인 척하고 있는 진자운에게 전음으로 속삭였다. 누가 듣는 것도 아닌데 모깃소리보다 조금 클 듯한 목소리다.

[진 사형!]

[응?]

[사형으로서 사매를 도와줘야 하지 않겠어요?]

[하핫, 사매의 어려움을 모른 척하는 건 사형의 도리가 아니긴 하지.]

진자운은 갑자기 눈에서 정광을 뿜어내며 유쾌하게 웃었다. 모용청려의 사부는 현 무당파 제일의 배분인 허무 진인—진자운은 몇 가지 질문을 던진 끝에 허무 진인과 자신의 사부가 동일인임을 눈치챘다—으로 진자운과는 사형매 간이라 할 수 있었다. 허무 진인이 그녀에게 준 태극철전이 이를 확인시켜 줬다.

그럼에도 그녀는 그동안 진자운을 사형이라 부르길 꺼려했다. 모용세가의 여식인 그녀가 허무 진인을 사부로 모신 것만 해도 감당키 어려운 일인데, 다시 천둥벌거숭이 같은 사형까지 생긴다는 건 그다지 달가운 일이 아니었기 때문이다.

해서 진자운은 결국 뻣뻣한 모용청려에게 항복 선언을 받아낸 게 꽤나 기뻤다.

'어디 보자!'

진자운은 주변에 몰려든 다수의 사내들을 살피고 어느새 거의 주먹다짐 직전까지 이른 두 사내에게 걸어갔다. 그들은 주변의 껄떡쇠들을 흩어지게 만들 희생양이었다.

픽!

장년인은 갑자기 뒤통수에 강한 통증을 느끼고 눈앞의 버르장머리 없는 청년이 사람을 풀었다고 생각했다.

'이, 이노옴!'

장년인은 얼굴을 앞으로 한 채 바닥에 엎어지면서도 청년을 향해 삿대질을 해댔다. 나이 많이 먹은 것도 분한데 암습까지 당했다. 분하지 않다면 오히려 이상한 일일 터였다.

그런 상황은 청년 역시 마찬가지였다.

그 역시 갑자기 허리가 끊어지는 듯한 통증을 느끼고 바닥에 무릎을 꿇었는데, 당장 불꽃이라도 토할 듯한 눈빛으로 장년인을 노려봤다.

그는 자기보다 한참 어린 사람을 암습까지 가한 나이만 많이 먹었을 뿐 나잇값 못하는 장년인에게 화가 치솟아올랐다. 만약 허리가 끊어질 것처럼 아프지만 않다면 땅바닥을 기어서라도 장년인에게 달려들고 싶었다.

그렇게 동상이몽과 버무려진 오해와 더불어 두 사람은 거의 동시에 바닥에 나뒹굴었다. 그러자 그들을 연달아 발로 걷어찬 진자운이 주변을 향해 선언하듯 말했다.

"여기 선녀처럼 고운 아가씨는 내 미혼처이며 정혼녀다! 그러니 감히 하늘에 사는 거위를 탐하는 녀석들은 지금 당장 뛰어나와라! 이 멍청이들처럼 앞으론 두 발로 걷지도 못하게 만들어줄 테니까!"

"미혼처!"

"정혼녀!"

진자운의 당당한 선언에 모용청려 주변에 모여들었던 사내들은 큰 동요에 빠졌다. 그리고 그들은 매우 실망한 표정으로 모용청려의 안색

을 살폈다. 혹시라도 진자운이 거짓말을 한 것이기를 두 손 모아 바라
는 모습들이다.

그러나 진자운에게 부탁을 한 당사자는 모용청려였다. 그녀는 순간
적으로 진자운을 한차례 흘겨봤으나 곧 고개를 다소곳하게 숙여 보였
다. 마치 갓 시집온 새색시처럼.

'크흑, 역시 그렇단 말인가!'

'어찌 저런 절세미인이 저런 소도둑놈 같은 녀석에게!'

사내들은 일제히 진자운을 잡아먹을 듯 노려봤다. 그가 단숨에 건장
한 두 사내를 때려눕히지 않았다면 당장에라도 달려들어 오체분시를
하고 싶다는 표정들이다.

그때 진자운이 평소 유용하게 써먹어온 협박용 진각을 강하게 바닥
에 때려 넣었다.

쿵!

일시 지축이 크게 흔들렸다. 웬만한 사두마차가 대지를 질주하는 것
과 다름없는 땅울림이었다.

'이크크!'

'고수다! 고수야!'

제법 힘깨나 쓴다고 알려졌던 사내들 중 몇이 안색이 대변해 꼬리를
말자 모용청려 덕분에 일었던 소란이 일시에 정리되었다. 사내들이 하
나같이 언제 모용청려를 얻기 위해선 죽음조차 불사할 듯했냐는 듯 줄
행랑을 놓아버린 것이다.

"흥, 역시 법보다는 주먹인가?"

진자운이 어깨를 으쓱해 보이곤 돌아오자 모용청려가 생긋 미소 지
으며 손을 휘둘렀다.

찰싹!

"진 사형, 고마워요."

"꽤나 거칠게 고마워하는군?"

"입을 함부로 놀린 벌이에요."

모용청려가 냉랭하게 말하고 앞서 걸어가자 뒤를 따르던 봉추가 진자운을 향해 콧구멍을 벌름거리며 푸드득거렸다. 모용청려에게 얻어맞은 걸 고소하게 생각하는 표정이다.

"그러다 잘리고 말지."

진자운이 벌겋게 달아오른 뺨을 쓰다듬으며 조그맣게 중얼거리자 봉추의 얼굴에 움찔 놀라는 기색이 떠올랐다. 그리고 녀석의 쫑긋 서 있던 귀가 바닥으로 축 늘어졌다. 겁을 집어먹은 것이다.

'요망한 당나귀 녀석!'

찰싹!

진자운이 봉추의 엉덩이를 힘껏 손바닥으로 때렸다. 그러자 녀석이 펄쩍펄쩍 뛰면서도 다시 축 늘어뜨리고 있던 귀를 발딱 세웠다.

경중경중!

갑자기 미친 듯 뛰기 시작한 봉추의 고삐를 힘겹게 잡아당기며 모용청려가 진자운을 쏘아봤다. 그리고 그녀는 봉추와 자신을 따르며 빙글거리고 있는 그의 모습을 보던 중 문득 한 달 전의 일을 떠올렸다. 상유하에게 패해 철가면을 덮어쓰는 굴욕을 감내하고도 태연자약 뻔뻔스럽기가 하늘을 찌르던 사내의 모습을.

상유하는 잠시 철가면을 쓴 진자운을 바라보며 빙글거리다 바람같이 절벽 위로 솟아올랐다.

묘하게 그의 흥미를 끌던 진자운과 일년지맹을 맺은 터다. 이젠 본래의 목적대로 성녀 담화연을 잡으러 가는 게 옳은 수순임이 분명하다.

털썩!

진자운은 상유하가 완전히 눈앞에서 사라진 걸 확인하고서야 바닥에 주저앉았다. 억지로 단천뢰심강을 일으킨 이후, 그는 거의 악으로 버티고 있던 형편이었다.

"진 소협, 괜찮나요?"

모용청려가 놀라 다가서자 진자운이 얼른 손을 내젓더니, 얼굴을 압박하고 있던 철가면을 대뜸 벗어 땅바닥에 내동댕이쳤다.

철그럭!

"아!"

모용청려는 자신도 모르게 탄성을 터뜨렸다. 진자운의 느닷없는 행동에 놀란 한편 기가 막혔기 때문이다.

진자운이 그런 그녀를 향해 히죽 웃고는 말했다.

"제길, 멀쩡한 사람한테 이따위 철가면을 씌우려고 하다니, 그 녀석 상당히 악취미잖아!"

"그거 어떻게……?"

"벗었냐구 묻는 거요?"

모용청려가 고개를 끄덕여 대답을 대신했다. 그러자 진자운이 뒤통수를 한차례 긁적이곤 말했다.

"내가 어렸을 때 꽤 쇠를 잘 다루는 대장장이와 친분을 쌓은 일이 있어서 웬만한 고리나 경첩 정도는 열 수 있소이다. 이런 철가면은 꽤나 정교하게 만든 탓에 연결 부위를 내력으로 살짝만 망가뜨리면 그리 어렵지 않게 열 수 있지요."

"그럼 일년지맹은?"

"일년지맹?"

퉁명스레 반문한 진자운이 가볍게 코웃음 쳤다.

"홍, 그거야 어디까지나 그 마교의 소마두 녀석이 멋대로 정한 거니 내가 반드시 그대로 따를 필요가 어디 있겠소? 어차피 이렇게 된 이상 약속을 정한 일 년 후에 마교로 찾아가 녀석을 박살 내면 그뿐인 것을."

단순명쾌한 논리였으나, 목숨을 바쳐 약속이나 맹세를 지키는 보편적인 강호 무림인들과는 꽤나 다른 견해였다. 사실 다른 견해라기보다는 억지를 부리고 강짜를 놓는 것이나 다름없었다. 이, 삼류의 무림인들도 하지 않는 일을 지금 진자운은 태연자약하게 자행한 것이다.

'하지만 상대는 마교의 절대고수이고, 그는 방금 전 목숨을 잃을 뻔했다. 그런데도 이렇게 막 나가는 모습은 대담한 것이라 이해해도 되려나?'

모용청려는 내심 고개를 흔들었다. 평생 총명재지하고 괴벽스런 성격을 자랑해 왔는데, 눈앞의 진자운에겐 비견할 바가 못 된다는 생각이 들었다.

그때 진자운이 주변을 빠르게 훑어보고 모용청려에게 말했다.

"지금부터 나는 운기조식을 취해야 할 것 같으니, 모용 소저가 호법을 맡아주시오. 태극철전에 얽힌 얘기는 이후에 차근차근 하기로 하고."

"……."

모용청려가 허락도 하지 않았는데, 진자운은 얼른 가부좌를 틀고 흐트러졌던 자세를 바로 했다. 모용청려에게 말했다시피 일단 운기조식을 취해서 흐트러지고 뒤엉킨 체내의 내력을 안정시키는 게 우선이었다.

진자운은 눈을 반개하고 태극심공과 귀원일여의 진기도인법을 번갈아 운기했다. 호심공에 발군인 태극심공으로 크게 진동한 심맥을 보호하고, 단전을 벗어나 세맥으로 흩어진 진기를 귀원일여의 진기도인법으로 끌어 모아 내상을 치료하기 시작한 것이다.

그 방법은 꽤나 빠르게 효과를 봤다. 잠시 잠깐 사이에 진자운은 내상을 치료하고 내공을 구 할 이상 회복했다. 무당의 내공심법이 어째서 세상 사람들로부터 내가정종이라 불리는지를 여실히 보여주는 모습이었다.

그렇게 다시 반 각이 지나자 진자운은 가벼운 한숨과 함께 반개했던 눈을 떴다. 이미 그의 안색은 불그스레한 것이 전혀 내상의 여파가 느껴지지 않았다.

꼬르륵!

그의 배 역시 그렇다고 소리쳤다.

"이런! 이런!"

진자운은 다시 뒤통수를 긁적이며 히죽 웃었다.

"모용 소저, 일단 배부터 채우고 얘기합시다. 하루 종일 싸우고 도망치느라고 밥통이 완전히 비어버렸어요."

"그, 그러죠."

모용청려는 얼떨결에 대답하고 말했다.

'하아, 그때도 완전히 자기 마음대로였는데, 이젠 사형이라고까지 부르게 됐으니, 이 노릇을 어찌해야 한단 말인가!'

모용청려의 입에서 가벼운 한숨이 흘러나오자 진자운이 갑자기 큰 걸음으로 다가와 말했다.

"사매, 큰일이다!"

모용청려가 곱게 눈을 흘기며 말했다.

"이번엔 또 뭐가 큰일이란 거지요?"

"내 뱃속의 회충이란 놈들이 지금 당장 밥을 안 넣어주면 반란을 일으키겠다고 난리야!"

"또 그런······."

"만일 그런 사태가 발생하면, 나는 밥통 녀석의 뒷다리로 녀석들의 반란을 진압해야 할지도 몰라! 그러니 이만큼 큰일이 어딨겠어?"

푸헤헹!

봉추가 더욱 심하게 날뛰기 시작했다. 진자운이 결코 허언을 하는 성격이 아님을 잘 알기에 녀석이 느끼는 공포는 평소의 몇 배는 더 될 것 같았다.

그 모습을 가련하다는 듯 바라본 모용청려가 한숨과 함께 조금 걸음을 빨리해 앞서 걸어가기 시작했다.

잠시 후.

진자운과 모용청려가 도착한 곳은 단파 제일의 객점이라고 불리는 만복객점(萬福客店)이었다.

객점에 들어서자마자 또다시 단파에 들어서며 경험했던 일들을 고스란히 반복한 두 사람은 간신히 이층 한 켠에 자리를 잡았다. 다른 사람들과 마찬가지로 모용청려에게 넋이 빠졌던 점소이를 돈으로 구슬린 결과였다.

소문만복래.

만복객점의 현판이 걸리는 자리를 대신하고 있는 유명한 글귀를 생각하며 진자운은 잠시 히죽히죽 웃었다. 누가 보든 기분이 썩 좋지 못할 것 같은 인상과 웃음.

모용청려가 나직한 한숨과 함께 탓하듯 말했다.

"사형, 소문만복래에서 말하는 소(笑:웃음)는 그렇게 재수없는 웃음이 아니랍니다."

"내 웃음이 재수없다는 말인가, 사매?"

"동경이 있다면 비춰서 자신이 확인하게끔 하고 싶을 정도랍니다."

"쳇, 어떤 아가씨들은 근사한 풍채에 더할 나위 없이 잘 어울리는 웃음이라고 하더구만."

"그 아가씨들의 눈이 살짝 맛이 간 것이겠지요."

모용청려는 한마디로 진자운의 입에서 웃음을 가시게끔 하고는 한동안 식사에 열중했다. 얼굴에 면사를 쓰지 않기로 결정한 이래 참 많은 불편함이 있었지만, 식사 때만큼은 꽤나 즐거웠다. 더 이상 얼굴을 가린 면사 때문에 식욕 부진에 시달리지 않아도 됐기 때문이다.

그렇게 한참 식사에 열중하고 있던 모용청려의 눈에 잠시 이채가 떠올랐다. 점심 시간이 지난 탓에 몇 명밖엔 없던 이층에 일단의 무인들이 모습을 드러냈을 때다.

'하아, 옷차림은 평범한 무복을 걸쳤으면서 하나같이 검파 부근에 청색 수실을 세 개씩 달고 있다니! 정체를 숨기려는 건지 아닌 건지…….'

그때 모용청려의 신색이 달라진 걸 귀신같이 눈치챈 진자운이 입 안 가득한 음식을 재빨리 우물거려 삼켰다. 그의 목소리가 나지막하게 흘러나왔다.

"사매, 무슨 일이야?"

모용청려가 얼른 신색을 평상시처럼 바꿨다.

"별일 아니에요."

"별일이 아니다. 그럼 별다른 일은 또 뭔데?"

결코 그냥 넘어가지 않겠다는 의지가 느껴지는 표정이고 말투였다. 이럴 경우 진자운이 얼마나 집요한지 잘 알고 있는 모용청려가 목소리를 조금 새되게 바꿨다.

"별다른 일이란 사형이 그 너저분한 옷을 바꿔 입는 것이겠죠!"

"너저분한 옷?"

진자운은 잠시 자신이 걸친 옷을 둘러봤다. 그러자 확실히 지금 그가 걸친 청포는 천상의 선녀나 다름없는 미모와 더할 나위 없이 잘 어울리는 모용청려의 티 한 점 묻지 않은 백의와는 달랐다. 그동안의 고생을 드러내듯 군데군데 칼자국으로 너덜거릴뿐더러 낡고 냄새마저 풀풀 풍기는 것이다.

'그런데도 지금까지 탓하는 소리 한마디 없다가 말을 돌릴 구실 대신 대다니! 이 부잣집 아가씨도 그리 섬세한 성격은 아니지 않는가!'

진자운은 내심 피식 웃고는 모용청려에게 말했다.

"사매는 너무 크게 생각할 필요가 없어. 사매가 이 사형의 의복까지 챙겨주는 건 고맙지만, 그러면 내 마음이 불편하지 않겠어?"

"예? 그게 무슨……."

"아아! 됐어, 됐다구. 사매가 이 사형의 옷마저 마련해 준다면 내가 견딜 수 없단 말야."

"……."

"뭐, 하지만 정 사매가 그렇게 해야겠다면, 어쩔 수 없이 이 사형이 질 수밖에 도리가 없겠지. 그럼 사매한테 옷 문제는 모두 맡길 테니까 잘 부탁해."

진자운은 혼자 북 치고 장구 치며 모용청려를 기막히게 만들곤 다시 히죽히죽 웃었다. 옷 한 벌을 공짜로 벌었다는 사악한 표정이 얼굴에 가득함은 물론이었다.

'기가 막혀!'

모용청려는 잠시 진자운을 노려보다 나직이 한숨을 토해냈다. 진자운을 대함에 있어 갈수록 역부족을 느끼는 그녀였다.

그러는 동안 진자운의 시선은 마치 자신의 안마당이라도 들어온 듯 호기당당한 일단의 무인들을 세세히 살피고 있었다. 그들이 입고 있는 무복이 꽤나 마음에 들기라도 한 것처럼.

*   *   *

달빛조차 자취를 감춘 그믐의 밤.

올망졸망하게 늘어서 있는 지붕들 사이로 한 명의 야행인이 빠르게 신형을 날려 가고 있었다. 밤고양이라 해도 눈으로 확인키 어려울 정도로 빠르고 은밀한 움직임. 야행인은 신법의 고수임에 분명하다.

'열여섯, 열일곱, 열여덟… 스물다섯. 여기다!'

야행인은 정확히 한걸음에 집 하나씩을 뛰어넘다가 낮에 확인해 둔 곳에 이르러 신형을 멈췄다. 목적지에 도착한 것이다.

스르르.

야행인은 마치 담을 넘어가는 구렁이처럼 움직여 이층집의 지붕을 가로질러 하늘을 향해 만들어진 창가에 도착했다.

탁탁!

정적만이 내려앉아 있던 어둠 속에 둔탁한 나무 두들기는 소리가 퍼져 나갔다. 최대한 가볍게 두들겼으나 꽤나 선명한 소리에 야행인은 흠칫 어깨를 떨어 보였다.

'제길, 뭔 동네에 개 한 마리 짖는 소리가 들리지 않으니!'

야행인은 재빨리 주변을 살피며 내심 투덜거렸다.

그때 그가 두들긴 나무 창문이 살짝 열렸다.

기껏해야 사람 하나가 간신히 드나들 정도의 크기.

야행인은 잠시 창문의 크기를 가늠하고는 그 속으로 뛰어들었다. 신법에 자신있는 터라 그 정도쯤의 공간이라면 충분히 비집고 들어갈 수 있다는 판단이 선 것이다.

슉!

야행인의 판단은 옳았다.

그는 무난히 집 안에 들어설 수 있었다.

'하하, 십 년의 공부가 헛되지는 않았다!'

야행인은 천천히 신형을 일으키며 내심 만족했다. 아직 무공이 완성되지 않아 오늘밤처럼 전령 따위의 하찮은 일을 맡고 있으나 사문의 공부가 헛되지 않았음을 확인할 때면 뿌듯함이 가슴 깊숙이 파고든다.

그러나 그의 자부심은 그리 오래가지 못했다. 갑자기 불이 켜지고 주변이 밝아지자 한 번도 보지 못한 끔찍한 광경이 눈앞을 어지럽혔다.

"이, 이게 무슨……."

갑자기 밝아진 불빛에 적응하지 못하는 눈을 손으로 절반쯤 막은 채 야행인은 신음했다.

그도 그럴 것이 지금 그의 눈을 어지럽히는 건 양동이로 쏟아 부은 듯한 대량의 핏물과 족히 십수 명이 넘는 시체들이었다. 십 년이나 무공을 연마했지만, 한 번도 사람의 시체를 본 바가 없는 야행인에겐 지옥에 발을 들여놓은 것과 같은 충격이 아닐 수 없었다.

부들부들!

야행인은 가까스로 오줌을 지리는 건 참았으나 어깨로부터 일어난 떨림이 손끝까지 이르는 걸 참는 데는 실패했다. 코끝을 자극하는 피 냄새와 살육의 향기에 그는 당장에라도 속에 든 걸 몽땅 끄집어내야 할 것 같았다.

그때 시체들 사이에 쭈그려 앉아 있던 한 명의 혈의인이 쭉 허리를 펴고 일어섰다.

거의 천장에 머리가 닿을 듯한 커다란 신장.

고목처럼 비쩍 마른 몸매.

혈의인의 얼굴은 그야말로 피골이 상접해 있었다. 살풍경, 그 자체인 주변 상황이나 피 냄새 자욱한 모습과는 꽤나 어울리지 않는 얼굴이다.

그러나 이미 큰 정신적인 충격을 입은 상태인 야행인에게 그런 모습이 눈에 들어올 리 없다. 그는 주춤거리며 뒤로 물러서다가 신형을 비틀거렸다. 자칫 십년공부 중 가장 자신하던 신법상에서 커다란 실수를 범할 뻔한 것이다.

'이런……'

야행인이 내심 스스로를 책망하는 사이, 뼈밖엔 남지 않은 목을 이리저리 까닥거려 보인 혈의인이 나직이 한숨을 토해냈다.

"허어, 어쩌다 노부 진육담이 이런 애송이나 상대하게 되었더란 말이더뇨!"

"지, 진육담이라면 만독문 십대고수에 꼽힌다는……."

"크허허, 과연 청성파의 제자답게 귀공의 안목이 제법이다뇨! 노부의 대명을 알고 있다는 것만으로도 대단한 일이다뇨!"

과거 육중했던 몸이 비쩍 마른 것과는 별도로 진육담의 한어는 여전히 어색했다. 보통 사람이라면 듣는 것만으로도 실소를 머금게 할 만하다.

그러나 오늘 청성 속가제자들의 집합 장소를 찾았다 지옥도와 대면하게 된 야행인 일진(一塵)은 전혀 웃을 기분이 들지 않았다. 오히려 등줄기로 식은땀 한줄기가 흘러내리는 걸 느낄 따름이었다.

'하필이면… 하필이면……'

일진은 자신이 정말 재수가 없다고 생각했다. 그가 전령을 맡은 건 오늘이 처음이었다. 그전까지는 매일같이 청성파에서 무공을 수련하고, 사부와 사존을 받드는 일을 반복할 따름이었다.

그것이 일상이었다.

그러니 기껏해야 청성 이대제자에 불과한 그가 오늘처럼 만독문의 십대고수와 직면한 건 분명 재수가 없는 일이었다. 그것도 그냥 없는 게 아니라 무진장 없다고 할 수 있었다. 그렇지 않고선 이런 일은 벌어질 수 없었다.

그때 웃기를 멈춘 진육담이 한 가닥 잔혹함이 섞인 눈빛을 일진에게 던졌다.

"오늘 노부는 꽤나 많은 피를 봤느니. 노부의 대명을 알고 있는 기특한 소영웅의 피까지 보고 싶진 않은데, 소영웅은 어찌 생각하는다뇨?"

"그건 설마 나… 아니, 저를 살려주겠다는 말씀이십니까? 그래만 주신다면……."

일진은 덜덜 떨리는 목소리로 더듬거리다 얼른 입을 다물었다. 갑자기 주변에 널브러져 있는 시체들의 정체와 오늘 진육담이 피를 잔뜩 본 까닭을 깨달았기 때문이다.

'요 며칠 단파에는 사천 각지에 퍼져 있는 청성의 속가제자들이 속속 모여들었다. 그중에는 무사히 청성에 도착한 사람들이 있는 반면에 소식이 묘연한 자들도 상당수였다. 그래서 사존들께선 만독문의 독인들이 중간에서 사악한 짓을 하는 거라 하셨는데, 그 말이 맞았구나!'

일순 일진의 눈 깊은 곳에서 한 가닥 맑은 정광이 일어났다. 그건 내공의 힘 때문이 아니다. 명문정파인 청성파 제자로서 가지고 있는 자부심이 밖으로 표출된 것이었다.

그러자 그 모습을 지켜보던 진육담이 픽 하고 한숨을 토하곤 중얼거렸다.

"청성의 도군(道君)들은 이분들이나 저분들이나 모두 마찬가지가 아니더뇨!"

"나, 나는 청성의 제자로서……."

"알았다뇨!"

진육담은 일진의 말을 끊는 것과 동시에 아무렇게나 수장을 흔들었다. 성가시게 하는 파리를 쫓는 듯 귀찮음이 가득 담긴 모양새.

퍼억!

그 대수롭지 않은 움직임에 일진은 가슴을 얻어맞고 폭풍에 휩쓸린 조각배처럼 날아갔다. 십 년 동안 죽도록 고생해 어느 정도 성취를 이룬 청운충소(靑雲沖霄)의 신법을 펼쳐 보지도 못하고서.

'이로써 오늘밤만 서른 명째인가?'

진육담은 방금 일진의 가슴을 뭉개고 그의 생명을 빼앗은 자신의 피에 젖은 수장을 바라보며 내심 고개를 흔들었다.

그의 손은 며칠 전까지 여인의 가슴을 희롱하고 인생의 지락을 누리는 데만 사용되었다. 그러기만도 바빴다.

그런데 지금 그의 손은 역겨운 비린내를 풀풀 풍겨대는 피에 젖어 있었다. 진육담은 그 점이 마음에 들지 않았다. 그것이 아무리 사부이자 위대한 만독문의 독존인 독조 갈홍경의 명이라 할지라도 말이다.

"게다가 청성에는 여자도 없단 말이다!"

나직이 묘족어로 중얼거린 진육담이 자신을 제외하곤 살아 있는 자가 한 명도 없는 객잔 이층을 훑어보았다. 저절로 눈살이 찌푸려진다.

'오늘밤 대사형이 오신다. 그분께서 오시면 이런 무의미한 살육은 그만둬도 될 것이다.'

진육담은 한차례 어깨를 으쓱해 보이곤 마음속에 떠오른 번민을 날려 버렸다. 확실히 지금 그로선 명령을 따르는 것 외에 달리 할 수 있는 일이 아무것도 없었다.

잠시 후 어둠에 물든 단파의 야천에는 또 다른 야행인이 모습을 드러냈다. 사냥감을 찾아 움직이는 야수처럼 진육담이 밤의 장막을 헤집기 시작한 것이다.

'으으……'

일진은 죽도록 가슴이 아파서 천근만근 무거운 눈꺼풀을 바르르 떨었다. 그러자 기다렸다는 듯 그의 입에서 가래 끓는 소리와 함께 격렬한 기침이 터져 나왔다.

"쿨럭! 쿨럭!"

일진이 죽을 것처럼 기침을 터뜨리자 평생 들어본 적이 없을 정도로 부드럽고 고운 목소리가 그의 귓전을 울렸다.

"소협, 괜찮나요?"

"……."

일진은 언제 죽을 듯한 고통에 괴로워했냐는 듯 눈을 뜨곤 목소리의 주인공을 올려다봤다. 그의 고통에 젖어 있던 얼굴이 일순 붉게 물들었다.

목소리와 더할 나위 없이 어울리는 아름다운 얼굴.

천상의 선녀가 그의 눈앞에 있었다.

'내가 죽어서 무릉도원(武陵桃源)에라도 온 것인가?'

일진은 몇 번이나 눈을 깜빡거리다 자신이 여전히 지옥도 한가운데에 누워 있다는 걸 깨달았다. 그가 정신을 바짝 차리고서야 현실을 파악할 수 있었을 만큼 눈앞의 여인은 아름다웠던 것이다.

"서, 선자는……."

일진이 가볍게 목소리를 떨며 묻자 여인이 입가에 빙긋 미소를 띄워 보였다.

"저는 모용청려라고 해요."

"모, 모용… 설마 삼봉 중 한 분인 철봉황 모용 소저……?"

"세상에선 그리 부르기도 하지요."

그렇다. 일진의 눈앞에 있는 사람은 진자운과 쌍류에 도착하자마자 작은 소란을 겪은 모용청려였다.

그녀는 진자운과 객점에서 식사를 하던 중 우연찮게 한 떼의 청성파 속가제자들을 만났다.

그들은 평소 청성파에 속해 있다는 걸 자랑하고 다닌 터라 변장한 상태에서도 쉽사리 눈에 띄었다. 조금만 무림에 대해 잘 알고 세심한 성격의 소유자라면 그들의 정체를 파악하는 건 여반장이라 할 수 있었다.

해서 무림에 대해 잘 알고 세심한 성격의 소유자인 모용청려는 뒤늦게나마 청성파 속가제자들의 집합 장소를 찾아냈고, 경각에 처한 일진의 생명을 구할 수 있었다.

모용청려는 짧은 설명을 끝내고 설빙 같은 손을 뻗어 진육담에게 격타당한 일진의 가슴을 더듬었다. 그의 상세를 살피기 위함이었다.

"이, 이건……."

일진이 다시 안색을 붉히며 몸을 물리려 하자 모용청려가 엄한 표정으로 고개를 가로저었다.

"방금 전 마두의 일장에 담긴 경력은 제가 중간에 어느 정도 해소를 시켰지만, 그 속에 담긴 독까지는 처리하지 못했어요. 지금부터 그 독을 해소시키려 하니, 소협은 몸을 움직이면 안 돼요."

'그래서 내가 마두에게서 살아남았구나!'

내심 크게 깨달음을 얻은 일진이 얼른 눈을 꽉 감고서 소리쳤다.

"이, 이제부터 모, 모용 소저께 제 작은 목숨을 맡기겠습니다!"

"그렇게까진 않으셔도 돼요."

"아닙니다! 지금부터 저는 모용 소저께서 끓는 물에 들어가라 하시거나 활활 타는 불길 속에 뛰어들라 하셔도 반드시 명에 따를 것입니다!"

"후후, 고마워요."

나직이 웃은 모용청려가 손끝에 내력을 모아 일진의 체내에 파고든 독을 태우기 시작했다. 내공이 고심한 경지에 이르지 않고선 펼칠 수 없다는 삼매진화(三昧眞火)를 일으킨 것이다.

그러는 와중 그녀는 힐끔 시선을 창밖으로 던졌다. 문득 대충 반 시진 전 아옹다옹 다툰 끝에 그녀의 말에 따르기로 한 진자운 쪽에 마음이 쓰였기 때문이다.

'만독문에 대해선 자신있다고 했던가?'

"크윽!"

모용청려가 진자운을 떠올렸기 때문인가?

그녀의 손끝에 내력이 약간 과도하게 몰리자 일진은 고통스런 신음을 토해냈다. 이미 중상을 입은 그로선 꽤나 심한 고통이었음에 분명하다.

"소협, 고통스러운가요?"

모용청려가 내력을 급히 물리며 묻자 일진이 용감한 표정으로 고개를 가로저었다.

"괘, 괜찮습니다! 이 정도는 참을 만하니, 모용 소저께서는 절대로 괘념치 마십시오!"

"알겠어요."

일진에게 미미하게 고개를 끄덕여 보인 모용청려가 더욱 내력을 강하게 끌어올렸다. 일진이 다소 고통스러워하더라도 빨리 독을 해독시키고 진자운을 찾으러 갈 생각이었다.

"크아아아악!"

모용청려의 내력이 체내를 휘젓기 시작한 순간, 일진은 목청이 찢어질 정도로 비명을 질러대기 시작했다. 방금 전 내뱉었던 단호한 결의가 무색할 정도로.

객점을 빠져나온 진육담의 뒤를 쫓는 그림자 하나.

모용청려의 근심과 걱정을 한 몸에 받고 있는 진자운이었다.

그의 눈빛은 지금 무서울 정도로 가라앉아 있었다. 평소 모용청려를 대할 때완 여실히 다른 모습이다.

표면적으로 그가 갑자기 운남을 떠나 사천의 단파까지 모용청려와 동행한 건 사부인 허무 진인의 명령에 따른 것이었다. 허무 진인은 거의 십여 년 이상 아무렇게나 내팽개쳐 났던 진자운에게 뜬금없이 무림맹을 도와 만독문의 발호를 막으라는 명령을 내렸다.

그야말로 후안무치한 명령!

진자운은 평소 자신이 한 짓은 생각하지 않고 허무 진인을 마구 욕했다. 해준 거라곤 쥐뿔도 없으면서 가련한 제자를 부려먹는 못된 스승이라고.

그러나 어쨌든 한 번 사부는 죽을 때까지 사부였다. 아무리 마음에 들지 않아도 그게 당연하다.

진자운은 그런 스스로도 전혀 믿지 않는 말을 해대며 모용청려를 사매라 부르고 동행을 자처했다. 물론 표면적으로만 그랬을 뿐이다.

그의 진정한 내심은 이번에 사천으로 대거 몰려온 무림맹과 천하무림의 절대고수들, 그중에서도 무림맹주인 불패신권 각원 대사를 만나는 것이었다.

이유는 단 한 가지!

이미 무공이 초절정의 경지에 이른 그로서도 도저히 넘볼 수 없는 절대적 강자인 상유하를 이길 방도를 구하기 위함이었다. 지금으로선 도저히 남은 일 년 동안 상유하를 이길 수 없다는 판단을 내린 터라 어쩔 수 없는 선택이었다.

그러니 곧 청성파에 무림맹의 세력이 대거 집결하는 절호의 기회를 진자운이 놓칠 순 없는 노릇이었다. 어떻게 해서든 큰 공을 세워야 했다. 그렇지 않고선 각원 대사에게 가르침을 요청할 구실을 마련할 수 없을 게 뻔했기 때문이다.

'제기랄, 어검술을 맨손으로 잡는 괴물과 목숨을 걸고 싸워야 하는 신세라니!'

진자운은 담화연을 떠날 때 했던 약속을 되새기며 주먹을 꽉 쥐었다.

다른 사람도 아닌 담화연과 한 약속이었다. 그녀의 눈물을 외면한 채 한 약속. 지키지 않는다면 그건 남자도 아니란 생각이 들었다. 자신과는 아무런 관련도 없는 싸움터에서 그가 지금 싸워야 하는 이유였다.

그때 어둠 속을 귀신같이 부유하던 진육담이 인적이 드문 공터에 멈춰 섰다. 목적지에 도착한 듯했다. 그에 맞춰 진자운 역시 신형을 멈췄다.

슉!

진자운은 신형을 낮추고 눈을 빛냈다. 진육담 정도의 고수가 이처럼 은밀하게 움직이고 있었다. 조금쯤 조심한다 해서 나쁠 일은 없었다.

'무림맹의 주력인 오단이 집결한다고 알려진 청성파. 진육담보다 더한 거물이 나타나지 않으리란 법도 없겠지.'

그렇게 진자운이 염두를 굴리고 있을 때다. 천천히 공터 주변을 둘러보고 있던 진육담이 갑자기 한쪽 방향을 향해 부복하는 게 아닌가!

'왔다!'

진자운은 신형을 조금 더 낮췄다. 진육담에게 이와 같은 공대를 받는 인물이라면 만독문 내에서도 몇 없다는 생각이 들었기 때문이다.

　그리고 그의 예상은 옳았다.

第四十六章 ◆ 다시 만난 두 사람

다시 만난 두 사람

"진육담이 대사형을 뵈옵니다!"

진육담이 묘족어로 외치자 어둠 중에 흐릿한 붉은 그림자가 나타났다. 극고의 경지에 오른 잠영환환신법(潛影幻幻身法)이 펼쳐진 것이다.

'대사형이 드디어 잠영환환신법까지 대성하셨구나!'

진육담은 내심 크게 찬탄했다. 잠영환환신법은 그 역시 알고 있는 독조 갈홍경의 독문신법이었다. 그 자신은 대성치 못했지만, 눈앞에 모습을 드러낸 독중독인 갈정립의 경지를 대충 짐작할 순 있었다.

그때 모습을 완전히 드러낸 갈정립이 진육담을 향해 눈을 가늘게 만들어 보였다.

"…육담, 못 본 새 몸이 많이 말랐구나."

"지난번 대사형께 얻어맞은 후 조금이나마 깨달음이 있었습니다."

"어린 시절 빼어난 기재였던 네가 중년에 이르러 지나칠 정도로 여

다시 만난 두 사람 195

색에 빠진 게 이상했는데, 사실은 색혼독공(色魂毒功)을 연마하고 있던 것이더냐?"

"죽어도 제 자질로는 독지의 독기를 몸 안에 빨아들여 절대독경에는 이를 수 없음을 알았기에 취한 방편이었는데, 요 근래 조그만 성취를 이룰 수 있었습니다."

"색혼독공은 만독문의 삼대독공 중 하나. 그만큼 완성하기가 쉽지 않으니, 네 성취가 적다곤 할 수 없을 것이다."

"대사형께서 알아주시니 감사합니다."

진육담이 다시 고개를 숙여 보이자 갈정립이 미미하게 고개를 끄덕여 보였다.

만독문이 사천을 치기로 마음먹은 반년 사이 십대고수 중 셋을 잃었다. 그런 터에 십대고수의 끝자락에 있던 진육담의 무공이 완성됐다는 건 큰 호재라 할 수 있었다.

'아버님께서 갑자기 육담을 중용하시기에 이상하게 생각했더니, 이런 일이 있었구나.'

내심 염두를 굴린 갈정립은 내력을 움직여 부복해 있던 진육담을 일으키곤 말했다.

"나는 방금 단파에 도착했다. 네게 그동안의 정황을 보고받고 싶구나."

"존명!"

얼른 고개를 숙여 보인 진육담이 잠시 머뭇거리다 그동안 자신과 휘하의 독인들이 한 일에 대해 보고하기 시작했다.

진육담이 잠시 머뭇거린 까닭은 금세 밝혀졌다.

만독문 내 진육담의 위치로 볼 때 그가 여태까지 단파에서 한 일들은 대부분 별 볼일 없었다. 기껏해야 체면치레 정도를 했을 따름이었다.

그러나 그중 청성파에 속가제자들의 합류를 삼 할 이하로 막은 건 그럭저럭 공적이라 할 수 있을 듯했다. 비록 무림의 대전에 있어 이, 삼류의 고수란 창칼받이 이상 어떤 가치를 찾을 순 없으나 청성파와 그곳에 집결한 정파 군웅들의 사기를 떨어뜨릴 순 있다는 뜻이다.

'더불어 이곳에서 혼란을 좀 더 부추긴다면, 무림맹 정예의 집결로 단단히 결집된 사천 정파인들의 분열을 야기할 수도 있을 것이다. 공포는 사람의 이성을 잃게 만들고 판단을 흐리는 데 가장 큰 묘약이니까.'

현재 사천을 침공한 만독문 세력은 두 갈래로 나뉘어 있었다. 하나는 사천 내 토박이들의 연합체인 사천정의련을 상대하고 있었고, 나머지 하나는 무림맹 정예의 진격을 늦추는 일에 투입된 상태였다. 모두 예상을 훨씬 뛰어넘은 무림맹 정예의 이동 속도로 인해 벌어진 일이다.

본래 만독문의 계획은 사천정의련을 전멸시킨 연후에 무림맹 정예와 건곤일척을 벌인다는 것이었다. 비록 무림맹의 전체 전력이 만독문보다 앞선다곤 하나 사천의 험하기로 유명한 촉로와 독을 아군 삼는다면 충분히 승산이 있을 터였다.

그러니 그 계획엔 당가가 중심이 된 사천정의련의 전멸이 가장 앞서 선행되어야만 했다. 배후에 사천정의련을 둔 상태로 무림맹의 정예를 상대한다는 건 미친 짓이나 다름없는 일이었기 때문이다.

해서 만독문은 일단 사천정의련에 대한 공세를 집중시키는 한편, 무림맹 정예의 진격을 늦추는 데 총력을 기울이고 있었다. 어떻게 해서든 두 세력의 집결만은 막으려는 의도였다. 두 세력의 결합은 만독문의 처절한 패배가 될 터였다.

그러자 갈홍경으로부터 빌어먹을 여우 새끼라 불리는 무림맹 군사 제갈효는 다른 방도를 내놨다.

그는 광원(廣元), 면양(綿陽), 덕양(德陽)을 거쳐 성도로 향하는 순탄한 길을 포기했다. 대신 그는 면양에서 바로 험한 산길을 타고 북천(北川)으로 갔다가 도강언(都江堰)으로 진로를 잡았다. 청성파와 연합한 후 쌍류의 사천정의련을 공격하고 있는 만독문을 합공하겠다는 심산을 드러낸 것이다.

결국 갈정립이 부랴부랴 단파에 도착한 건 청성파와 무림맹 정예의 발길을 늦추는 게 주목적이었다. 될 수 있는 한 사천정의련을 맹공하고 있는 만독문 정예에게 시간을 줘야만 했다. 불리한 전황을 뒤집고 반격을 가할 수 있는 시간을.

잠시 갈정립은 깊은 침묵에 빠져 있었다. 앞으로 청성산 일대에서 무림맹의 정예와 벌일 수밖에 없게 된 일전에 신경이 쓰였다.

그런데 문득 갈정립의 굳게 닫혀 있던 입술 꼬리가 살짝 꿈틀거렸다. 그가 단파의 요소요소에 박아놨던 십대독인 중 하나가 강렬한 살기를 뿜어내기 시작했음을 눈치챈 것이다.

'절정에 도달한 고수가 하나, 일류 수준의 고수가 수십이라! 제갈효에게 다시 등을 찔린 것인가?'

갈정립의 시선이 동쪽 하늘을 향한 순간, 하늘에서 몇 개의 폭죽이 솟아올랐다. 자타공인 무림맹 최강이라 불리는 청룡단이 사용하는 폭죽이었다.

"청룡단?"

진육담이 놀라 소리치자 갈정립이 눈을 가늘게 뜨고 그를 바라봤다.

"저 방향에 뭐가 있지?"

"저쪽에는……."

갑자기 말끝을 흐린 진육담의 안색이 크게 일그러졌다.

"제 수하들인 녹혈삼귀(綠血三鬼)와 암흑독인들이 집결해 있습니다. 오늘은 숨도 쉬지 말고 짱박혀 있으라고 했는데 어쩌다가……."

'녹혈삼귀가 일류고수라곤 하나 청룡단주 미안냉혹검 모용휘를 막긴 힘들다. 하지만 그들은 내 존재를 모르니, 이번 기회에 모용휘를 죽이거나 사로잡는다면 득이 크다!'

내심 염두를 굴린 갈정립의 신형이 갑자기 흐릿하게 변하더니 어둠 속으로 녹아들었다.

"대사형!"

진육담이 놀라 소리치자 갈정립이 이미 십여 장 밖을 가로지르며 명령을 내렸다.

"내가 모용휘를 맡는 동안 너는 녹혈삼귀와 함께 청룡단을 괴멸시켜라!"

"조, 존명!"

대답과 함께 진육담 역시 바로 신형을 날렸다. 그가 아는 한 천하에서 두 번째로 강한 갈정립과 함께 싸우는 것이다. 망설일 까닭이 없었다.

진자운은 갈정립의 모습을 확인한 순간 바로 뛰어나가려다 참았다. 진육담만 해도 거물인데, 갈정립은 그보다 더 대단한 인물이었다. 만독문의 서열 이위 고수이자 처음으로 자신을 패배시킨 인물이니 당연하다.

그 같은 거물이 진육담과 야밤에 만났다.

뭔가 심상치 않은 일이 벌어질 거란 생각은 삼척동자라도 할 수 있는 것이었다.

일단 상황을 지켜보기로 한 진자운은 청룡단의 느닷없는 출몰에 뒤통수를 긁적일 수밖에 없었다. 이렇게 자신의 예상이 그대로 맞아 들어가는 것도 참 오랜만이란 생각이 들었기 때문이다.

'역시 무당파의 이인자라더니, 사부 늙은이도 꽤나 영험한 구석이 있구만. 공교롭게도 내가 단파에 도착한 날 고수들이 준비했다는 듯 날뛰기 시작하는 걸 보면.'

진자운은 허무 진인이 그 신선 같은 얼굴로 밤하늘의 별자리를 보며 천기를 읽고 고개를 가로젓는 모습을 떠올리곤 조그맣게 키득거렸다. 그냥 상상일 뿐이지만, 너무 잘 어울려서 진짜 그랬으리란 생각을 금치 못했다.

그때 진자운의 뇌리를 스치는 생각이 있었다. 청룡단주인 모용휘가 모용세가의 사람이란 점이었다.

'흠, 그다지 귀엽진 않지만, 돈 많은 사매 가문의 사람이란 건가?'

고개를 한차례 갸웃해 보인 진자운이 품에서 철가면을 꺼내 얼굴에 덮어쓰더니 바로 신형을 날렸다.

휘익.

진자운은 모용휘와는 정식은 아니지만 한차례 손속을 겨뤄 그가 상당한 강자임을 알고 있었다.

하지만 이번에 그의 상대는 갈정립이었다. 그냥 강하기만 해서는 어림도 없었다. 극강해야만 했다.

'적어도 초절정고수인 나 정도는 되어야 상대가 될 수 있단 말씀

이지!'

　연속적으로 지붕을 박차며 단숨에 가속한 진자운의 신형이 일순 눈에 거의 보이지 않을 정도로 빨라졌다. 모용휘를 살리기 위해 전력을 발휘하기 시작한 것이다.

　파파팟!

　칠흑의 공간을 가로지른 검기는 일순 세 개로 나뉘며 찬연한 광채를 뿜어냈다. 모용세가 비전검법인 성광추혼검의 절초인 삼검분광(三劍分光)이 펼쳐진 것이다.

　그러자 세 방향에서 모용휘를 공격하던 녹혈삼귀가 황황히 뒤로 물러섰다. 그들로선 각기 다른 변화를 보이며 파고드는 검기의 직격을 막아낼 엄두를 낼 수 없었다.

　"으흑!"

　"큭!"

　녹혈삼귀 중 둘째인 이귀(二鬼)와 삼귀(三鬼)의 입에서 짧은 신음이 흘러나왔다. 대귀(大鬼)에 비해 무공이 떨어지는 그들은 채 검기를 피하지 못하고 적지 않은 부상을 입었다.

　모용휘가 그런 기회를 놓칠 리 없다.

　번쩍!

　그는 검봉을 한차례 떨고는 추혼성광(追魂星光)을 펼쳐 비틀거리는 삼귀의 가슴을 찔러갔다. 먼저 가장 무공이 떨어지는 삼귀를 죽이고, 이귀와 대귀를 상대하려는 의도였다.

　그러나 그는 막 삼귀의 가슴을 꿰뚫으려던 검을 회수해야만 했다. 느닷없이 그의 배후를 노리고 몰려든 맹렬한 암경을 막아야 했기 때문이다.

찌릉!

다급한 상황에서 펼쳐진 성광밀밀은 충분히 그 위력을 발휘했다. 하나로 모아졌던 별빛 같은 검기가 큰 원을 그리더니, 모용휘의 전신을 빼곡하게 에워싸며 하나의 거대한 은빛 벽을 만들어낸 것이다.

"검막(劍幕)인가?"

아무것도 보이지 않는 허공 중에 불쑥 모습을 드러낸 갈정립이 나지막이 탄성을 터뜨렸다. 그는 잠영환환신법을 펼친 상태에서 거의 암습이나 다름없이 오행독장 중 금독신장(金毒神掌)을 쏟아냈다.

그 위력은 능히 천 근의 바위라도 박살 낼 정도!

그런데 모용휘는 그걸 아무렇지도 않게 방어검의 절대적인 경지인 검막을 펼쳐 막아냈다. 오만한 갈정립이라 하나 탄복하지 않을 도리가 없다.

슥!

갈정립이 공중에서 떨어져 내리자 성광밀밀을 거둔 모용휘가 검미를 살짝 치켜올렸다.

"이만한 무공을 지닌 자가 암습 따월 펼치다니!"

"암습?"

나직이 반문한 갈정립이 입꼬리를 위로 말아 올렸다.

"모용 단주, 본인이 알기로 오늘밤 암습을 펼친 건 무림맹의 청룡단이 아니던가?"

"청룡단은 암습한 게 아니라 당당하게 정면으로 승부를 걸어왔소이다."

"당당하게라……."

갈정립은 짐짓 말꼬리를 흐렸다. 그리고 갑자기 쌍수를 빠르게 좌우로 휘둘러 부근에서 암흑독인들을 주살하고 있던 청룡단원 두 명을 잡아당겼다.

뚜둑! 뚝!

갈정립의 쌍수는 단번에 청룡단원 둘의 목뼈를 꺾어놨다. 그야말로 전광석화같이 빠르고 잔혹무비한 손속이었다.

그러자 모용휘의 검이 몇 개의 변화 끝에 찬연한 광채를 뿜어내며 갈정립을 직격했다. 그는 위위구조로 청룡단원의 목숨을 구하려다 실패하자 바로 살초를 펼쳤다.

파파팟!

모용휘의 성광추혼검은 한꺼번에 갈정립의 상반신 전체를 노렸다. 어떻게 하든 갈정립은 성광추혼검의 그물 속에서 벗어날 수 없을 듯 보였다.

그러나 갈정립은 몇 차례 수장을 휘젓는 것으로 검기의 그물을 찢어발겼다. 그의 금독신장은 천하의 어떤 신병이기보다도 강력한 위력을 발휘했다.

스윽.

검기의 그물을 찢어발긴 갈정립은 여유만만하게 뒤로 물러섰다. 능히 반격을 가할 수 있는 위치에서 오히려 뒤로 물러서는 오만함을 보인 것이다.

"흐흐, 모용 단주, 어째서 갑자기 암습을 가하는 거지?"

"그게 무슨……."

목소리를 높여 반박하려던 모용휘가 갑자기 입을 다물었다. 갈정립이 어째서 갑자기 자신이 보는 앞에서 청룡단원을 공격했는지 눈치챘기 때문이다.

"설마 당신은 자신이 암습을 가한 게 수하들을 구하기 위함이었음을 강변하기 위해 청룡단원들에게 위해를 가한 것이오?"

"역시 강호에 떠도는 소문대로 모용 단주는 제법 머리가 좋지 않은 가!"

"그런……."

모용휘의 가뜩이나 창백한 안색이 더욱 하얗게 변했다. 심중에서 끓어오르는 분노를 참기가 힘들었기 때문이다.

그러자 갈정립이 독아를 드러낸 뱀과 같은 눈빛을 하고 말했다.

"훌륭한 무공에 어울리는 훌륭한 자제력이군. 이런 상황에서도 눈빛 한 점 흐트러지지 않고 숨결 역시 그대로야."

"당신 역시 대단한 고수요. 심계 역시 보통이 넘는 것 같고."

"칭찬인가?"

"그냥 내 생각을 말한 것뿐이오."

"칭찬으로 알겠네. 하지만 자네도 운이 없군, 내가 단파에 온 날 공격을 하다니."

"누가 운이 없을진 두고 봐야 알지 않겠소?"

모용휘의 대꾸에 갈정립이 이를 드러냈다.

"나는 갈정립이야. 오늘 모용 단주, 자네에겐 어떤 기회도 있을 수 없으니 포기하는 게 좋아."

"갈정립……."

"그래, 염라대왕 앞에 가거든 독중독인 갈정립이 보내왔다고 말하면 되는 거야."

말을 끝낸 것과 동시, 갈정립이 쌍수로 허공에 원 하나를 그려 보였다. 허공을 격한 걸 제외하면 그다지 특이한 점이 보이지 않는 수법.

그러나 모용휘는 순간 지독한 압박감을 느꼈다. 심혼이 온통 뒤흔들리는 듯한 느낌과 더불어.

'이건……'

모용휘는 거의 본능적으로 다시 성광밀밀을 펼쳤다. 그러자 무의식적으로 살기를 느끼고 펼쳤던 처음보다 더욱 촘촘한 검기가 그의 전신을 에워쌌다.

번쩍!

다시 펼쳐진 성광밀밀은 보는 이의 눈을 멀게 할 정도로 강렬한 광채를 뿜어냈다. 천하의 어떤 무공도 파괴할 수 없다고 전해지는 검막이 다시 펼쳐진 것이다.

그리고 그곳으로 갈정립의 수장을 떠난 녹색 강환이 환상처럼 날아들었다.

콰쾅!

결코 인간과 인간 간에 펼쳐 낸 무공의 격돌이라곤 볼 수 없는 굉음. 더불어 펼쳐진 광경은 불패의 방어 초식이란 명성에 어울리지 않게 산산조각난 성광밀밀의 모습이었다.

"이, 이럴 수가……!"

모용휘는 자신의 수중에 들린 반쪽 난 검을 믿을 수 없다는 듯 바라보며 신형을 휘청거렸다.

그의 성광밀밀은 이미 검막의 경지에 이르러 있었다. 모용세가 최강의 고수인 창파검제 모용진천이라 할지라도 이보다 더 완벽한 성광밀밀은 펼칠 수 없을 터였다.

한데도 패했다!

평생 찬란한 영광 속에서 살아온 모용휘의 입장에선 지금의 현실이 전혀 피부에 와 닿지 않았다. 도대체 이해가 되지 않았다, 자신의 패배가.

'세상에 무엇이 검막을 부술 수 있단 말인가!'

모용휘는 내심 부르짖다 왈칵 피를 토했다. 성광밀밀이 박살나며 심한 내상을 입은 것이다.

그 모습을 본 갈정립이 다시 수장을 들어올렸다. 그러자 방금 전 모용휘의 성광밀밀을 부순 녹색 강환이 다시 모습을 드러냈다.

"흐흐. 장하군, 내 절명강환을 정면으로 받아내다니. 하지만 이번에도 막긴 힘들 거야."

"……."

모용휘의 잘생긴 안색으로 얼핏 검은 그림자가 떠올랐다. 갈정립의 오만한 일갈에 맞대응해 주곤 싶으나, 지금의 그로선 다시 절명강환을 받아낼 힘이 없었다. 절체절명이나 다름없는 상황이다.

그때 갈정립의 손에서 절명강환이 떠났다.

"큭!"

모용휘는 억지로 약간 남은 진기를 반 토막 난 검에 모았다. 최후의 최후까지 포기하지 않는다는 모용세가 특유의 자존심의 발로였다.

그런데 그때 갑자기 상황이 급변했다.

콰직!

모용휘를 부수기 위해 날아든 절명강환이 갑자기 산산조각났다. 느닷없이 천공에서 떨어져 내린 한 자루의 검에 꿰뚫린 것이다.

"이럴 수가!"

갈정립의 입에서 가벼운 찬탄이 터져 나왔다.

천하에 부수지 못하는 게 없는 절명강환이다. 그걸 부순 게 평범한 비검술일 리 없다. 최소한 어검술쯤은 되어야 이와 같은 위력을 발휘할 수 있을 터였다.

재빨리 사태파악을 한 갈정립이 뒤로 한 걸음 물러서더니, 바로 잠영환환신법을 펼쳤다.

쇄액!

그 순간 절명강환을 꿰뚫느라 잠시 공중에 머물러 있던 검이 스스로 빛을 뿜어내며 갈정립이 서 있던 자리를 쓸어버렸다. 진짜 명실상부한 어검술이 펼쳐진 것이다.

'역시!'

갈정립은 잠형환환신법을 극한까지 펼쳐 신형을 숨긴 채 내심 크게 헛바람을 몰아쉬었다. 자칫 조금이라도 판단이 늦었다면 지금 그는 목이 잘린 시체가 되어 있을 터였다.

그때 공중을 크게 한차례 배회한 검이 마치 잘 길들여진 사냥개가 주인을 찾아가듯 한 사내의 손으로 돌아갔다.

탁!

월아검을 회수한 진자운이 방금 전 갈정립이 서 있던 공간을 바라봤다. 갈정립이 어검비선에 놀란 것처럼 그 역시 잠형환환신법의 위력에 경각심을 품지 않을 수 없었다.

'제기랄, 갈정립! 이 독으로 뭉쳐진 마두 새끼가 그동안 더 대단해졌구나!'

진자운은 전력을 다해 갈정립의 위치를 살피며 큰 목소리로 외쳤다.

"나는 무림맹의 비밀 병기인 철진운이다! 자칭 만독문의 서열 이위 고수라 자처하는 독중독인 갈정립은 모습을 드러내는 게 좋을 것이다!"

'무림맹의 비밀 병기?'

느닷없는 진자운의 개입으로 생사의 기로에서 벗어난 모용휘는 얼른 내공을 움직여 요상을 하던 중 눈살을 가볍게 찌푸렸다.

그는 총단주로 내정되어 있던 진자운의 갑작스런 행방불명으로 인해 청룡단주와 임시 총단주를 겸임하고 있었다. 한마디로 말해 현 무림맹 최중추에 위치한 요인이란 뜻이다.

그런데 갑자기 듣도 보도 못한 비밀 병기를 자처하는 초절정고수가 등장했다. 의혹을 느끼는 건 당연했다. 진자운의 등장이 아무리 그의 생명을 구했다곤 하나 결코 대수롭게 넘길 일은 아니었다.

그때 주변 대기의 흐름을 읽고 있던 진자운이 갑자기 수중에 들고 있던 월아검을 집어 던졌다. 모양은 어검비선이나 위력은 천양지 차이.

쉐엑!

어검술이 아닌 비검술로 펼쳐진 어검비선은 기운차게 공간을 압축하다 중간에서 힘을 잃었다. 무언가 보이지 않는 벽에 부딪친 것이다.

'찾았다!'

진자운이 대지를 박차고 뛰어오른 건 바로 그때였다.

단숨에 공간을 단축하는 그의 양손 소지에서 무형검기가 송곳같이 일어났다. 아직 어검비선을 자유자재로 펼칠 수 없기에 벌인 궁여지책.

찌지직!

무형검기가 종횡한 순간, 잠형환환신법으로 신형을 감추고 있던 갈정립이 결국 모습을 드러냈다. 모양만 어검술인 월아검을 방비하느라

전력을 다한 터에 무형검기에 급습을 당했다. 더 이상 신법을 유지할
수 없는 건 당연하다.

"이런 교활한 놈!"

갈정립은 이를 갈며 금독신장을 펼쳤다. 그러자 철의 기운이 담긴
금독신장과 맞부딪친 무형검기들은 마치 강철 벽에라도 격중한 듯 힘
없이 튕겨졌다.

천적을 만난 것과 다름없는 모습.

그러나 진자운은 이미 과거 갈정립과 한차례 생사결전을 벌인 일이
있었다. 몇 번이나 다시 싸울 날을 고대하며 상상으로 벌인 비무가 수
백 차례를 넘을 정도였다. 이 같은 상황을 맞아보지 않았을 리 없다.

휘익.

갈정립의 바로 지척에 이르러 바닥을 박차고 위로 뛰어오른 진자운
의 손가락이 연속적으로 한 방향을 향했다.

찌지지지직!

진자운의 손가락을 떠난 무형검기들은 일제히 갈정립의 금독신장의
중심인 장심에 꽂혔다.

일점집중(一點集中)!

막싸움에서 가장 무서운 때린 데 계속 때리기였다.

"크윽!"

갈정립은 결국 자신의 오른손을 잡고 뒤로 물러설 수밖에 없었다.
무쇠마저 두부처럼 박살 내던 그의 금독신장이 박살났기 때문이다.

"이게 나 철진운의 독문절기인 일점지공(一點指功)이다!"

진자운은 뒤로 물러선 갈정립을 향해 득의양양하게 소리치며 양손
의 검지를 앞으로 살짝 뻗어 보였다. 그가 독창해 낸 지검무 태극 특유

의 자세였다.

그러자 갈정립이 고통스런 표정을 짓는 중에도 의혹의 시선을 보냈다.

"그 자세는……."

진자운이 선수를 쳤다.

"이건 일점지공 중 쌍점쌍룡(雙點雙龍)이다!"

"쌍점쌍룡……."

갈정립은 눈살을 가볍게 찌푸렸다. 필시 진자운이 취해 보인 자세가 낮이 익긴 한데, 초식명은 처음 들어보는 것이었다. 마음이 혼란스럽지 않을 수 없었다.

그때 진자운이 갈정립에게 한 걸음 다가서며 말했다.

"이미 이곳은 무림맹의 정예에게 에워싸인 상태다. 그리고 이미 우리 두 사람 간의 승부는 결정이 났으니, 마두 갈정립은 항복하는 게 어떠한가?"

"항복? 웃기는 소리!"

갈정립은 바닥에 침을 탁 뱉고는 망가진 오른손 쪽의 혈도를 막았다. 장심에 모아놓은 오행독공의 독기가 역류하는 걸 막기 위함이었다.

그리고 그는 왼손을 천천히 들어올렸다.

왼손만으로 진자운과 싸우겠다는 의지를 드러낸 것이다.

"철진운, 오늘 너의 존재를 몰랐던 건 나 갈정립의 실책이다. 그러나 나 갈정립이 어떤 사람인데 쉽사리 항복을 하겠느냐!"

"항복하지 않겠다?"

"그렇다! 오늘 네가 내 목숨을 거둬갈 수 있을 진 모르겠으되, 항복하게 할 수는 없을 것이다!"

말을 마친 갈정립이 좌수에 절명강환을 만들고는 전신으로 절명독강을 만들어냈다.

"크헉!"

"커억!"

문득 불어온 한줄기 바람을 타고 퍼져 나간 절대지독에 몇 명의 청룡단원이 중독되어 쓰러졌다.

그저 한 모금의 숨결만으로도 주변 십여 장 내에 있는 모든 생명체를 중독시킬 수 있는 절대독경에 이른 자만이 보일 수 있는 신위였다.

'이런!'

사태의 심각성을 눈치챈 모용휘가 얼른 암흑독인들과 싸우고 있던 청룡단원들을 갈정립 주변에서 멀어지게 했다. 절대독경에 이른 자를 상대로 중독되지 않기 위해선 최소한 초절정에 이른 무공을 지녀야만 함을 알고 있었기 때문이다.

물론 진자운의 무공은 이미 초절정의 경지에 올라 있었다. 갈정립이 뿜어내는 절대지독의 영향에서 완전히 벗어날 순 없으나 큰 불편함을 느끼진 않았다.

다만 그는 진육담과 갈정립이 항상 데리고 다니는 불사강시(不死屍)인 십대독인이 마음에 걸렸다. 음흉하기 짝이 없는 진육담과 십대독인이 갑자기 청룡단과 모용휘를 기습한다면 사태가 골치 아픈 방향으로 흘러갈 수도 있었다.

'어쨌든 싸움은 빨리 끝내는 게 좋다!'

마음을 결정한 진자운은 호흡을 끊고 온몸의 모공을 모조리 닫았다. 만에 하나라도 독에 중독되는 걸 방지하기 위함이었다.

스윽.

그가 다시 앞으로 한 걸음 나섰을 때다.

우릉!

갈정립의 좌수를 휘감은 채 느릿한 원운동을 하고 있던 절명강환이 용수철에서 팅겨지듯 진자운을 향해 파고들었다.

건곤일척(乾坤一擲)!

갈정립이 승부수를 띄운 것이다.

물론 진자운이 이를 마다할 리 없다. 그는 순간적으로 단천뢰심강을 거의 극한까지 끌어올린 채 갈정립을 향해 달려들었다.

번쩍!

순식간에 진자운의 전신을 휘감고도 여력이 남은 단천뢰심강이 지검무 태극을 통해 밖으로 쏟아져 나왔다. 둑 터진 방죽과 같이 노도와 같은 기세로.

콰쾅!

힘과 힘이 만나 거센 폭발을 일으켰다. 그리고 그렇게 하나가 된 거대한 힘이 순식간에 사방으로 터져 나갔다. 마치 몇 개나 되는 진천벽력구가 폭발한 것과 다름없는 모습.

미처 피하지 못했던 암흑독인 몇 명이 비참한 꼴이 되어 날아가고, 주변에 서 있던 나무들이 밑동서부터 뽑히거나 중간이 부러져 내동댕이쳐졌다.

천재지변에 가까운 위세!

그 중심에는 서로 수장을 맞부딪친 채 석상처럼 굳은 진자운과 갈정립이 있었다. 폭풍의 눈이 지극한 고요인 것처럼 거센 진력의 폭발 속에서도 두 사람이 맞부딪친 장소만은 진공을 이뤘던 것이다.

"너는… 철진운이 아니다……."

"나는 철진운이야."

"너는……."

떠듬거리며 말을 잇던 갈정립의 입에서 꾸역꾸역 피가 게워져 나왔다. 자신의 무공에 대한 절대적인 믿음을 가지고 있던 그는 부근에 숨겨놓은 십대독인을 불러낼 틈도 없이 치유 불능의 중상을 입은 것이다.

"지금도 항복할 마음이 없는 건가?"

진자운이 묻자 갈정립이 핏기 한 점 보이지 않는 얼굴로 웃어 보였다.

"항복하면… 날 살릴 자신은 있고?"

"아니."

진자운은 평소와 달리 솔직히 대답했다.

"솔직하긴……."

갈정립은 다시 한차례 웃어 보였다. 그리고 자신이 만들어놓은 폐허 속에 천천히 무너져 내렸다.

'이, 이럴 수가! 대사형이 패하다니!'

진육담은 한동안 멍청한 표정으로 넋이 빠져 있었다. 도대체 지금 그의 눈앞에서 벌어진 일을 믿을 수 없었기 때문이다.

그는 갈정립보다 다소 늦게 싸움터에 도착했다. 그래서 갈정립이 모용휘를 완벽하게 제압하기 직전, 느닷없이 어검술을 펼치며 모습을 드러낸 진자운의 시야에 걸리지 않을 수 있었다.

그야말로 살인적인 운빨이랄까?

그러나 그는 설마 하니 갈정립이 진자운에게 패하리란 생각은 추호도 하지 않았다. 전혀 예상치도 못했다.

그저 조금 고전하는 정도일 거라 생각했고, 상황을 봐서 갈정립을 도와서 칭찬받을 요량이었다. 갈정립이 끝까지 십대독인을 불러내지 않은 사실이 그와 같은 예상을 뒷받침했다.

그런데 갈정립이 철가면을 얼굴에 뒤집어쓴 괴인에게 패해 버렸다. 만독문으로선 파천황(破天荒)적인 일이 벌어지고 만 것이다.

잠시 사색이 된 얼굴로 안절부절못하고 있던 진육담의 눈에 갑자기 흐릿한 이채가 떠올랐다.

'가만, 대사형이 없다면 다음 대 만독문을 계승할 후보는… 내가 되는 것인가?'

여태껏 한 번도 생각해 본 일이 없는 야심.

절대 넘을 수 없는 벽이라 생각했던 갈정립이 살아 있는 동안은 완벽하게 금지되어 있던 야심이었다. 너무 달콤해서 취할 것만 같은 장밋빛 미래였다.

진육담은 천천히 갈정립의 죽음이 던져 준 충격에서 벗어났다. 그만큼 갑작스레 그의 가슴속에 피어오른 야심은 보통이 아니었다.

주변 상황을 예의주시하며 염두를 굴리다 갑자기 호흡을 멈춘 그가 숨어 있던 곳에서 천천히, 아주 천천히 뒤로 물러나기 시작했다.

비굴한 도주!

진육담은 목숨을 잃은 갈정립은 고사하고, 아직 저항을 계속하고 있는 녹혈삼귀와 암흑독인들을 모조리 포기하기로 결정했다. 그들을 구하기 위해 모험을 걸기보다는 자신의 잔명을 연명하는 게 낫다는 판단이었다.

대신 그는 주인을 잃고 버려진 갈정립의 십대독인을 회수했다. 앞으

로 갈정립을 대신해 만독문의 후계자가 될 자신의 장밋빛 미래를 위해
서.

*   *   *

청성산.

구대문파에 속하는 청성파의 수많은 도관들 중 가장 요지에 위치한
천기관(天氣館) 내 별실.

당금 청성파의 장문인인 무애 선인(無崖仙人)에게 공손하게 차 대접
을 받고 있는 두 사람이 있다. 당금 무림맹의 맹주인 불패신권 각원 대
사와 총군사인 현인 제갈효가 바로 그 장본인들이었다.

후룩.

평소와 마찬가지로 각원 대사가 다구에 든 찻물을 소리 내어 마시자
제갈효의 깊이를 알 수 없는 눈동자 속에 한 가닥 질책하는 빛이 떠올
랐다.

'에잉, 집에서 새는 바가지 밖에서도 샌다더니! 멀고 먼 사천의 청성
산까지 와서도 차 한 잔 품위있게 마시지 못하다니!'

제갈효의 못마땅한 기색을 각원 대사는 금세 알아챘다. 함께한 지가
수십여 성상이니, 이젠 작은 손짓이나 눈빛만으로도 심사를 알 수 있
다. 오래되어 퀴퀴한 냄새가 나는 노부부와 다름없는 것이다.

'어허, 아미타불! 또 속 좁은 늙은이가 속으로 내 흉을 보고 있구
나!'

각원 대사가 힐끔 못마땅한 눈빛을 던지자 제갈효가 기다렸다는 듯
되받아쳤다.

'그러게 잘하면 누가 그런 눈총을 주누!'

'하루라도 바가지를 안 긁으면 동티라도 난단 말인가! 지겹네! 이젠 이 땡중도 지겹다구!'

'이 망할 땡중아! 누가 누구한테 할 소린고!'

'관두세, 관둬!'

각원 대사와 제갈효간의 눈싸움은 교묘함에 있어 거의 천의무봉에 이르렀다고 할 수 있다. 무림맹에서 숱하게 많은 싸움을 해왔으면서도 단 한차례도 남에게 들통난 일이 없었다.

그러나 오늘은 조금 도가 지나쳤다. 서로 간에 오랫동안 쌓였던 걸 한 번에 풀려고 하니 어쩔 수 없이 바라보는 눈빛이 곱지 않았고, 핏발마저 얼핏 보이기 시작했다.

"무량수불!"

오랜 수양으로 분위기의 험악함을 눈치챈 무애 선인이 나직이 도호를 내뱉자 각원 대사와 제갈효는 얼른 휴전에 합의를 봤다. 본래 이 같은 눈싸움은 남에게 들키지 않는 것에 그 묘가 있으니 당연한 선택이었다.

"아미타불! 목이 컬컬하던 차에 이리 좋은 찻물을 얻어 마시고 보니, 사천의 험악한 촉로를 오르는 동안 쌓인 마음속의 갈증이 모조리 풀리는 것 같구려."

"허허, 맹주께서도 그리 생각하셨소이까? 이 우인 역시 다향의 담담한 향기에 심신이 맑게 정화되는 것 같았거늘."

"현인께서는 말씀도 잘하시오. 빈승 같은 땡추로선 현인께서 하는 고매한 언변은 감히 언감생심 꿈도 꾸지 못하겠구려."

"맹주, 그런 과찬은 우인을 더욱 우둔하게 하는 것이와다. 어찌 우인의 보잘것없는 말솜씨가 맹주의 드높은 기상의 앞에 있을 수 있겠소이까?"

부끄럼도 없이 서로가 서로를 치켜세워 주는 말을 각원 대사와 제갈효는 한동안 계속했다. 어쩌나 뻔뻔스럽게 말도 잘하던지, 두 사람 앞에 있는 무애 선인의 낯이 다 불그스름해질 정도였다.

그러자 재삼 휴전을 확인한 두 사람 중 제갈효가 청성산에 오르기 전 준비해 놨던 말을 끄집어냈다.

"무애 장문께서는 더 이상 단파에서 벌어지는 일을 걱정할 필요가 없소이다."

무애 선인의 얼굴에 놀란 기색이 떠올랐다.

"어찌 총군사께서 단파의 일을 알고 계시는 겁니까?"

제갈효가 입가에 부드러운 미소를 띤 채 대답했다.

"아무리 조심조심 이동했다곤 하나 무림맹 정예가 사천에 들어온 이후의 이동 경로를 만독문에서 모를 리 없는 건 자명한 사실. 그렇다면 만독문에서는 청성파를 압박하여 근방 사천무림인들의 결집을 흐트러뜨리려 할 게 분명하니, 단파 쪽에서 일이 생기는 건 당연하지 않겠소이까."

"그야 그렇지만……."

"그래서 이 우인은 청성파의 피해를 최소화하기 위해 무림맹의 최정예인 청룡단을 이미 단파에 보냈소이다. 먼저 청성의 안위를 공고히 한 연후에야 사천무림 전체가 평안해질 테니까요."

"무량수불! 총군사께서 그렇게까지 청성을 생각해 주실 줄이야!"

무애 선인은 언제 각원 대사와 제갈효 간의 눈싸움에 낯을 붉혔냐는 듯 얼굴에 감격한 기색을 띠었다.

며칠 전까지 만독문의 침입으로 인해 풍전등화와 같던 청성파에 무림맹의 정예가 집결한 터였다. 그런데 다시 심복지환이던 단파의 일까지 깨끗이 해결될 기미가 보이자 마음속의 걱정과 근심이 하나도 남김없이 씻겨 내려간 것만 같았다.

그러자 완전히 제갈효에게 넘어간 게 분명해 보이는 무애 선인을 바라보며 각원 대사가 내심 혀를 찼다.

'끌끌, 무림맹이 청성산으로 몽땅 달려온 건 어디까지나 쌍류에 집결해 있는 사천정의련의 어린 아해들과 양쪽에서 만독문을 협공하기 용이하기 때문인 것을. 한 문파의 장문인씩이나 되는 자가 이리 쉽게 늙은 너구리의 말장난에 넘어가다니, 참으로 한심한 노릇이 아닌가!'

그때 무애 선인을 향해 후덕한 미소를 보이며 고개를 몇 차례 끄덕거려 보인 제갈효가 슬쩍 각원 대사를 곁눈질했다. 그가 내심 욕하고 있는 걸 마치 알기라도 하는 듯한 모습이다.

'어이쿠! 도끼눈을 뜨기는!'

각원 대사는 제갈효의 눈매가 가늘어지자 얼른 고개를 옆으로 돌렸다. 싸움을 걸어올까 봐 겁이라도 내는 듯하다.

그러자 제갈효가 다시 무애 선인에게 미소를 띤 채 말했다.

"그래서 말인데… 무애 장문인, 단파가 안정되면 무림맹의 정예는 바로 쌍류로 이동하려 하오."

"사천정의련 역시 구원하시려는 것입니까?"

"그렇소이다. 그러니 청성에서 후방을 맡아주셨으면 하는데, 가능하겠소이까?"

무애 선인이 얼른 고개를 끄덕이며 대답했다.

"어찌 무림의 평화를 지키는 일에 청성이 한 팔의 힘을 거들지 않을 수 있겠습니까. 사천정의련과 무림맹에는 본 파의 제자들 역시 다수 포함되어 있는 만큼 무림맹 정예의 후방 지원은 확실히 하겠습니다."

"허허, 이런 고마운 일이 있는가!"

제갈효가 나직이 웃자 무애 선인이 따라 웃었고, 떨떠름한 표정을 여실히 드러내며 각원 대사 역시 동조했다. 어쨌든 만독문과의 정마대전이 코앞에 이른 이상 같은 정파끼리 화기를 깨는 일이 있어선 안 되는 것이다.

◆ 第四十七章 ◆

정파(正派)의 싸움

무애 선인이 돌아가자마자 각원 대사와 제갈효 간에 감돌던 봄날 훈풍 같던 기운은 씻은 듯 사라졌다. 잠시간의 휴전이 끝났음을 뜻하는 전조였다.

후룩!

이젠 식어서 본래의 향기는커녕 본래 맛이 어땠는지조차 가늠할 수 없게 된 차에 입을 댄 각원 대사의 노안이 가볍게 일그러졌다. 다 식어 빠진 차 맛만큼 사람의 미각을 괴롭히는 건 그다지 많지 않았다.

그 모습을 보고 후덕한 얼굴에 전혀 어울리지 않는 악동 같은 미소를 입에 담은 제갈효가 약 올리듯 말했다.

"맹주, 차 맛이 별로인 듯합니다?"

각원 대사가 떨떠름하게 웃어 보였다.

"허허, 본래 사천과 가까운 운남을 산지로 하는 차 중에 보위차란 것이 있는데, 뜨거울 때나 식었을 때나 맛이 그대로라고 하더구려. 무애 장문이 내놓은 차의 향기와 색깔이 특이하여 그 보위차인가 싶었더니, 빈승이 착각한 모양이오."

"맹주, 보위차가 한열을 따지지 않는 건 맞소만, 그건 어디까지나 칠 년 이상 된 상급의 경우라 알고 있소이다."

"칠 년 이상?"

"그렇소이다. 보통 다른 차들과 달리 보위차는 오래 묵힐수록 차 맛이 무미(無味)하게 되고 효능이 좋다고 하는데, 칠 년 이하인 것들은 간혹 식었을 때 마시면 썩은 짚 같은 맛이 난다고 하더이다."

"그럼 설마 하니 우리가 마신 것이……."

"보위차이긴 보위차인데, 칠 년 이하짜리가 아닐까 짐작되오이다."

우직!

각원 대사의 손 안에 있던 다구가 갑자기 산산조각났다. 아니, 산산조각났다기보다는 한 줌의 가루로 변해 버렸다 함이 더 옳을 것 같다.

그럼에도 불구하고 각원 대사의 손은 전혀 젖은 기색이 없었다. 다구를 한 줌의 가루로 만들며 그 속에 담겨 있던 찻물 역시 싹 증발시켜 버렸기 때문이다.

'원, 다 늙은 나이에 변하지 않는 못된 성질머리 하고는!'

제갈효는 진노한 표정이 분명한 각원 대사를 바라보며 내심 고개를 가로저었다.

그때 여전히 화가 풀리지 않았는지 각원 대사가 자리에서 벌떡 일어섰다. 청성파의 장문인이긴 하나 무림에서의 배분으로 보면 사질 격인 무애 선인에게 달려가 죄를 물으려는 게 분명했다.

그런 각원 대사의 발을 제갈효가 한마디로 잡아 묶었다.

"속 좁기는!'

"뭐라? 현인 자네 방금 뭐라고 했는가!'

각원 대사가 쏘듯이 노려보자 제갈효가 모른 척 얼굴을 옆으로 돌리며 중얼거렸다.

"어찌 무애 장문이 맹주에게 쓰레기 보위차를 알고도 내놓았을까?'

"그럼?'

"아마 무애 장문은 차에 대한 조예는 그저 그렇거나 조야할 거외다. 다른 무부들과 마찬가지로.'

"차에 대해 잘 모르는 자가 어찌 보위차 같은 귀한 차를 가지고 있다가 내놓을 수 있겠는가?'

"누군가 선물한 게 아니겠소이까? 운남에서 난 귀한 차라고. 그래서 그걸 귀히 간직하고 있던 무애 장문은 참으로 귀한 손님인 맹주와 노부에게 처음으로 끓여서 내놓았을 것이고.'

"만약 그렇지 않다면?'

"다른 사람에게 이런 쓰레기 차를 먼저 끓여 내놨다면 벌써 욕을 먹거나 창피를 당하지 않았겠소이까?'

언제나와 마찬가지로 제갈효의 의견은 정론이었다. 특히 이번처럼 모략이나 궤계를 사용할 거리가 없는 일에 있어선 더욱 그랬다.

"끄응!'

각원 대사는 못마땅한 신음과 함께 다시 자신의 자리에 주저앉았다. 제갈효가 정론을 펼칠 땐 들어주는 게 상수임을 오랫동안의 경험을 통해 잘 알고 있었기 때문이다.

그 모습을 본 제갈효의 입가에 흡족한 미소가 떠올랐다.

"허허, 맹주도 이젠 나이가 든 것 같소이다. 불같은 성미가 많이 누그러진 걸 보니."

"다 현인 같은 친우를 둔 탓이 아니겠는가?"

"그거 좋은 뜻으로 하는 말일 테지요?"

"그렇다고 해두세나."

이 정도쯤 되면 각원 대사가 백기를 들었다고 봄이 옳다. 그 사실을 잘 알고 있는 제갈효가 손에 들고 있던 다구를 내려놓고 슬며시 입가에 담겨 있던 미소를 거뒀다.

"맹주, 이젠 슬슬 진자운이란 아이에 대해서 노부가 알아도 되지 않겠소이까?"

"진자운?"

"맹주가 노부 몰래 빼돌린 무당파의 신성 말이올시다."

제갈효가 마치 어린아이라도 가르치듯 세세히 일러주자 각원 대사가 슬그머니 시선을 옆으로 돌렸다. 질문에 대답하기 싫다는 간접적인 표현이었다.

제갈효의 하얗게 서리가 내려앉은 눈썹이 슬그머니 위로 치켜 올라갔다.

"맹주, 노부에게도 눈이 있고 귀가 있소이다. 그동안 맹주가 빼돌린 그 아이가 사천과 운남에서 벌인 활약에 대해 모를 거라 생각하는 건 아닐 테지요?"

"그럴 테지. 천하에 현인 자네가 모르는 일이 또 어딨겠는가."

"그런데도 전후 사정을 설명해 주지 않겠다는 것이오?"

"그게……."

잠시 말끝을 흐린 각원 대사가 자신의 민대머리를 벅벅 긁으며 말했다.

"현인 자네가 어찌 생각하는진 잘 알겠는데, 빈승도 그 진자운이란 아이에 대해선 당최 아는 게 없으니 어쩌겠는가. 사실 자네가 아는 것이 어쩌면 빈승이 아는 것보다 더 많을지도 모를 일일세."

"허허, 그렇소이까?"

"그렇다네! 정말 진실로 사실이니, 자네는 빈승의 말을 믿어줘야 하네!"

제갈효는 각원 대사가 거의 읍소까지 해 보이자 잠시 들끓는 노화를 억누르며 그의 민대머리를 노려봤다.

아무리 에누리해 생각해 봐도 진자운을 몰래 뒤로 빼돌린 건 각원 대사의 짓이 분명했다. 그렇지 않고서야 진자운이 자신에게 예정된 영광과 높은 지위를 헌신짝 버리듯 내팽개치고 무림맹을 떠난 일이라거나 느닷없이 사천에 모습을 드러낸 일, 그 후 만독문을 상대로 한 대활약 등에 대한 것이 설명되지 않는다.

'늙고 성질 나쁜 땡중이 이젠 못된 잔머리까지 늘어가는구나, 채신머리도 없이. 하지만 아무리 이런 천생이라도 무림맹주이니 곱게 늙은 노부가 참는 게 나을 것이다. 어차피 진자운이란 아이는 곧 노부의 손바닥 안에 들어오게 될 터인즉.'

내심 고개를 가로저으며 각원 대사를 욕한 제갈효가 얼른 안색을 바꿨다. 언제 화를 냈냐는 듯 평상시와 마찬가지로 천생 신선 같은 풍모로 돌아간 것이다.

"맹주께서 그렇게까지 말씀하시니 잠시 그 아이에 대한 일은 뒤로 넘기기로 하고, 다른 일에 대해 논의하도록 하지요."

"다른 일?"

"이젠 슬슬 만독문과의 대결전을 생각할 때이올시다. 맹주께서는 생각해 놓은 방도가 있겠지요?"

"생각해 놓은 방도라니? 현인, 그건 또 무슨 소린가?"

각원 대사는 언제 읍소를 했냐는 듯 고개를 발딱 들고는 마뜩찮다는 표정으로 제갈효를 바라봤다.

그도 그럴 것이 여태까지 무림맹을 이끌고 만독문과 싸운 건 어디까지나 총군사인 제갈효였다. 결코 맹주인 각원 대사 자신이 아니었다. 그런데 이제 와서 생각해 놓은 것이 있냐니, 그 의중이 의심스러운 건 당연했다.

제갈효가 조금 쉽게 풀어 말했다.

"독조 갈홍경 말이외다."

"아아!"

그제야 제갈효의 의중을 이해한 각원 대사가 턱을 손가락으로 몇 번 만지작거렸다. 그러자 제갈효가 한마디 첨언했다.

"독조 갈홍경은 강자외다."

"그 노독물은 강하지."

"그래서 묻는 건데, 맹주는 그를 이길 자신이 있소이까?"

"응?"

각원 대사는 마치 제갈효의 질문을 못 들은 체했다. 그야말로 책임감 없는 가장이 방바닥을 긁는 것과 비슷한 모습.

제갈효의 눈빛에 추궁의 기색이 떠올랐다.

"이번 기회에 노부는 무림맹의 정예를 이끄는 맹주를 보좌해 만독문이란 악의 씨앗을 싸그리 쓸어버릴 작정이오. 그렇게만 되면 무림맹과 정파의 지배력이 운남까지 미치게 될 터이고, 앞으로 불학무도한 마교의 잡졸들을 압박하기가 더 용이해질 것이외다."

"뭐, 그럴 수도 있겠구만."

"그럴 수 있는 게 아니라, 바로 그렇소이다. 그러니 맹주께서 갈홍경을 이길 수 있는지 없는지는 매우 중요한 문제올시다!"

"흠."

각원 대사는 다시 목젖을 손가락으로 매만지곤 눈을 끔뻑거렸다. 정파인이라기엔 꽤나 패도적인 제갈효의 의견이 그에겐 그다지 마음에 와 닿지 않았다. 사실 솔직한 심정을 말하자면, 한마디 호통이라도 치고 싶은 심정이었다.

그러나 각원 대사의 눈앞에 앉아 있는 사람은 무림맹을 실질적으로 움직이는 총군사 제갈효였다. 그의 질문에 대한 답을 회피할 순 없기에 잠시 시간을 끈 각원 대사가 미지근한 표정으로 말했다.

"자네도 대충 짐작하고 있겠지만, 현재의 빈승은 갈홍경을 이기지 못하네."

"억지로라도 어찌 안 되겠소이까?"

"무공만으로라면야 대충 동수를 이룰 수도 있겠으나 갈홍경에게는 절대지독이 있다네. 비록 무공이 초절정에 이르면 만독불침이나 다름없는 몸이 되긴 하네만, 거의 비슷한 경지에 오른 자들끼리의 싸움에 있어선 아주 미세한 차이가 승부를 가르네. 갈홍경과 싸우면 빈승은 필패할 거야."

"천하를 호령하던 맹주답지 않게 지나치게 소심한 게 아니외까? 갈홍경과 싸우기도 전에 자신에게 불리한 점만 내세우며 패배를 얘기하다니!"

제갈효의 한마디에 각원 대사의 노안이 가볍게 붉어졌다. 그 역시 절대지독 운운이 단지 변명에 불과함을 잘 알고 있었기 때문이다.

그러자 제갈효가 잠시 염두를 굴리는 척하다 입가에 의미 불명의 미소를 담았다.

"그럼 어쩔 수 없구려."

"어쩔 수 없다? 설마 자네 또 그 방법을 사용하려는 건가?"

제갈효가 바로 대답했다.

"본래 정파의 싸움 방법이란 항시 그렇지 않았소이까."

"그렇긴 하네만, 지금 와서 다른 사람들을 사천까지 불러오려면 시간이 촉박할 듯한데……."

"맹주께서는 전혀 염려할 게 없소이다. 이미 검제가 사천에 도착해 있으니까요."

"검제가?"

"허허, 그렇소이다."

'이 늙은 너구리! 이미 다 정해놓고 날 놀렸구나!'

바라보는 각원 대사야 힐난 가득한 표정을 짓거나 말거나 제갈효는 여전히 초탈한 신선 같은 얼굴로 웃어 보였다. 아주 해맑고 기분 좋아 보이는 표정을 한 채.

*　　　　　*　　　　　*

단파에서의 혈전은 새벽이 밝기 전에 끝났다.

결과는 무림맹 청룡단의 압승.

만독문의 명실상부한 이인자인 갈정립이 죽고, 직속 상관인 진육담의 행방이 묘연하자 녹혈삼귀와 암흑독인들은 지리멸렬했다.

그들로서는 반대로 기세가 오른 청룡단과 단주 모용휘의 무위를 막을 수 없었다. 사실 진자운이 따로 도와줄 필요조차 없을 지경이었다.

혈전이 끝나자 주변 정리에 들어간 청룡단원들의 모습을 눈으로 좇고 있던 진자운의 곁으로 모용휘가 빠른 걸음으로 다가왔다.

"본인은 청룡단주인……."

"미안냉혹검 모용휘… 지요?"

진자운이 말을 자르고 소개를 대신 끝내자 모용휘가 검미를 살짝 치켜올렸다.

"혹시 본인이 알고 있는 분이십니까? 목소리가 꽤 귀에 익숙한 듯하오만."

'쳇, 역시 무시할 수 없는 사람이군. 나랑 몇 번이나 만났다고 목소리를 다 기억한담!'

진자운은 내심 혀를 차고 품에서 무림맹주 각원 대사에게 받은 총단주의 패를 꺼내 보였다. 얼굴에 쓴 철가면을 벗기에는 이목이 너무 많다는 판단이었다.

"그건……."

모용휘는 바로 진자운의 신분을 알아보고 눈살을 가볍게 찌푸렸다. 느닷없이 무림맹에서 모습을 감췄던 직속 상관이 만독문과의 대결전을 코앞에 둔 상황에서 나타나자 의아한 마음이 된 것이다.

그러나 어찌 됐든 진자운이 모용휘의 직속 상관임은 확실했다. 그가 바로 부복해서 예의를 갖추려 하자 진자운이 재빨리 내력을 뿜어내 가로막고는 전음으로 만류했다.

[모용 단주, 이곳에는 이목이 너무 많소이다.]

[어째서?]

[나중에 말해 주리다.]

'역시 진 총단주에겐 뭔가 말 못할 사연이 있는 것인가?'

모용휘는 잠시 진자운의 얼굴을 가리고 있는 철가면을 바라보다 입을 굳게 다물었다. 진자운의 신분을 안 이상 그의 명령을 따르는 게 옳다는 판단이었다.

진자운은 모용휘가 바로 자신의 말을 알아듣자 내심 흐뭇해졌다. 앞으로 써먹어야 할 일이 많은 직속 수하가 말이 통하는 사람이란 건 결코 나쁜 일이 아니었기 때문이다.

"일단 자리를 옮길까요?"

모용휘가 제안하자 진자운이 흔쾌히 고개를 끄덕였다.

"내 단파 근처에서 제일가는 객점에 방을 하나 잡아놨소이다. 조용하고 아리따운 미녀까지 있는 곳이니 모용 단주도 꽤 좋아할 겁니다."

"미녀라니! 소생은 그런 건……."

모용휘가 얼굴에 질색한 기색을 띠자 진자운이 음흉하게 웃음 지으며 말했다.

"흐흐, 대단한 미녀입니다. 보통 미녀가 아니지요."

"저기, 그게……."

"보시면 모용 단주도 가히 싫어하진 않을 겁니다. 그러니 자꾸 빼지 말고 갑시다. 이건……."

[…명령입니다!]

진자운은 뒷말을 굳이 전음으로 하며 모용휘를 협박했다. 자신의 직위를 이용해 아랫사람에게 사적인 부탁을 하는 사람이 주로 하는 짓을 한 것이다.

이렇게 되면 모용휘로서도 더 이상 버틸 재간이 없었다. 그는 결국 수하 몇을 불러 먼저 청성산으로 돌아갈 것을 지시하고 진자운을 따라

나섰다.

"오라버니?"

진자운을 찾기 위해 단파 전체를 헤집고 먼저 만복객점에 돌아와 있던 모용청려는 모용휘를 보고 눈에 이채를 띠었다. 이런 곳에서 그를 만난 게 꽤나 뜻밖이라는 표정이다.

사실 그녀는 진자운을 찾으러 나섰다가 청룡단에서 쏘아 올린 불꽃을 보고 몰래 숨어 단파 한구석에서 벌어진 혈전을 낱낱이 지켜본 터였다.

그녀가 싸움터에 도착했을 때는 이미 진자운에게 갈정립이 패한 상황이라 큰 걱정은 되지 않았다. 다만 모용휘에게 갑자기 집을 떠나 사천에 온 까닭을 설명할 것만 궁리하면 됐다. 의외로 모용휘는 하나밖에 없는 나이 어린 여동생에겐 깐깐한 오라비였기 때문이다.

해서 싸움이 대충 끝나가자 몰래 만복객점으로 돌아온 모용청려의 깜찍한 연기는 모용휘를 속여 넘기는 데 충분했다.

"너, 어떻게……."

모용휘가 모용청려에게 뭐라 하려다 말끝을 흐리자 어느새 철가면을 벗어 든 진자운이 히죽거리며 말했다.

"모용 단주, 어떻소. 내가 말했던 것처럼 정말 대단한 미녀가 아니오?"

"진 총단주, 이게 어떻게 된 일인지 소생에게 설명해 주시겠소이까?"

"자자, 이런 곳에서 떠들지 말고 일단 방 안으로 들어갑시다."

진자운은 모용휘를 객실 쪽으로 밀어 넣으며 모용청려에게 살짝 한

쪽 눈을 찡긋해 보였다. 자신이 꽤나 도움이 되지 않았느냐는 의미였다.

그러자 미미하게 진자운에게 고개를 끄덕여 보인 모용청려가 역시 모용휘에게 권했다.

"그래요, 오라버니. 일단 방 안에 들어가시면 자초지종을 설명해 드릴게요."

"으음."

두 사람에게 떠밀린 모용휘는 만복객점에 올 때와 마찬가지의 얼굴을 하고 객실 안으로 들어갔다.

끼익!

객실 문을 열리고 닫혔다. 안에 들어선 모용휘는 침상 위에 누워 있는 일진을 보고 눈에 이채를 띄었다. 의혹을 느낀 것과 함께 다소간 안심을 한 것이다.

그가 느낀 의혹은 침상을 차지하고 있는 부상자의 정체에 대한 것이었고, 안심한 이유는 진자운과 모용청려가 단둘이서만 객실을 사용한 것이 아니란 점이었다.

'내가 너무 과한 생각을 한 것인가?'

모용휘는 내심 귀여운 여동생을 의심한 걸 자책했다. 그때 그의 뒤를 따라 방 안에 들어선 진자운이 역시 일진을 발견하고 시선을 모용청려에게 던졌다.

[사매, 그새를 못 참고 바람을 피운 거야?]

[사형, 바람을 피우다니, 말을 참 심하게 하는군요.]

모용청려는 모용휘가 눈치채지 못하게 진자운의 옆구리를 살짝 손가락으로 찔렀다. 내공은 주입하진 않았으나 자못 힘이 들어간 일격이었다.

'큭!'

진자운은 반쯤 일부러 모용청려의 손가락에 옆구리를 허락하곤 얼굴을 와락 일그러뜨렸다. 생각보다 모용청려의 손속이 매웠기 때문이다.

"모용 단주!"

진자운이 갑자기 목청을 높여 모용휘를 부르자 모용청려가 얼른 그의 옆구리에서 손가락을 뗐다. 살짝 진자운에게 눈을 흘기는 걸 잊지 않고서.

'뻔뻔스런 인간!'

모용청려의 살짝 흘기는 눈빛을 무시하고 내심 히죽 웃어 보인 진자운이 고개를 돌린 모용휘에게 말했다.

"일단 자리에 앉으십시오. 먼저 모용 소저와 내 설명을 들어야 하지 않겠소이까?"

"그럼, 실례하겠소이다."

모용휘가 한켠에 마련된 의자에 앉자 모용청려가 얼른 그의 앞으로 다가와 앉았다. 당최 무슨 짓을 벌일지 걱정스러운 진자운보다 먼저 현 사태를 설명해야겠다는 생각이었다.

"오라버니, 저기 누워 있는 분은 청성파의 이대제자인 일진 소협이에요."

"청성파의 이대제자?"

"예. 소매와 진 소협은 이곳 단파에 도착한 날, 우연찮게 청성파로 향하는 한 떼의 속가제자들을 발견했어요. 그들이 희한하게도 변복을 하고 있기에 이상한 생각이 들어 뒤를 쫓았는데, 마침 만독문의 독인에게 중상을 당한 일진 소협을 발견해 이곳으로 데려온 거예요."

'음, 역시 현인 노선배의 말대로 단파에서 벌어진 청성파 속가제자들의 잦은 실종 사건의 배후에는 만독문이 있었구나.'

내심 염두를 굴린 모용휘가 얼른 손을 내밀어 모용청려의 어깨를 다정하게 토닥여 줬다.

"항상 말썽만 부리고 다니더니, 이번에는 참 착한 일을 했구나."

"쳇, 소매가 언제 말썽을 부렸다는 거죠?"

"아버님의 엄명을 듣지 않고 몰래 집을 나간 것이 첫째고, 감히 어린 계집아이가 천하무림의 운명을 결정할 정마대전에 뛰어든 게 둘째다. 그리고 셋째는……."

모용휘는 엄한 표정으로 모용청려를 책하다 잠시 말끝을 흐렸다. 그가 말하려는 세 번째 모용청려의 잘못에는 진자운이 깊이 연관되어 있었다. 당사자가 있는 자리에서 직설적으로 말하긴 힘든 면이 있었다.

그러자 두 남매의 얘기를 조용히 경청하고 있던 진자운이 기회를 잡았다는 듯 끼어들었다.

"모용 단주, 모용 소저가 잘못한 세 번째는 혹시 나와 관련이 있는 게 아닙니까?"

"진 총단주의 말이 옳소이다."

"그럼, 나 역시 세이경청해야겠구려?"

진자운의 얼굴에는 재밌다는 기색이 완연했다. 대충 모용휘의 내심을 읽고 있는 그로선 모용청려의 이후 대응이 꽤나 궁금했다.

그런 진자운을 잠시 바라본 모용청려가 표정을 다소 차갑게 굳히고 말했다.

"죄송하지만, 진 소협은 좀 나가주시겠어요?"

"어째서?"

"오라버니와 잠시 가문의 중요한 문제에 대해 상의해야 할 것 같거든요."

진자운은 잠시 당했다는 듯 모용청려를 바라봤다. 그녀는 역시 만만찮은 호적수란 생각이 들었다. 이렇게 선수를 당한 이상 그로선 얌전히 밖으로 나갈 수밖엔 도리가 없는 것이다.

진자운의 시선이 최후의 희망을 걸고 모용휘를 바라봤다. 그는 모용휘가 모용청려의 말에 반박해 주길 희망했다.

"그건……."

진자운의 간절한 눈빛을 받은 모용휘가 잠시 우물거리자 모용청려가 얼른 말했다.

"오라버니, 소매가 사천에 온 건 피치 못할 사정이 있어서예요. 진소협이 앞에 있어 말하기가 힘들군요."

"……."

결정타였다. 모용휘가 이해를 구하는 눈빛을 던지자 진자운은 내심 욕설을 내뱉고는 객실 밖으로 나갔다. 슬쩍 모용청려 쪽을 노려보는 걸 잊지 않고서.

'두고 보자!'

그렇게 진자운이 객실에서 나가자 모용청려는 잠시 내력을 움직여 밖의 동정을 살피곤 모용휘에게 재잘거리기 시작했다.

"오라버니께서 뭘 걱정하시는지 소매는 잘 알고 있어요. 하지만 앞서 말했다시피 소매가 사천에 온 건 피치 못할 사정이 있어서예요. 진소협은 우연찮게 중간에 만나 동행을 하게 된 것이고요. 여기에는 결코 사사로운 남녀 간의 문제가 없으니, 소매를 믿어주세요."

"으음, 네가 남녀 간의 문제가 아니라곤 하나 어찌 이런 일을 그냥 묵과할 수 있겠느냐?"

"하지만 정말 소매와 진 소협은 단지 강호에서 만나 사귄 친구, 그 이상도 이하도 아니에요. 철 소협 때와는 달라요."

모용청려가 말한 철 소협이란, 패왕도 철무한을 말함이다. 북녹림 맹주인 녹림패도왕 철기량의 아들인 그는 바로 얼마 전까지 모용청려에게 대책없는 애정 공세를 폈다. 아주 모용세가로선 골칫거리가 아닐 수 없었다. 철기량의 안면을 봐서 치도곤을 낼 수도 없고, 그냥 놔두자니 강호에 모용청려에 대한 안 좋은 소문이 퍼질 것이었기 때문이다.

해서 모용휘는 현재 철무한을 교묘한 언변으로 속여 무림맹 오단 중 자신의 휘하에 두고 있었다. 어떡하든 자신의 눈이 닿는 곳에 놔두어 모용청려를 보호하려는 생각이었다.

'그런데 이 바보 같은 녀석이 오히려 멀고 먼 사천으로 찾아올 줄이야……'

모용청려의 말에 철무한이란 암초가 있음을 상기한 모용휘는 눈살을 가볍게 찌푸렸다. 자신에게 몇 번이나 두들겨 맞고도 모용청려를 포기하지 않은 우직한 산도적 같은 사내가 떠올라 기분이 매우 찜찜했다. 그에게 있어 철무한은 진자운과 비교가 되지 않을 정도로 골치 아픈 존재였다.

"아려야, 정말 너는 끝내 진 소협과의 진실한 관계나 사천에 온 까닭은 설명할 수 없다는 것이냐?"

"몇 번이나 말했다시피 정말 진 소협과 소매는 단순한 친구예요. 그리고 제가 사천에 온 이유 중 하나는 진 소협이나 오라버니와 마찬가지예요."

"마찬가지? 설마 너는 만독문과의 정마대전에 참가하겠다는 거냐! 딴 건 몰라도 네가 이번 정마대전에 뛰어드는 건 결코 용납할 수 없다!"

모용휘의 언성이 다소 높아지자 모용청려가 갑자기 그에게 찰싹 달라붙으며 애교 어린 목소리로 말했다.

"오라버니, 한 번만 소매를 봐주세요."

"아려야, 하지만 이 일은……."

"아이, 오라버니!"

평소 진자운 앞에선 보인 바가 없는 애교를 부리며 모용청려는 모용휘에게 연신 종알거렸다. 남매라곤 하나 나이가 거의 십오 년 정도나 차이가 나는 모용휘 앞에서 그녀는 언제나 귀엽고 어리광스런 소매였다.

그러자 모용휘가 나직한 한숨과 함께 다른 어떤 사람에게도 보인 바 없는 부드러운 표정을 얼굴에 떠올렸다. 결국은 자신의 뜻을 꺾고 만 것이다.

'쳇, 모용 단주도 생각보다 팔불출이군.'

진자운은 내력을 집중해 객실 내부에서 진행된 남매 간의 대화를 엿듣곤 내심 고개를 가로저었다. 잘생긴 얼굴에 능력 좋고 성격도 냉정한 모용휘가 모용청려의 거의 떼에 가까운 응석에 넘어가는 모습이 기가 막혔기 때문이다.

그러나 이로써 진자운은 무림맹에 무사히 돌아갈 수 있는 한 고비를 넘긴 것이나 다름없었다. 모든 일을 자신에게 유리한 쪽으로만 좋게 좋게 생각하는 주의인 진자운은 마음을 느긋하게 먹기로 했다.

마군자 상유하!

마교 역사상 최고의 천재이자 희대의 괴물인 그와 생사결전을 벌여야 하는 터에, 다른 일들은 그저 조그만 것에 불과했다. 적어도 진자운의 마음 비중상에선 그랬다.

지금 그에겐 일 년 후 상유하와의 재대결 외엔 어떤 것도 신경 쓰이지 않았다. 앞으로 천하무림의 운명을 좌우하리란 소문이 파다한 만독문과 무림맹 간의 대결전까지 포함해서 말이다.

잠시 더 내실 안의 동정을 살핀 진자운은 주루 쪽으로 건들거리며 걸어 내려갔다.

어차피 오랜만에 만난 두 남매 간에 나눌 대화가 적을 리 없다. 이렇게 된 이상 야참이라도 먹으며 기다리는 게 나았다. 아직 밤의 장막이 걷히려면 꽤 시간이 많이 남아 있었다.

'그나저나 이렇게 되면 난 결국 망할 사부의 명대로 무림맹과 만독문 간의 싸움에 끼어들게 된 건가?'

진자운의 고개가 삐딱하게 옆으로 뉘어졌다.

*   *   *

쌍류.

몇 달 사이 사천무림의 총전력 육 할 이상이 집결한 사천정의련에는 살벌한 기운이 감돌고 있었다. 요 며칠 사이 계속된 만독문의 맹공 때문이다.

그래서 사천정의련의 외양은 과거와 달리 많이 바뀌어 있었다.

사천정의련 주변에는 커다란 통나무를 잘라 만든 견고한 방책이 이 중, 삼중으로 형성되어 있었고, 몇 개나 되는 임시 건물들이 세워져 있었다.

　방책은 혹시라도 있을 지 모를 만독문의 기습에 대비하기 위함이고, 건물들은 계속 증원되는 사천무림인들과 기하급수적으로 늘어나는 부상자들을 수용할 공간이었다.

　십 보마다 세워져 있는 초소.

　대낮이 무색하리만치 밝은 불빛들.

　삼엄한 경계 하에 놓여 있는 사천정의련의 외곽 방책을 바라보는 백독마군 마득파의 눈빛은 차갑게 가라앉아 있었다.

　흡사 먹이를 노리는 굶주린 늑대가 이러할까?

　마득파의 전신에서는 지금 진저리쳐지는 살기와 피 내음이 뭉클거리며 흘러나오고 있었다. 지난 수개월간 만독문의 사천 침공을 실질적으로 지휘하며 쌍수에 묻힌 핏물과 살육이 그에게 선물한 것 중 일부였다.

　'어디서부터 잘못됐는가?'

　마득파와 그의 백수살단은 그동안 당가보를 치고, 그 방계를 일소했으며, 수많은 사천의 군소문파들을 절멸시켰다. 생각보다 쉽게 사천 침공은 시작된 것이다.

　때문에 마득파는 여세를 몰아 쌍류의 사천정의련 역시 자신의 손으로 끝장을 내고 싶었다. 또다시 당가와 마찬가지로 많은 고수가 빠져나간 아미파와 청성파를 쳐서 빈집털이를 했다는 오명을 받고 싶지 않았기 때문이다.

　그러나 마득파는 두 가지 사실을 간과했다.

역사와 전통을 자랑하는 당가보를 중심으로 한 사천무림의 저력과 수십 년간 무림맹을 실질적으로 이끌어온 현인 제갈효의 빼어난 용병술이 바로 그것이었다.

당가보의 절멸을 계기로 단숨에 사천무림 전체의 구심점으로 세력을 불린 사천정의련의 저항은 결코 만만치 않았다.

마득파와 백수살단의 단주인 량패를 이길 만한 초절정고수는 없으나 사천 각지에서 몰려든 다수의 절정고수와 일류고수들은 결사적이었다. 목숨을 내놓고 그들은 저항했다. 스스로를 희생하길 주저치 않았다.

사천무림이 운남무림의 맹주인 만독문에게 먹힐 순 없다는 자존심, 그리고 조금만 버티면 무림맹 정예가 구원하러 오리란 믿음!

그 두 개의 축을 바탕으로 사천정의련은 무서운 힘을 발휘했다. 본래 가지고 있던 능력 이상을 그들은 발휘했다.

때문에 놀랍게도 지난 보름 동안 마득파와 독수살단은 사천정의련을 조금도 몰아붙이지 못했다. 서로가 서로의 전력을 갉아먹는 지루한 소모전이 반복될 뿐이었다. 애초 마득파가 생각했던 것과는 달리.

'하지만 드디어 독존께서 만독문의 본대를 이끌고 사천에 진군하신 이상 승부는 끝났다! 오늘밤 내가 이곳을 쓸어버리면, 지겨웠던 사천의 떨거지들과의 싸움은 끝이다!'

마득파가 상념에 빠져나온 순간, 독수살단의 단주 량패가 음침한 살기를 뿜어내며 말했다.

"전공장로님, 모든 준비가 끝났습니다!"

"오늘 싸움은 중요하네."

"알고 있습니다."

"당천수와 단연경이 없는 정의련에서 가장 강한 고수는 창웅비협 당인걸이야. 내가 그들을 맡을 테니, 자네는 반드시 정의련의 군사를 맡고 있는 아미파의 중년을 주살해야 하네."

"옥성 사태……."

그동안 당천수와 더불어 사천정의련을 이끌어온 옥성의 이름을 짓씹듯 되뇌인 량패의 눈빛이 더욱 강한 살기를 뿜어냈다. 마득파 이상으로 그는 옥성에게 맺힌 게 많았기 때문이다.

그 시각, 사천정의련 내 임시 건물 중 한 곳.

맹독에 당한 자들만 따로 수용해 놓은 병동을 돌고 있는 두 사람이 있다. 당가의 후기지수 중 으뜸이라 불리는 당문걸과 창웅비협 당인걸이다.

병동 곳곳에 뉘어져 있는 독상 환자들을 바라보며 당문걸이 나직이 이를 갈았다.

"지독한 놈들! 이런 극독들을 거리낌없이 풀다니! 아예 사천무림인들의 씨를 말려 죽이려 작정을 했구나!"

"그러게 말일세. 당가의 식솔들 중에서도 독에 중독된 자들이 상당수 있을 정도니, 타 문파 사람들의 피해가 극심한 건 당연한 일이지. 그렇기에 우리가 이곳에 있는 것이고."

"후우, 숙부님, 그렇긴 하지만……."

당인걸의 말을 받은 당문걸의 입에서 가벼운 한숨이 흘러나왔다. 얼마 전까지만 해도 사천무림 최고의 후기지수라 불리던 자신이 아녀자들처럼 후방에서 부상자나 돌보고 있는 처지가 한심했기 때문이다.

그 같은 당문걸의 답답한 심경을 모를 바 없는 당인걸이다. 하지만 그는 어째서 자신과 당문걸을 비롯한 당가의 후기지수들이 상당수 후방에 남겨졌는지를 잘 알고 있었다. 말로는 독상에 대한 전문가가 필요해서라고 하나, 실제론 만독문의 사천 침공에 가장 큰 피해를 입은 당가에 대한 타 문파들의 배려를 입은 것이나 다름없다는 것을.

'이미 당가는 더러운 만독문의 개잡종 놈들 때문에 본 가가 불타고 극심한 타격을 입었다. 만약 이곳에서 후대를 이끌 문걸이와 같은 후기지수들마저 잃는다면, 삼십 년이 흘러도 당가는 과거의 성세를 회복하긴 힘들다.'

당문걸의 어깨를 가볍게 두들긴 당인걸은 다시 환자들을 살피기 시작했다.

그와 당문걸 등 당문에서도 독에 일가견이 있는 사람들이 살피고 있는 이곳의 환자들은 대부분 만독문의 극독에 당해 사경을 헤매고 있었다. 대부분 오늘내일을 넘지 못하고 생명을 잃을 게 분명해 보였다.

그렇게 시간이 흘러 숙부인 당인걸과 헤어진 당문걸은 홀로 환자들을 살피다 눈살을 가볍게 찌푸렸다.

그가 한동안 공을 들여 살피던 환자는 아미파의 이대제자인 자성(慈性)이었다. 그녀는 며칠 전의 싸움에서 중상을 입고 사천정의련으로 후송됐는데, 그 증세가 심각해 생명이 경각을 다투고 있었다.

'이미 장독이 장기까지 침투했다!'

당문걸이 내심 탄식하며 자성에게서 떨어졌을 때다. 그의 뒤에 서서 초조한 기색을 짓고 있던 자은이 얼른 다가와 물었다.

"당 시주, 자성 사자의 상세는 어떤지요?"

"으음, 그게……."

당문걸은 말끝을 흐리며 고개를 미미하게 가로저었다. 자성의 상세가 이미 손쓸 수 없을 정도라는 걸 말하기 곤란했기 때문이다.

자은의 두 눈이 금세 발갛게 변했다. 사천정의련에 속한 이후 몇 명이나 되는 사자매를 잃은 그녀는 당문걸의 표정만으로도 자성의 독상이 회복키 어렵다는 걸 눈치챌 수 있었다.

"흐흑, 자성 사자! 자성 사자!"

자은이 울며 자성에게 달려들자 얼른 당문걸이 그녀의 앞을 가로막았다.

피독주를 몸에 품고 있는 그와 달리 자은은 자성이 중독된 독에 감염될 소지가 있었다. 막아서는 건 당연했다.

그런 사실을 자은 역시 금세 눈치챘다. 그녀는 자신의 앞을 막아선 당문걸의 품에 안겨 한동안 눈물을 뿌렸다.

그러자 당문걸에게서 그리 멀리 떨어지지 않은 곳에서 환자를 돌보고 있던 당문혜가 자은을 바라보며 크게 눈살을 찌푸려 보았다.

"출가인이 부끄러움도 없이 외간 사내의 품에 안겨 우는 꼴이라니!"

"아!"

얼른 당문걸의 품에서 떨어져 나온 자은이 그에게 연신 합장을 해 보였다. 용서를 구하기 위함이다.

그러나 이미 당문걸의 마음은 이곳을 떠나 있었다. 살리기엔 늦었다는 판단이 서자 과감히 자성을 포기한 것이다.

해서 자은에게 대중대중 고개를 끄덕여 보인 그는 다른 환자를 보기 위해 멀어져 갔다. 그의 치료를 기다리고 있는 사람은 헤아릴 수 없을 정도로 많았다.

"관세음보살! 관세음보살!"

멀어져 가는 당문걸의 뒷모습을 보며 자은은 연신 합장해 보였다.

그러자 그녀의 곁으로 어느새 보는 둥 마는 둥 하던 환자를 놔두고 다가온 당문혜가 퉁명스레 말했다.

"우는 것밖엔 할 줄 아는 게 없는 자은 사태, 설마 하니 무당파의 진 소협이 없으니 이젠 우리 오라버니를 노리는 건 아닐 테지요?"

"예, 그게 무슨……?"

"자은 사태와 진 소협이 보통 사이가 아니란 걸 쌍류에 있는 사람들은 다 알고 있답니다. 그런데 이젠 우리 오라버니한테까지 추파를 던지는 건 너무하잖아요."

"……!"

자은은 잠시 너무 당황해 아무런 말도 하지 못했다. 어느새 그녀의 맑은 두 볼 위로 멈췄던 눈물이 주르륵 흘러내렸다. 그러나 지금은 눈물이나 흘리고 있을 때가 아니었다.

그녀는 얼른 얼굴을 잔뜩 물들인 눈물을 가사 자락으로 닦고는 항변하듯 당문혜에게 말했다.

"당 소저, 진 소협과 빈니는 그런 사이가 아니에요!"

당문혜가 나직이 코웃음 쳤다.

"흥, 그런 사이가 아니라니, 그럼 무슨 사이라는 거죠?"

"그건… 그건……."

자은은 뭐라 다시 항변하려다 말끝을 흐렸다. 한동안 애써 잊으려 노력하고 있던 진자운이다. 불문의 제자이기에 반드시 잊어야 한다고 생각하고 있었다.

그런데 당문혜 때문에 다시 그를 떠올리자 머리가 순간적으로 하얗게 되어버렸다. 어떤 다른 생각도 할 수 없게 되어버린 것이다.

그 모습을 본 당문혜의 눈 깊숙한 곳에 흉악한 독기가 떠올랐다.

자신을 철저할 정도로 무시했던 진자운.

그 얄밉고 미운 진자운이 눈앞의 자은에게만은 극히 잘 대해줬음을 그녀는 알고 있었다. 볼 때마다 분함과 원망이 일지 않을 수 없었다.

'망할 놈! 이따위 까까머리 중년이 뭐가 좋다구!'

당문혜는 내심의 흉악함을 다시 겉으로 드러내려다가 입을 살짝 벌렸다. 갑자기 천지가 진동하는 폭음이 귓전을 때렸기 때문이다.

그리고 그 순간, 병동 반대편에 있던 당인걸이 바람같이 달려와 그녀에게 소리쳤다.

"혜아야! 만독문이 기습해 온 것 같다! 이곳은 위험하니 어서 병동을 벗어나 몸을 피해라!"

"문걸 오라버니는요?"

"문걸이는 이미 몸을 피하게 했다. 그러니 너도 빨리 몸을 피하거라!"

"수, 숙부님……."

놀란 당문혜의 외침은 헛되게 허공 중에서 흩어졌다. 어느새 당인걸은 창응비협이란 별호다운 놀라운 신법을 펼치며 병동 밖으로 빠져나가고 있었다.

"아아!"

갑자기 혼자가 됐다는 두려움에 당문혜의 얼굴은 하얗게 질렸다. 혼백이 흩어진 것 같았다.

그때 당인걸과 당문혜 간의 대화에 역시 크게 놀랐던 자은이 당문혜에게 다가와 그녀의 손을 꽉 잡았다.

"무, 무슨……."

"당 소저, 병동에 만독문의 독인들이 몰려온다면 환자들이 큰일이에요. 그러니까 우리는 지금부터 입구 쪽으로 가서 환자들을 지켜야만 해요."

"그런 것쯤 나도 알고 있어!"

당문혜가 강하게 자은의 손을 뿌리쳤다. 그녀의 혼백이 달아난 것 같던 얼굴은 이때 붉게 상기되어 있었다. 자은의 말에 부끄러움과 분노를 동시에 느낀 것이다.

'중년 주제에! 중년 주제에!'

피가 날 정도로 아랫입술을 깨문 당문혜는 숙부 당인걸의 충고 따윈 깡그리 무시하고 입구 쪽으로 달려갔다. 그러자 자은이 얼른 그녀의 뒤를 따랐다.

작게는 자신의 자존심을 위해서, 크게는 족히 수십 명이 넘는 독상 환자들의 생명을 지킨다는 각자의 목적이 그녀들의 작은 어깨에 내려앉아 있었다.

第四十八章 ◆ 결전 전야(決戰前夜)

결전 전야(決戰前夜)

콰쾅! 쾅쾅!

정체를 알 수 없는 폭음이 연달아 터져 나왔을 때다. 옥성은 사천정
의련 내 자신의 집무실에 앉아 산더미같이 쌓인 서류를 정리하다 입가
에 의미 모를 미소를 담았다.

'내가 보내준 운남과 사천무림에 관한 정보만으로 이처럼 만독문의
행사를 쉬이 읽어내다니. 현인 노시주께서 어째서 지난 수십 년간 정
도무림을 이끌어 오실 수 있었는지 짐작이 가는구나.'

그렇다. 옥성은 이미 며칠 전 제갈효로부터 만독문의 갑작스런 기습
에 대비하란 전언을 받은 터였다.

해서 이미 몇 단계에 걸친 방비 계획을 세워놓은 지 오래였다. 갑작
스런 소란이라곤 하나 마음이 크게 동요되는 일은 없었다. 오히려 만
독문의 기습이 반갑기까지 하다는 게 그녀의 정확한 내심이었다.

스륵.

옥성은 정리하던 서류를 덮고 자리에서 일어섰다. 대충 예상은 되는 바이나 만독문이 어떤 식으로 기습해 왔는지 궁금했다. 자신의 눈으로 직접 확인하고 싶었다.

그때 다소 소란스런 소리와 함께 굳게 닫혀 있던 집무실의 문이 열렸다.

덜컥!

평소 같으면 무례하단 말이 절로 나올 방법으로 문을 열고 들어선 이는 대리 점창파의 고수인 단연경이었다. 그를 눈으로 확인한 옥성이 부드럽게 웃어 보였다.

"관세음보살! 가장 먼저 단 대협께서 달려오셨군요."

"만독문의 떨거지들이 기습을 했다면, 가장 먼저 옥성 사태를 노릴 게 뻔하지 않소이까."

"지나친 과찬이세요."

"그렇지 않소이다."

단연경의 무뚝뚝한 대답에 옥성이 살짝 고개를 숙여 보이곤 다시 입가에 미소를 띠었다.

"빈니는 단 대협께서 당인걸 대협과 용맹을 다투지 않아서 다행입니다."

"본인은 만독문 녀석들한테 사문의 복수만 할 수 있다면 어떤 역할을 맡는다 해도 상관없소이다."

"제갈 노시주께서 이끄는 무림맹의 정예가 곧 쌍류 부근에 도착합니다. 그리되면 단 대협의 염원은 분명 이룰 수 있을 거라고 빈니는 생각합니다."

"과연 그럴는지……."

단연경은 뭔가 반문하려다 말끝을 흐렸다.

운남무림에 속한 그는 누구보다도 만독문의 막강함과 독조 갈홍경의 무시무시함을 잘 알고 있었다. 근심이 되는 건 어쩌면 당연하다 할 것이다.

운남무림의 살아 있는 신화이자 전설인 독조 갈홍경. 과연 그를 이길 수 있는 자가 무림맹에 있을 것인가?

그에 대해 단연경은 다소 회의적이었다.

그래서 아무리 이번 사천대전에 무림맹의 정예가 총동원됐다곤 하나 승패를 장담하긴 힘들다고 생각했다. 무림의 대전이라는 건 아무리 많은 인원들이 달려들어 싸워도 결국은 절대고수 한 명의 존재가 승패를 가름하는 일이 비일비재했다. 이번이라고 그러지 말란 법은 없을 터였다.

그나마 그가 무림맹에 기대를 거는 건 무림맹주 각원 대사가 이번 사천대전에 참가했다는 점이었다.

갈홍경과 각원 대사는 같은 구주 이십오성이었다. 갈홍경 쪽이 조금 더 명성이 높은 삼패에 속한다곤 하나 오정의 으뜸인 각원 대사가 그리 크게 밀리진 않을 터였다.

적어도 각원 대사가 전력을 다한다면 갈홍경이 대전에 직접적인 영향을 끼칠 수 없게 막을 수 있지 않겠는가!

그렇게 단연경이 내심 염두를 굴리는 동안 밖의 동정을 살피던 옥성이 입가에 머물러 있던 미소를 지웠다. 드디어 본격적인 싸움이 시작됐음을 눈치챘기 때문이다.

'폭약으로 방책을 무너뜨린 만독문의 독인들은 당가보를 무너뜨렸을 때처럼 질풍처럼 달려들 것이다. 하지만 그들의 전면에는 당가 비전의 천살독망(天殺毒網)과 잔혼연환총통(殘魂連環銃筒)을 배치했고, 후퇴 시 배후를 막는 데는 청성파의 정반오행검진(正反五行劍陣)과 아미파의 복호금강검진(伏虎金剛劍陣)을 숨겨놓았다. 혹여 백독마군 마득파 시주가 있다 해도 오늘은 쉽사리 돌아가진 못할 것이야.'

내심 자신이 며칠 동안 고심해서 마련해 놓은 기습에 대한 방비책을 되뇌인 옥성이 단연경에게 말했다.

"단 대협, 그럼 슬슬 나가볼까요?"

단연경이 눈살을 가볍게 찌푸렸다.

"사태는 이곳에 그냥 있는 편이 안전하지 않겠소이까?"

"그럴 수도 있겠죠. 하지만 혹여 빈니가 생각했던 외의 변수가 생길 걸 대비해야 합니다."

"생각 외의 변수라니? 그런 일이 있을 수 있단 말입니까?"

"빈니는 제갈 노시주님과 같이 천 리 밖을 읽는 혜안이 없으니, 조심 또 조심할 수밖에 없지요."

옥성은 그 말을 끝으로 단연경을 뒤로하고 문밖으로 나갔다. 더 이상 시간을 끌 수 없다는 판단을 내린 것이다.

"이, 이럴 수가!"

마득파는 핏구덩이 속에 던져진 듯 단숨에 절반 이상이 준 백독살단을 바라보며 잠시 온몸을 부르르 떨었다. 도대체가 반 각이 조금 넘는 사이 당한 피해치고는 납득이 가지 않을 정도였기 때문이다.

처음부터 백독살단은 준비해 온 폭약을 몽땅 사용해 사천정의련 주변의 나무 방책을 모조리 박살 냈다. 일단 기선을 제압한 후 질풍노도처럼 몰아쳐 적을 괴멸하는 건 백독살단이 가장 잘하는 주특기였다.

그러나 호호탕탕 박살난 방책을 뛰어넘던 백독살단을 기다리고 있는 건 지옥의 문이었다. 악몽의 강이었다.

미세한 소음도 없이 날아든 천독살망, 그리고 비 오듯 쏟아진 잔혼연환총통의 독침들.

눈에 보이지도 않는 데다 스치기만 해도 온몸이 썩어 들어가는 흉기와 소리보다 빠른 독침 세례는 백독살단에겐 악몽 그 자체였다.

제각각 독공의 일류고수일뿐더러 수많은 실전을 거친 살귀라 할 수 있는 백독살단의 전열이 급격히 무너졌다. 아예 반항 한 번 못하고 가장 용맹한 선두가 무너지고 말았다. 진정 보지 않고선 믿을 수 없는 결과였다.

결국 기하급수적으로 커져 괴멸 직전에 이른 백독살단을 구원한 건 단주 량패였다. 그는 손수 몸을 던져 열 개가 넘는 천살독망 중 다섯 개를 박살 내고 백독살단이 방진을 구성하는 걸 독려했다. 자신의 한 쪽 팔과 바꿔서.

그러자 마치 기다리기라도 했다는 듯 백독살단의 후방으로 두 개의 검진이 모습을 드러냈다. 청성파가 천하에 자랑하는 정반오행검진과 아미파의 복호금강검진이었다.

번뜩이는 검광!

솟구치는 선혈!

눈부신 검광의 파도가 밀려들 때마다 백독살단의 흐트러진 방진은 흔들렸다. 그리고 그때마다 몇 명의 백독귀가 검붉은 독혈을 뿌리며 바닥에 쓰러졌다. 기습을 펼친 줄 알았던 마득파와 백독살단은 오히려 완벽한 포위를 당하고 만 것이다.

'현재 사천대전의 중심은 명산(名山)과 강정(康定) 사이다. 그곳에 이미 시독살단(屍毒殺團)과 광독살단(狂毒殺團)이 집결해 있는데, 어찌 사천정의련에 이처럼 많은 매복이 있을 수 있단 말인가?'

마득파는 이를 갈며 혹시 이번 기습이 정파의 간세에게 새나갔는지에 대해 신중히 고심했다. 그렇지 않고선 현재의 상황이 결코 납득되지 않았기 때문이다.

하지만 이번 사천정의련 기습은 마득파 자신의 결정이었고, 바로 실행에 옮겨졌다. 중간에 량패 말고는 자세한 계획을 말한 바 없으니 간세로 인해 정보가 흘러나갔으리란 생각은 할 수 없었다.

그렇다면 도대체 어떻게?

마득파는 문득 사천대전 이전에 사천정의련을 치고자 한 가장 큰 이유를 떠올리곤 전신으로 살기를 충천시켰다. 기어이 사천정의련의 군사인 옥성을 떠올린 것이다.

"그 망할 중년인가!"

마득파가 나직이 중얼거리자 안색이 다소 창백해진 량패가 재빨리 그의 곁으로 다가들었다.

"전공장로님, 역시 이번 일의 배후는 옥성 사태, 그 중년인 겁니까?"

"그년 말고는 달리 떠오르는 사람이 없네."

"으득!"

량패는 조용히 이를 갈았다. 그의 인생에 있어 오늘 같은 처참한 패배는 처음이었다. 수족과 같던 수하 절반과 팔까지 하나 잃었으니, 심중의 분노란 이루 말할 수 없었다.

그때 백독살단을 단숨에 공포에 휩싸이게 만든 양대기병이 배치된 사천정의련 정문 쪽에서 한 명의 중년인이 모습을 드러냈다. 당가 특유의 붉은 장포를 걸친 당인걸이었다.

"누가 백독마군 마득파인가!"

당인걸의 외침에 마득파의 눈에 핏발이 섰다.

단숨에 신형을 날려 백독살단의 방진을 빠져나온 그가 당인걸을 향해 소리쳤다.

"노부가 마득파다! 감히 노부의 존성대명을 함부로 부르는 네 녀석의 이름은 무엇이냐!"

"나는 당가의 당인걸이다!"

"당인걸? 허허, 네 녀석이 바로 창응비협이라 불리는 당가의 어린 아해로구나!"

마득파는 나직이 조소하곤 살기 어린 눈빛을 당인걸에게 던졌다. 그러자 꽤나 멀리 떨어진 거리임에도 불구하고 당인걸은 한 가닥 서늘한 기운에 놀라 뒤로 한 걸음 물러서야만 했다. 마득파가 쏘아 보낸 무형살기에 내공이 크게 흔들렸기 때문이다.

'백독마군 마득파의 명성이 운남을 위진한다더니만, 과연 대단하구나!'

방금 전까지만 해도 분기탱천하여 마득파와 생사를 다투려 했던 당인걸은 크게 경각심을 느꼈다.

당가 방계 최강의 고수인 그로서도 마득파가 발출한 무형살기에 저항할 방도를 쉽사리 찾을 수 없었다. 그만큼 초절정고수와 절정고수 간의 수준 차이는 생각 이상으로 대단했다.

그 순간 마득파가 갑자기 무슨 생각이 들었는지 무형살기를 잔뜩 모아 다시 당인걸을 공격했다. 당인걸 정도가 최강의 고수라면, 자신의 강대한 무력으로 현 상황을 반전시킬 수 있겠다는 판단이었다.

파파파파파!

마득파가 뿜어내는 무형살기에 연거푸 공격당한 당인걸의 전신에서 수십 개가 넘는 암기가 튀어나왔다. 내공으론 도저히 상대가 될 수 없기에 바로 진재절학을 펼칠 수밖에 없었다.

유성 같고 꽃비 같은 암기의 현란한 움직임!

그러나 공중을 선회하고, 곡선으로 휘어지며, 바람같이 공간을 가른 다양한 종류의 암기들은 단 하나도 마득파 근처에 도달할 수 없었다. 암기보다 마득파의 손이 더욱 빠르고 강했기 때문이다.

파팍! 팍! 팍! 팍!

마득파의 수장이 번개같이 움직일 때마다 암기들은 공중에서 폭발하듯 튕겨져 나갔다.

허공을 격하고 물체를 부수는 수법.

격공장이었다.

게다가 마득파의 격공장은 암기만을 노리는 게 아니었다. 당인걸의 암기 공격이 조금 느슨해진 순간, 그의 뒤에 도열해 있던 당가 제자 몇 명이 피를 토하며 쓰러졌다. 기병을 손에 들긴 했으되, 마득파의 격공장을 받을 만한 무공이 그들에겐 없었다.

'역시 그렇군!'

입가에 진득한 살소를 떠올린 마득파가 순간적으로 당인걸을 향해 달려들며 목청을 돋워 소리쳤다.

"당가 애송이와 적의 기병은 내가 분쇄할 것이다! 백독살단은 두려워 말고 내 뒤를 따르라!"

"우와아!"

마득파의 엄청난 무위의 영향이었다. 백독살단은 언제 두려움에 떨었냐는 듯 청성과 아미의 양 검진을 밀어내고 마득파의 뒤를 좇아 치달리기 시작했다.

노도!

백독살단의 주특기가 나온 것이다.

'관세음보살! 역시 예상외의 일이 발생했구나!'

옥성은 마득파의 초인적인 무력에 밀려 연신 뒤로 물러서고 있는 당인걸을 보곤 내심 고개를 흔들었다. 내심 있을 수 있다 여겼으나 일어나지 않았으면 했던 모습이 바로 눈앞에서 펼쳐지고 있었기 때문이다.

그녀의 뒤에 바짝 붙어 서 있던 단연경이 매 같은 눈빛을 번뜩이며 말했다.

"본인이 나서 합공하겠소이다!"

옥성이 고개를 가로저었다.

"당인걸 대협은 능소능대한 분이십니다. 비록 마득파 시주에게 일방적으로 밀리고 있는 듯 보이나 적절한 간격을 유지하며 천살독망과 잔혼연환총통의 사정권으로 끌어들이고 있습니다."

"그렇긴 하나 저리 일방적으로 밀려서는 중앙의 진세 자체가 먼저 무너질 공산이 크지 않겠소이까?"

"그렇기도 하지요."

"그러니……."

단연경은 다시 목소리를 높이려다 말끝을 흐렸다. 어느새 앞으로 몇 걸음 나아간 옥성이 갑자기 손을 번쩍 치켜올렸기 때문이다.

번쩍!

피유우우웅!

옥성의 손이 올라간 것과 동시였다. 기다렸다는 듯 섬광이 일더니, 공중으로 불꽃 하나가 긴 꼬리를 끌며 솟아올랐다.

연락용 폭죽!

갑자기 환해진 주변의 모습에 잠시 당인걸을 몰아쳐 가던 손속을 멈춘 마득파의 안색이 가볍게 일그러졌다. 갑자기 눈앞에서 어른거리던 당인걸이 뒤로 물러선 것과 동시, 시퍼런 검광이 현혹을 일으키며 파고들었기 때문이다.

파창!

마득파는 거의 무의식적으로 쌍수를 교차해 검광을 막아냈다. 그만큼 번개같이 빠르고 매서운 일검이었다.

'게다가 내력이 충만되어 있다!'

마득파는 쌍수를 타고 파고든 저릿한 검기에 어깨를 가볍게 떨었다. 그리고 그 순간 다시 몇 개의 검영이 마득파를 노리며 파고들었다.

파파파팟!

마득파는 연신 수장을 휘저으며 뒤로 물러섰다. 그 순간 그에게서 시작됐던 백독살단의 노도가 깨졌음은 물론이다.

삼보 십팔식!

세 걸음을 물러서며 열여덟 번 수장을 움직인 마득파의 살기 어린 눈빛이 검광의 주인을 더듬었다. 초절정고수인 자신을 뒤로 물러서게 만든 자가 누군지 파악해야 했다.

그러자 눈앞을 아릿하게 하던 검광이 홀연히 자취를 감추고 한 명의 왜소한 몸집의 노도사가 모습을 드러냈다.

"청성의 검이 아닌데?"

마득파가 묻자 노도사가 슬쩍 수중의 장검을 떨어 보이고 대답했다.

"빈도는 무당의 운엽자라 하외다."

"천리비선!"

마득파가 놀라 소리치자 운엽자가 반백이 다 된 수염을 손으로 쓰다듬으며 입가에 담담한 미소를 담았다.

"강호의 친구들이 그런 별호를 달아주긴 했으되, 어찌 빈도가 하루에 천 리를 달릴 수 있겠소이까? 빈도의 하찮은 능력으로는 단지 하룻새 청성산에서 쌍류까지 달려오는 정도밖엔 되지 않소이다."

"설마 혼자 온 건 아닐 테고?"

"빈도는 몇 명의 사질을 데리고 이번에 무림맹을 나섰소이다. 조금 걸음이 늦어 뒤처지긴 했으나 곧 이곳을 찾아오지 않겠소이까?"

"……."

마득파는 운엽자가 말한 사질들이 바로 무림에 명성이 쟁쟁한 무당파의 칠성검수란 걸 알 수 있었다. 운엽자는 천리비선이란 별호답게 사질들인 칠성검수들을 뒤에 남겨놓은 채 먼저 쌍류에 도착한 것이다.

그렇다면 마득파와 백독살단이 사천정의련을 몰아붙이려면 지금밖엔 기회가 없다고 봐야 했다. 눈앞의 운엽자가 얼마만한 무위를 지녔는지 모르는 터에 칠성검수까지 달려든다면 몰살을 각오해야 할 터였다.

'무당의 운 자 항렬이라면 나로서도 전력을 다할 만한 상대다!'

채챙!

마득파는 삼 년 만에 처음으로 독문병기인 한백귀조(恨魄鬼爪)를 양손에 착용했다. 운엽자를 평생의 대적으로 인정한 증표였다.

"량 단주, 자네가 당인걸을 맡아야겠네!"

"알겠습니다!"

량패가 대답과 함께 호시탐탐 마득파를 암격할 기회를 노리고 있던 당인걸에게 달려들었다. 한 점의 지체함이 없는 쾌속한 기습이다. 량패 역시 속전속결 외엔 다른 방도가 없다는 걸 직감적으로 눈치채고 있었던 것이다.

그렇게 량패를 보낸 마득파가 한백귀조를 살짝 맞부딪치고 고요함 그 자체인 운엽자를 향해 흉악하게 이를 드러내 보였다.

"도장, 나는 무당의 검이 천하제일이라는 걸 믿지 못하겠소이다!"

"증명을 원하시는 거요?"

"증명할 수 있으면 해보시오!"

순간 마득파가 한백귀조와 한 몸이 되어 운엽자에게 달려들었다. 그와 운엽자 간의 두 번째 싸움이 시작된 것이다.

*   *   *

사락!

한 장 한 장 쌓인 보고서를 넘기는 손길은 물처럼 끊임이 없었다. 보고서마다 담겨 있는 내용이 다르고, 담겨 있는 양이 다른데도 장을 넘기는 움직임은 거의 차이가 없었다. 보고서를 검토하고 있는 주인공이 바로 천하제일지라 불리는 현인 제갈효였기 때문이다.

그런 그에게도 처리하기 곤란한 일이 있는 것인가!

갑자기 보고서를 넘길 때마다 한 줄씩 추가되던 백지 명령서의 공백 위로 침묵이 감돌았다. 스스로 생명이 깃든 듯 민활하던 붓의 움직임이 멈췄기 때문이다.

'흐음, 사천정의련의 태동에 결정적인 영향을 미쳤을뿐더러, 운남

사강파 중 하나인 곤명 서산파마저 무림맹에 참여하게 만들었다는 건가?

제갈효의 손길을 멈추게 만든 건 진자운에 대해 따로 조사한 사항이 적혀 있는 보고서였다.

머리가 좋은 사람들이 대부분 그렇듯 제갈효는 자부심이 대단하고, 그만큼 여러 가지 일에 간섭하길 좋아했다. 그가 그런 성정을 타고나지 않았다면, 이처럼 많은 연배가 되도록 무림맹처럼 지저분한 곳을 지키고 있진 않았을 터였다.

한데 그런 제갈효에게 평생의 지기라 할 수 있는 각원 대사가 뭔가를 숨기고 있었다. 평소 간혹 보이곤 하던 장난과는 다른 무언가를 벌이고 있는 것이다.

그 점이 제갈효를 불쾌하게 만들었다.

천하를 자신의 손바닥 위에 뒀다고 믿고 있는 그가 모르는 일이 있어선 곤란했다. 아니, 있어선 안 됐다.

그런데 각원 대사와 진자운은 둘이서 몰래 작당 모의를 하고서 그런 못된 짓을 벌였다. 불쾌하다 못해 용서 못할 것 같은 노여움이 이는 건 어쩔 수 없는 일이었다.

그래서 제갈효는 더욱 무림맹을 떠난 후부터의 진자운의 행적에 집착을 보였다. 어떻게 해서든 그의 손바닥에서 벗어난 진자운을 다시 찾아서 각원 대사에게 한 방을 먹여야만 했다.

하지만 조사하면 할수록 무림맹을 떠난 직후 진자운이 보인 행동에는 꽤나 불확실한 면이 많았다. 과연 각원 대사와 진자운 간에 어떤 교감이 있긴 했는지 의심스러울 정도였다.

그렇다면 진자운의 그 어디로 튈지 모르는 행동에 영향을 미친 건 무엇일까?

제갈효는 잠시 염두를 굴리다 진자운이 처음으로 무림에 모습을 드러낸 무림맹의 군웅대회를 떠올렸다. 그의 갑작스런 행동의 시발점이 그곳이란 생각이 들어서였다. 그리고 그 순간 문득 떠오르는 사건이 있었다.

'그러고 보니 마교의 성녀가 모습을 감춘 게 바로 그때쯤이로구나. 진자운이란 아이가 마침 그 성녀와 자주 만나곤 했다고 했던가?'

마교의 성녀 담화연이 갑작스레 행방불명이 된 일에 관해선 제갈효로서도 유감이 매우 많았다. 너무 유감스러워 그는 충직한 오른팔을 자처했던 비영각주 섭일홍을 한동안이나마 한직으로 좌천시키기까지 했다.

그런데 진자운의 행적을 쫓던 중 갑자기 담화연이란 존재가 수면 위에 떠올랐다. 마침 진자운이 무림맹에서 모습을 감춘 것과 담화연의 행방불명은 거의 동시에 이뤄진 것이다.

우연?

제갈효는 미미하게 고개를 가로저었다. 그는 자신의 머리가 가끔 스스로 생각하기에도 신통할 정도의 신기를 발휘한다는 걸 잘 알고 있었다. 지금이 그 신기를 발휘하는 시점이 아니라곤 할 수 없었다.

스르르!

잠시 멈춰 있던 붓이 다시 경쾌하게 움직이기 시작했다. 잠정적이긴 하나 난관에 봉착했던 진자운 건에 대한 해답을 제갈효가 얻었다는 뜻이었다.

'마교 성녀와 무당파의 신성이라? 허허, 어쩌면 노부 평생에 가장 비극적인 사랑을 보게 될지도 모르겠구나! 무당파를 위해선 절대 있어

선 안 될 일이겠지만……'

제갈효는 잠시 업무가 늦춰졌던 걸 만회하기라도 하려는 듯 빠르게 명령서를 채워가며 내심 고개를 가로저었다.

사실 여부야 어찌 됐든 그에겐 잠시 자신의 손바닥을 벗어났던 진자운이란 말이 제자리로 돌아온 것이 꽤나 기뻤다. 다시 천하는 그가 잘 아는 매우 안정되고 조화로운 곳으로 바뀌어 있었다.

그때 밖에서 작은 소란이 일더니, 조용히 고하는 목소리가 있었다.

"총군사의 청수를 깨뜨리게 되었습니다."

"고하게나."

제갈효가 허락하자 다시 고하는 목소리가 들려왔다.

"단파로 떠났던 청룡단이 방금 복귀했습니다."

"피해는 많지 않았다던가?"

"사망이 오 명에 중경상자가 십여 명에 이르나 공적에 비한다면 큰 피해는 아니라 사료됩니다. 청룡단은 모용 단주의 지휘 하에 단파에 숨어 있던 만독문의 독인 오십을 격살하고, 독중독인 갈정립을 살(殺)했습니다."

"뭐라?"

제갈효가 크게 놀라 목소리를 높이자 목소리가 좀 더 자세하게 설명했다.

"놀랍게도 단파에는 갈정립이 숨어 있었습니다. 아마도 청성산에 집결한 무림맹의 정예를 습격해서 심각한 타격을 줄 생각이었던 듯합니다."

"좋은 생각이로고. 한데 갈정립을 죽였다니, 누가 그런 일을 할 수 있다는 건가? 모용 단주의 무위가 아직 그만하지는 않을 터인데?"

"그동안 행방불명됐던 진 총단주입니다."

"진… 총단주?"

"그렇습니다. 갈정립과 독인들의 합공에 모용 단주를 비롯한 청룡단 전체가 위급에 빠졌을 때 진 총단주가 홀연히 나타났다 합니다. 그리고……."

"그리고 갈정립을 죽였다?"

"그렇습니다."

만약 목소리의 주인이 꽤나 신임하는 자가 아니었다면 제갈효는 크게 혼쭐을 냈을 것이다. 방금 그가 들은 얘기는 그야말로 황당무계한 영웅전기에나 나올 법할 정도로 앞뒤가 맞지 않았기 때문이다.

게다가 제갈효가 파악한 대로라면 진자운은 지금쯤 담화연과 열심히 사랑의 도피행을 하고 있어야만 했다. 지금 와서 사천에 덜컥 모습을 보여선 안 됐다. 갈정립을 죽이고 정파의 영웅이 되는 건 결코 용납할 수 없는 일이었다.

'허어, 이런 일이 있는가! 또다시 진자운, 그 아이가 내 손바닥에서 벗어날 수 있단 말인가?'

다시 조화롭던 세상에 파탄이 생기는 걸 느낀 제갈효가 이마를 손으로 짚었다. 갑자기 양미간 사이를 바늘로 콕콕 찌르는 듯한 두통을 느낀 것이다.

"날이 밝는 대로 모용 단주가 진 총단주와 복귀하겠다는 의사를 전달했습니다. 어찌 처결해야 되겠습니까?"

"그건……."

잠시 말끝을 흐린 제갈효가 갑자기 몇 년쯤 늙은 듯한 목소리로 말했다.

"일단 자네가 알아서 하도록 하게."

"명을 받자옵니다."

간명한 대답과 함께 목소리 주인이 멀어지는 소리가 들려왔다. 다시 제갈효는 혼자가 된 것이다. 여전히 두통은 심해지기만 할 뿐 떠나려 하지 않고 있었지만.

*　　　*　　　*

날이 밝자마자 진자운 일행은 만복객점을 빠져나왔다. 얼른 청성산으로 복귀해야 한다고 모용휘가 강력하게 주장했기 때문이다.

해서 정신을 차린 일진과 함께 만복객점을 빠져나온 진자운 일행은 단파 거리를 빠르게 가로질렀다. 청성산으로 가자면 단파 거리를 가로질러 서문(西門) 쪽으로 빠져나가는 게 가장 빨라서였다.

전날의 혈전을 아는지 모르는지, 단파 거리는 평상시와 전혀 다름없었다.

시장에는 장사꾼들과 시장 보러 나온 여인네들이 넘치고, 거리에는 일상을 위해 오고 가는 사람들로 가득했다. 전혀 변한 게 없어 보였다.

그러나 진자운은 오고 가는 사람들 중 간혹 가다 불안한 표정을 지어 보이는 몇몇을 어렵지 않게 발견했다.

그들을 불안하게 만든 건 진자운 일행이었다. 간밤의 소란통을 짐작하는 그들에겐 진자운 일행이 양민을 털고 사람을 죽이는 산도적과 비슷하게 보이는 것이리라.

'제길! 구경거리 났나!'

진자운은 불안한 표정을 던지는 사람들을 애써 무시하다 갑자기 바닥에 침을 탁 뱉었다. 괜스레 심통이 났기 때문이다.

그러자 곁눈질하며 주저주저하던 사람들이 얼른 시선을 피하곤 걸음을 빨리했다. 혹시라도 흉악한 일이라도 당할까 겁내는 모습들이다.

진자운이 그들의 뒤에다가 다시 침을 뱉으려는데, 모용휘가 얼른 소매를 잡아당겨 제지했다.

"진 총단주, 양민들을 놀라게 해서는 안 되오."

"모용 단주, 내가 언제 양민들을 놀라게 했다는 거요?"

"방금 전……."

"침 뱉은 거 말이오?"

진자운은 다시 바닥에 침을 뱉고는 잘생긴 얼굴을 가볍게 찡그린 모용휘를 향해 이를 드러내며 웃었다. 모용휘의 다소 깐깐한 듯한 모습이 은근히 재밌게 느껴졌기 때문이다.

그 모습을 본 모용청려가 전음으로 타박했다.

[사형, 무림맹에 가서 각원 대사님께 잘 보여야 한다면서요? 그렇게 경망스레 굴어서야 어찌 좋은 대접을 받을 수 있겠어요?]

[내가 경망스러웠던 게 어디 하루이틀인가? 각원 대사님과 나는 꽤나 통하는 면이 많으니까 사매는 그리 걱정할 거 없다구.]

[흥, 과연 그럴까요?]

모용청려는 나직이 코웃음 치면서도 더 이상 타박하지 않았다. 그동안 함께하며 알게 된 진자운의 성격은 어리석진 않지만 고집과 오기로 똘똘 뭉쳐 있었다. 한 번 결정한 일에 대해 재론이란 있을 수 없었다.

그때 모용청려를 힐끔거리고 있던 일진이 조심스레 말했다.

"비록 단파가 청성산과 가깝다곤 하나 적어도 백 리가 족히 떨어져 있습니다. 빨리 서둘지 않으면 무림맹에 합류하는 데 차질이 있지 않겠습니까?"

"일진 소협의 말이 맞아요. 누구처럼 이런 곳에서 양민들한테 화를 내며 시간을 끌고 있을 순 없지요."

"모용 소저……."

모용청려가 얼른 동조하자 일진의 얼굴이 잘 익은 홍시처럼 붉어졌다. 도사 신분으로 여인에게 이런 모습을 보여선 안 될 터이나 자기 자신을 잊을 정도로 그는 모용청려에게 매료되어 있었다.

'하하, 순진한 도사가 여우 같은 사매한테 완전히 빠졌군.'

진자운이 일진을 바라보며 내심 고소 지었다. 모용청려에게 빠져 넋을 잃은 사람을 한둘 본 것이 아니라 이젠 아예 즐기는 지경에 이른 것이다.

그러나 모용휘로선 하나밖에 없는 여동생에게 자꾸 넋을 잃는 사람이 생기는 게 탐탁지 않았다. 그는 살그머니 모용청려에게 다가가 속삭였다.

"아려야, 어째서 면사를 하지 않는 것이냐?"

"그냥요."

"그냥?"

"예, 별것도 아닌 얼굴을 굳이 면사로 가리고 다니는 게 우스워졌거든요."

"별것 아닌 얼굴이라니!"

모용휘가 속삭이던 중이었던 것도 잊은 채 언성을 높이자 진자운이 얼른 두 남매에게 다가가 손가락질했다.

"모용 단주, 팔불출이로군요!"

"진 총단주, 이건 그런 문제가……."

"팔불출 맞아요!"

모용휘의 입을 다물게 만든 건 모용청려였다. 그녀마저 진자운의 말에 동조하자 할 말이 없어진 것이다.

그 모습을 보고 다시 속으로 웃은 진자운이 기운찬 목소리로 일진에게 호령했다.

"일진 소협, 그럼 이만 출발합시다! 백 리나 된다니 빨리 발을 움직여야 하지 않겠소?"

"아, 예! 예!"

일진이 앞장서자 진자운과 모용휘 등이 그 뒤를 따랐다.

*　　　　*　　　　*

중강(中江).

강 하나만 건너면 청성산에 이르는 곳에 도착한 창파검제 모용진천은 머리에 쓴 방갓을 살짝 들어올렸다.

그러자 드러난 얼굴은 많아봐야 마흔을 넘기지 않아 보였다. 그의 연배가 이미 오십 줄을 한참 넘긴 걸 생각하면 꽤나 젊어 보인다고 할 수 있었다.

그러나 마흔이 안 되어 보이는 잘생긴 얼굴에는 세월이 만들어놓은 편린이 남아 있다. 몇십 년 강호무림을 종횡하며 많은 사연과 역경을 헤쳐 나온 노강호만이 가질 수 있는 훈장이 그의 얼굴에도 새겨져 있었다.

"이제 곧 청성인가……."

모용진천은 안력을 돋워 흐릿한 안개 속에 잠겨 있는 청성산을 살펴

곧 가볍게 눈살을 찌푸려 보였다. 심중에 앙금처럼 남아 있던 언짢은 기분이 표면 위로 드러낸 것이라 할 수 있다.

모용진천이 마지막으로 무림에서 활동한 시기는 지금으로부터 십여 년 전이었다.

지난 십 년간 금분세수를 하지 않았다 뿐이지, 그는 무림에서 은퇴한 것이나 마찬가지였다. 사랑하던 애처를 잃은 슬픔에 기인한 일이었다.

그런데 그런 그가 다시 무림에 나왔고, 제갈휘에게 그 사실이 발각되어 뜻하지 않게 수십 년 만에 정마대전이라 불리는 사천대전에 참가하게 됐다. 모두 갑자기 가출한 모용청려를 찾으러 나왔다 당한 횡액이라 할 수 있었다.

'겁도 없이 혼처가 정해진 계집아이가 무림을 떠돌아다니다니! 내이 못된 것을 잡기만 하면……'

모용진천은 잔뜩 화가 나 뇌까리던 중 말끝을 흐렸다. 내심이라 하나 사랑하고 사랑하는 귀여운 딸에게 나쁜 말을 할 수 없었기 때문이다.

그리고 잠시간 이어진 침묵.

모용진천은 이렇게 된 이상 만독문의 독조 갈홍경과 목숨을 걸고 싸워야 한다고 생각했다. 같은 구주 이십오성에 속했으나 오정보다 윗줄에 있는 삼패에게 도전하는 셈이다.

그 점이 모용진천을 흥분케 만들었다.

그는 구주 이십오성의 으뜸인 이선이 활동할 당시 충분한 무공을 연마하지 못한 상태였다. 그러니 그들에게 도전할 기회를 얻지 못한 건 당연하다.

그건 무림출도 후 적수를 찾지 못했던 그에겐 꽤나 유감스런 일이었는데, 이번에 드디어 기회가 찾아왔다. 자신의 목숨과 명예를 몽땅 걸어야 할 때가 온 것이다.

이런 상황은 그에게 있어 짜릿함 그 자체였다. 쾌감이나 다름없었다.

이선 사후 결코 생각지 못하고, 이루지 못하리라 여겼던 일이 지금 바로 눈앞에 다가와 있었다. 평생 배워 익힌 진재실학을 모조리 발휘할 날이 왔다.

"어쨌든 후회는 남기지 않을 것이다!"

나직이 중얼거린 모용진천이 가볍게 바닥을 차고 청성산을 향해 날아올랐다. 말 그대로 공중을 연신 발로 걷어차면서 하늘 끝을 찾아가기라도 하려는 것처럼 그의 신형은 끝없이 날아올랐다.

◆ 第四十九章 ◆ 돌아온 초다주!

돌아온 총단주!

콰직!

갈홍경의 손을 떠난 황금 벼루가 두터운 담벽을 뚫고 밖으로 사라졌다. 별다른 경력을 실어 던진 게 아님에도 그만큼의 위력이 담겨 있었다.

그 모습을 감히 쳐다보지도 못하고 고개를 바닥에 박은 진육담은 바람 한 점 없음에도 몸을 부르르 떨었다. 사부이자 위대한 독존인 갈홍경이 지금 느끼는 분노의 무게가 얼마만큼인지 누구보다 잘 알고 있었기 때문이다.

그 모습이 더욱 분노를 부채질한 것이리라!

갈홍경이 갑자기 수장을 앞으로 내뻗어 벌벌 떨고 있는 진육담의 몸을 들어올렸다. 그의 장심에서 일어난 강력한 접인지기가 이뤄낸 일이었다.

"사, 사부님!"

진육담이 더듬거리자 갈홍경의 눈 깊숙한 곳에서 진녹색 불꽃이 활활 일어났다.

"누가 감히 주둥이를 열라고 했더냐!"

"합!"

진육담이 얼른 입을 닫자 갈홍경이 그대로 그의 몸을 바닥에 내동댕이쳤다.

콰당!

어찌나 세게 내던졌는지 진육담의 머리가 닿은 바닥에 움푹 홈이 패었다. 철두공이라도 익히지 않았다면 머리가 무사할 수 없을 듯한 모습.

진육담이 피가 질질 흘러나오는 얼굴을 다시 바닥에 처박았다. 말 그대로 어떤 처분이라도 달게 받겠다는 순종적이고 비굴한 모습이다.

"이런 얼빠진 녀석!"

갈홍경은 다시 수장을 들어올렸다. 눈앞에 보이는 진육담의 처참한 모습도 그의 마음속에서 들끓고 있는 노화를 잠재우기엔 역부족이었다.

'누구라도 날 좀 살려줘!'

진육담은 고개를 바닥에 박은 채 재빨리 눈을 굴렸다. 어떻게서라도 동조자나 원조자를 구해야만 현재의 위기 상황을 타개할 수 있으리란 판단이었다.

그러나 요 근래 만독문은 커다란 흉액을 맞은 상황이었다. 서열 팔위였던 파미륵은 마교에 귀순했고, 서열 삼위 귀미태와 서열 구위 구양수, 최근엔 서열 이위이자 소문주인 갈정립까지 살해되었다.

몇 개월 사이 만독문의 근간을 이루는 십대고수 중 네 명이 사라진 셈이다.

게다가 현재는 갈홍경을 제외한다면, 유일하게 남은 초절정고수인 서열 사위 마득파마저 없었다. 그러니 평소 행실이 바르지 못했던 진육담을 옹호해 줄 수 있는 사람이 있을 리 없다. 그의 생사는 오로지 갈홍경의 마음에 달렸다고 할 수 있었다.

잠시 잠깐 만에 그러한 사실을 눈치챈 진육담이 내심 한숨을 토했다. 갈정립이 죽는 순간, 잠시나마 꿈꿨던 장밋빛 미래가 단지 허상에 불과했음을 그는 깨달았다.

'제기랄! 하지만 이렇게 개같이 죽을 순 없다! 무언가 방도를 강구해야 돼! 사부님의 진노를 누그러뜨릴 수 있는 방도를!'

진육담은 정말 죽기 살기로 머리를 굴렸다. 사부 갈홍경에게 신공절학을 전수받을 때도 이만큼 머리를 혹사시켰는지 의심스러울 정도로 굴렸다. 그러자 순간적으로 그의 뇌리를 스치는 생각이 있었다.

'그거다!'

진육담의 이마가 바로 바닥을 향했다. 단단한 청석으로 된 바닥이 깨지나 자기 머리가 깨지나 내기라도 하듯 있는 힘껏 내리찍은 것이다.

퍽!

당연한 일이지만 진육담의 이마가 깨졌다. 그의 얼굴은 방금 전 당한 상처와 더불어 깨진 이마에서 흘러내린 핏물로 금세 흉신악살처럼 변했다.

진육담은 그 얼굴을 하고서 여전히 수장을 들어올리고 있는 갈홍경을 향해 있는 힘껏 부르짖었다.

"위대한 독존이시여! 제자의 목숨을 거두시기 전에 부디 한마디만들어주십시오!"

"아직도 할 변명이 남았단 말이냐?"

"변명이 아닙니다!"

거의 죽기 살기로 부르짖은 진육담이 빠르게 말을 쏟아냈다.

"제자가 대사형의 죽음마저 외면한 채 독존께 달려온 건 제 한 목숨이 아까웠기 때문이 아닙니다! 반드시 대사형의 죽음과 관련된 일에 대해 독존께 아뢸 말씀이 있었기 때문입니다!"

"방금 립아의 죽음과 관련된 일이라고 했더냐?"

"그, 그렇습니다!"

갈홍경의 살기 가득한 눈에 작은 이채가 떠올랐다. 하나밖에 없는 독자인 갈정립의 어이없는 죽음에 그는 대단히 진노한 상태였다. 평소의 성격을 반영한다면 혼자만 살아 돌아온 진육담을 당장 때려죽여도 시원치 않을 판이었다.

그러나 현재 만독문은 총전력의 거의 삼 할에 달하는 십대고수 중 네 명을 잃어버린 상황이었다.

이때에 다시 근래 들어 무공이 일취월장한 진육담을 죽인다는 것은 제 살 깎아먹기나 다름없었다. 거칠 것이 없는 인생을 살아온 갈홍경으로서도 망설임이 없을 수 없었다.

해서 갈홍경이 잠시 노기를 누그러뜨리자 진육담이 내심 환호하곤 절반쯤 쉰 목소리로 말했다.

"대사형을 죽음으로 몰고 간 건 이미 보고드린 대로 얼굴에 철가면을 쓴 괴인이었습니다. 대사형은 그자와 일 대 일의 대결을 벌이다 불의의 일격을 당한 것이지요. 하지만 생각해 보면 참 이상한 일이었습니다."

"무엇이 이상하다는 거냐?"

"대사형은 그자와 싸우는 동안 십대독인을 전혀 사용하지 않았습니다. 주변에서 무림맹의 청룡단이 제자 휘하의 암흑독인들을 마구 도륙하고 있었음에도 말입니다."

"그건……."

"그래서 제자는 수족같이 생각했던 녹혈삼귀를 비롯한 수하 모두를 포기한 상태에서도 대사형의 십대독인들을 수습했습니다. 그리고 한가지 중대한 사실을 알아냈습니다."

잠시 말을 멈춘 진육담이 품에서 부스럭거리며 작은 주머니 하나를 끄집어냈다. 여인네들이 사향 같은 걸 담아 몰래 간직하는 향낭이었다.

"그게 무엇이더냐?"

갈홍경이 묻자 진육담이 대답했다.

"이건 대사형의 십대독인들의 콧속을 뒤져 채취해 낸 미혼향 가루입니다. 십대독인들은 미혼향에 취해 대사형의 부름에 움직이지 못했던 것입니다."

슥!

갈홍경이 접인지기를 일으켜 진육담의 손에 들린 향낭을 가져갔다. 진육담이 떠벌린 말이 사실인지를 확인하기 위함이었다.

"과연 강시들을 미혹케 하는 미혼향이 분명하군."

독의 조종답게 대번에 향낭에 담긴 내용물을 알아챈 갈홍경이 중얼거리자 진육담이 얼른 목소리를 높였다.

"그렇습니다! 그래서 대사형은……."

콰직.

손에 들고 있던 향낭을 진육담의 바로 앞에 던져 박아 넣은 갈홍경
이 노안을 일그러뜨렸다.

"그렇구나! 립아가 간악한 자의 간계에 빠졌구나! 만독문의 후계자
가 그렇게 죽었구나!"

"……"

갈홍경의 목소리에는 처참함과 회한이 함께 담겨 있었다. 정당한 무
공 겨룸에 의한 게 아니라, 알 수 없는 자의 음모에 하나밖에 없는 아
들이자 후계자를 잃었다는 생각이 그를 분노케 했다.

그런 갈홍경의 내심을 진육담은 정확하게 읽었다. 그 자신이 목숨을
걸고 그와 같은 사실을 꾸며낸 만큼 당연한 일이었다.

'여기서부터가 중요하다!'

내심 단단히 마음을 단도리한 진육담이 다시 목소리를 높였다.

"제자의 짧은 소견으론 대사형에게 간계를 뒤집어씌운 건 정파의 떨
거지들이 아닌 것 같습니다."

"정파가 아니다?"

"그렇습니다. 정파의 떨거지들에게 본 문 비전의 십대독인들을 제압
할 만한 미혼향이 있을 리 없습니다. 그러니 역시 이번 일의 배후에
는……"

"마교!"

자신도 모르게 튀어나온 이름에 갈홍경의 분노로 폭발할 것 같던 눈
빛이 어둡게 가라앉았다. 마교란 이름이 주는 중압감과 더불어 애써
잊고 있던 마군자 상유하의 놀라운 무위를 그는 떠올렸다.

'그 녀석은 아니다. 이런 좀스런 일을 꾸밀 만한 그릇이 아니야. 하
지만 영마 반여삭이라면……'

상유하를 만나기 전까지만 해도 갈홍경은 반여삭을 현 마교의 절정이라 믿고 있었다. 마교의 오마 중 반여삭만큼 심계가 깊은 자가 없었기 때문이다.

그 반여삭이 만독문과 정파 무림맹 간의 양패구상을 바랐다면 충분히 아들 갈정립의 어이없는 죽음이 납득됐다. 또한 갑작스레 만독문이 십대고수 중 네 명을 잃게 된 까닭도 설명되었고.

'반여삭, 반여삭인가……'

갈홍경은 가벼운 침음과 함께 비분강개한 표정을 애써 지어 보이고 있는 진육담에게 일어나라 손짓했다. 더 이상의 전력 하락은 허락할 수 없었기 때문이다. 마도맹주와 천하무림의 일통을 동시에 노리는 만독문의 앞날을 위해서.

'크흐흐! 성공이다, 성공! 사부님을 속여 넘기는 데 성공했다!'

진육담은 내심 터져 나오려는 대소를 꾹 눌러 참고서 자리에서 일어섰다.

그는 죽음을 앞둔 순간, 단순히 앞으로 십대독인을 써먹기 위해 구해뒀던 미혼향과 마교를 구실 삼아 삶을 얻는 데 성공한 것이다.

*　　　*　　　*

청성산.

무림맹 오단이 진을 친 곳에 도착한 진자운 일행은 단주인 모용휘를 마중 나온 청룡단의 열렬한 환대를 받았다.

평균 연령이 이십대 중반.

피가 펄펄 끓는 청룡단의 후기지수들은 면사를 벗은 모용청려의 모습에 열광했다. 직속 상관인 모용휘나 진자운은 안중에도 없는 것 같았다.

잠시 어이없는 표정을 짓고 있던 진자운이 나직이 혀를 찼다.

"쳇, 청룡단에 소속됐다면 하나같이 정파명문의 제자들일 텐데, 여자 한 명에 저런 모습이라니……."

일진이 슬그머니 반박했다.

"진 소협, 모용 소저는 그야말로 하늘에서 내려온 선녀와 같습니다. 어찌 여타 다른 소저들과 비교할 수 있겠습니까?"

"아, 그랬던가?"

진자운은 어깨를 한차례 으쓱해 보이곤 더 이상 말하지 않았다. 도가 제자 주제에 불쌍하게도 모용청려에게 홀딱 반한 일진을 가엾게 여긴 까닭이다.

그때 부하들로부터 여동생을 보호하느라 진땀을 흘리고 있던 모용휘가 참다못해 목청을 높였다.

"이 녀석들! 하루 종일 굴려야 정신을 차릴 테냐!"

"아닙니다!"

"그렇다면 청룡단으로서의 품위를 지켜라!"

"존명!"

갑자기 여자에게 굶주려 이성을 잃고 있던 한 떼의 늑대들이 엄정한 군기와 협기로 무장한 청룡단으로 돌아갔다. 그들은 단주인 모용휘가 말하는 '굴린다' 는 의미가 어떤 것인지 과거 뼈에 사무치도록 경험한 바 있었던 것이다.

그렇게 모용청려로 인해 벌어졌던 소란이 어느 정도 진정되자 모용휘가 부단주인 풍운검협(風雲劍俠) 조철상을 손짓해 불렀다.

"조 부단주, 보고하시오."

단도직입적인 모용휘의 명령에 조철상이 얼른 답했다.

"단주께서 자리를 비운 사이, 맹주님으로부터 청룡단에 특별히 하달된 명령은 없었습니다. 단지 총군사님께서 단주님과 진 소협이 복귀하시는 대로 찾아오란 별도의 명령을 내리셨습니다."

"총군사님께서?"

"그렇습니다."

조철상의 보고는 평소와 그리 다르지 않은 것이었다. 모용휘가 능히 짐작할 수 있는 영역이란 뜻이다.

'진 총단주가 내게 한 말이 모두 사실이라면 별문제없겠지만……'

잠시 염두를 굴린 모용휘가 조철상에게 몇 가지 명령을 내리고 모용청려에게 말했다.

"아려야, 나는 진 총단주와 함께 지금 당장 총군사님을 뵈러 가야 한다. 너는 이곳에 남아 조 부단주와 있겠느냐, 나와 같이 청성파로 가겠느냐?"

"호오, 그건 꽤나 결정하기 힘든 일이군요."

"결정하기 힘들어?"

"당연하죠."

모용청려는 입가에 장난스런 미소를 담은 채 청룡단 무사들을 힐끔 보곤 조그맣게 속삭였다.

"그런데 내가 이곳에 남겠다면 오라버니는 어쩔 작정이시죠?"

"네 혈도를 점혈할 거다."

"그런 후엔요?"

"업고서 청성파로 갈 것이다."

꽤나 단호한 대답이었다. 그 점이 맘에 든 모용청려가 살짝 눈웃음을 치고는 말했다.

"소매가 오라버니에게 업혀 가는 창피를 당하느니, 지금 조용히 따라나서는 편을 택하렵니다."

"현명한 판단이다."

모용청려에게 모용휘가 마주 웃어 보였다.

그런 그를 힐끔거리며 진자운이 혼잣말로 조그맣게 속삭였다.

"팔불출!"

일진을 좇아 청성파에 도착한 진자운과 모용휘는 모용청려와 잠시 헤어져야만 했다. 제갈효가 부른 사람은 두 사람뿐이었기 때문이다.

제갈효가 거처로 삼은 전각에 도착한 진자운의 눈 깊숙한 곳에서 이채가 떠올랐다.

검수!

전각 앞을 지키고 서 있는 중년 검수는 자연스레 주변의 풍물과 동화되어 있었다. 만 년쯤 족히 묵은 바위와 같은 얼굴을 하고서.

"훌륭한 기도!"

진자운이 나직이 탄성을 발하자 모용휘가 설명하듯 말했다.

"제갈세가가 배출한 최고의 고수라 불리는 환검추영(幻劍追影) 제갈상, 제갈 선배시오."

"제갈 선배?"

진자운이 눈으로 질문하자 모용휘가 덧붙이듯 대답했다.

"중년으로 보이지만, 제갈 선배는 본인의 부친과 동배가 되십니다."

"주안술(駐顔術)이라도 익혔다는 겁니까?"

"여자도 아닌데 그런 걸 익혔을 리가 없지 않소이까? 제갈 선배의 내공이 높아 나이가 덜 먹어 보이는 거라고 생각합니다."

"아쉽군요. 진짜 주안술을 익혔으면 졸라서 가르쳐 달라고 할 작정이었는데……."

말끝을 흐리며 이를 드러내 보인 진자운이 제갈상에게 어슬렁거리며 걸어갔다. 모용휘가 얼른 그의 뒤를 따랐다.

진자운이 제갈상에게 포권했다.

"무림맹 총단주 진자운과 청룡단의 모용 단주가 총군사님을 뵈러 왔습니다."

"총단주라면… 무당파의 진 소협이신가?"

"그렇습니다."

어떤 일로도 변할 것 같지 않던 제갈상의 얼굴에 감정 비슷한 것이 떠올랐다.

'어떤 고약한 녀석이 노가주님의 심기를 불편하게 만드나 했더니, 이런 애송이였는가?'

제갈상은 잠시 진자운을 살피곤 입가에 담담한 미소를 담았다.

"그렇지 않아도 총군사님께서 오래전부터 진 소협을 기다리고 있었다오. 어서 안으로 드시오."

'총단주라 하지 않고 진 소협이라?'

내심 흉악한 웃음을 지어 보인 진자운이 딴지 걸듯 말했다.

"총군사님께서 부른 건 저뿐만이 아니었다고 들었습니다만?"

"일단 총군사님께서는 진 소협을 먼저 보고 싶다시니, 모용 단주는 그동안 나와 담소라도 나누고 있으면 될 것이오."

제갈상이 그렇지 않냐는 듯 바라보자 모용휘가 얼른 고개를 숙임으로써 대답을 대신했다.

제갈상과 모용휘를 번갈아 본 진자운이 콧잔등에 작은 주름을 만들었다. 처음부터 제갈효가 자신과 독대할 작정이었음을 눈치챈 것이다.

'흐음……'

진자운을 맞은 제갈효는 한동안 탐색하는 듯한 눈빛을 던졌다. 그의 조화롭고 평화로운 세상에 돌을 던지고 도망갔던 탕아를 어찌 대해야 할지 정하기 위함이었다.

그 집요한 눈빛에 숨이 막히는 걸 느낀 진자운이 단정하던 자세를 조금 뒤틀었다. 이미 초절정고수가 된 터에 정좌 하나 못 견딜 이유가 없는 그가 제갈효의 압력에 불편함을 느끼게 된 것이다.

꿈틀!

진자운의 허리가 작은 움직임을 보인 순간, 제갈효가 오랜 침묵을 깨고 입을 열었다.

"만독문의 갈정립을 죽였다고?"

"그뿐 아니라 독불 파미륵을 패퇴시키고, 칠독마수 구양수와 혈음마도 귀미태를 죽였습니다."

"만독문의 십대고수 중 넷을 이겼다는 말인가?"

"그렇습니다."

진자운은 평생을 통해 가장 정직하게 대답했다. 눈앞의 제갈효에겐 어설픈 거짓말은 통하지 않는다는 걸 직감적으로 눈치챘기 때문이다.

그러나 진자운의 정직함은 아직 낫지 않은 제갈효의 두통을 오히려 심화시켰다.

진자운이 한 말 중 상당수는 천하에 이목을 깔아뒀다고 자부하던 제갈효조차 모르던 사실이었다. 조화롭고 평화로운 세상의 일각이 다시 무너지는 변고를 겪은 셈이다.

'어찌 이럴 수 있는가!'

제갈효는 너무 머리가 아파 자신도 모르게 이마에 손을 댔다. 평소 백 세에 가까운 나이를 잊을 정도로 정정하던 그의 안색은 다소 창백해져 있었다.

그 모습에 놀란 진자운이 얼른 제갈효에게 다가가 그의 완맥에 손가락을 얹고 말했다.

"잠시 제가 진기로 운공을 도와드리겠습니다."

"아니, 그럴 필요는……."

제갈효는 사양의 말을 하려다 입을 다물었다. 일시 완맥을 타고 밀려든 부드러우면서도 웅혼한 진기에 놀란 것이다.

'어찌 이 어린아이가 이런 정순한 내공을 연마했더란 말인가!'

제갈효는 일견 놀라면서도 사양치 않고 진자운의 내력을 받아들였다.

무당파의 내공이 비록 천하제일이라 하긴 힘들지만, 호체나 요상에 있어선 독보적이었다. 진자운 같은 내공의 고수가 일부러 내력을 몰아주는데 사양할 필요는 없는 게 당연하다.

제갈효의 안색이 금세 불그스름한 기운을 띠었다. 태극심공과 귀원일여의 연기법으로 단련된 진자운의 정순 순수한 내력이 너무 깊은 상념으로 인해 상했던 원기를 빠르게 회복시키고 있었다.

그렇게 원기가 회복되자 자연스레 두통은 자취를 감췄다. 그와 함께 마음이 크게 평온해진 제갈효가 끊임없이 내력을 불어넣는 진자운에게 말했다.

"됐네! 이젠 괜찮아졌으니 더 이상 운기하지 마시게."

"예."

진자운은 공손한 대답과 함께 운기를 중단하고 제갈효의 완맥에서 손을 떼었다. 어느 모로 보든 바른 정파의 교육을 받은 후기지수의 표상 같은 모습이다.

제갈효는 순간 진자운에게 미안한 마음을 느꼈다. 어쩌면 자신이 앞으로 정파의 미래를 이끌지도 모를 동량을 몰라보고 쓸데없는 의심을 했는지도 모른다는 생각이 들었기 때문이다.

그런 기미를 귀신같이 눈치챈 진자운이 더욱 얼굴에 진중한 기색을 띠고 말했다.

"몸은 좀 괜찮으신지요?"

"자네 덕분에 많이 좋아졌네."

"총군사님은 정파의 기둥이십니다. 제 미력한 힘이 도움이 됐다니, 다행입니다."

"……."

진자운의 입에 발린 말에 제갈효는 미미하게 고개를 끄덕였다. 대놓고 아부를 하는 진자운이나 그걸 당연히 받아들이는 제갈효나 서로 막상막하의 인간성임을 보여주는 대목이었다.

'이만큼 아부했으니, 강하게 추궁하긴 힘들 테지.'

'허어, 이렇게 됐으니, 오늘은 더 이상 추궁하기 힘들어진 것인가?'

진자운과 제갈효는 서로를 바라보며 부드러운 미소를 교환했다. 그리고 처음보다 훨씬 화기애애하게 몇 가지 담소를 나누기 시작했다. 방금 전의 다소 살벌했던 대화와는 꽤나 거리가 먼 세상 사는 얘기들이었다.

그렇게 두 사람은 서로 간에 진실을 나눴지만 아주 중요한 알맹이는 끝내 꺼내려 하지 않았다. 서로 간에 지켜야 할 선을 넘지 않고 적당한 부분에서 타협을 본 셈이다. 후일을 기약하며.

'역시 평범한 애송이는 아니었는가?'

앞에 모용휘를 둔 채 내실 안쪽의 동향을 살피고 있던 제갈상은 눈살을 가볍게 찌푸렸다. 놀랍게도 제갈효의 심문을 교묘하게 피한 진자운에게 경각심을 느낀 것이다. 제갈효를 이처럼 진심이 되게 만든 사람은 현 무림맹주인 각원 대사뿐이었다는 사실을 상기하며.

*   *   *

제갈효의 마수에서 빠져나오자마자 진자운은 각원 대사와의 면담을 요청했다. 한시라도 빨리 그와 만나 상유하와의 대결 이후 마음속에 품었던 의문점에 대해 묻고 싶었기 때문이다.

그러나 제멋대로 약속을 어긴 것에 대한 벌인가?

각원 대사는 진자운을 쉽사리 만나주지 않았다. 며칠이 지나도록 아예 없는 사람 취급을 했다.

거기에 오기가 치민 진자운은 며칠간 쌍류의 사천정의련을 지원 나간 현무단을 제외한 사단을 돌며 단단히 총단주 노릇을 했다. 이런 식으로 깽판을 치면 맹주인 각원 대사가 필시 어떤 반응을 보이리란 심산이었다.

'그런데 결국 출정 하루 전날까지 이런 꼴이라니! 정말 대사님도 너무하는 거 아냐!'

진자운은 옆구리에 술병을 찬 채로 하늘의 달을 바라보며 내심 한탄했다. 대낮부터 불사단의 단주인 철무한을 비롯한 몇몇 단주, 부단주들을 꼬셔 술을 마시고 왔음에도 가슴속이 부글거려 견딜 수 없었다.

그때 불사단주인 철무한 때문에 지난 며칠간 청성파의 도관에 틀어박혀 있던 모용청려가 달빛을 밟으며 다가왔다.

"혹시 거기 계시는 분은 진자운 총단주님이 아니신가요?"

"젊고 잘생긴 진자운 총단주님이시지."

"대낮부터 술이나 마시고 다니는 한심한 총단주님이란 말도 있던데요?"

"이런 위치에 있다 보면 세상 사람들의 질시쯤은 감당해야 할 시련이 아니겠는가!"

"풉!"

모용청려가 가볍게 웃음을 터뜨리자 진자운이 이를 드러내며 어깨를 으쓱해 보였다. 말싸움에서 자신이 이겼음을 자랑스러워하는 모습이다.

모용청려가 얼른 입가에 떠올랐던 미소를 지웠다.

"나날이 말솜씨만 늘어가는 걸 보니, 각원 대사님을 만나는 건 이제 포기하셨나 보지요?"

"제길!"

진자운은 나직이 욕설을 내뱉으며 옆구리에 차고 있던 술병을 입에 가져갔다. 그러자 어느새 그의 곁으로 다가온 모용청려가 손가락을 살짝 튕겼다.

따당!

모용청려의 손가락이 노린 목표는 술병이었다.

대뜸 술이 바닥에 쏟아졌다.

술병의 주호가 자신의 입이 아니라 땅 쪽을 향하자 진자운이 아깝다는 듯 말했다.

"아직 몇 모금 마시지도 않았는데……."

모용청려가 아직도 술이 절반쯤 남은 술병을 절묘한 금나수로 진자운에게서 낚아채곤 말했다.

"사부님께서 사형에게 내린 명령은 만독문과 싸우라는 거였지, 술이나 마시며 신세 타령이나 하라는 게 아니었어요."

"그 망할 사부의 명령 말인가?"

"사부님이 든는다면 꽤나 마음 아파할 말이군요."

"내 나이 열 살이 넘은 이후 사부를 본 일이 없으니, 뭐라고 할 말이 없군."

"열 살 이후 사부님을 본 일이 없다고요?"

"아무렴. 만약 사부가 제대로 사부 노릇을 했다면, 어찌 내가 타 파인 각원 대사님께 가르침을 받으려 이 고생을 하고 있겠어?"

"그리 고생하고 있는 것 같진 않은데요?"

모용청려가 거짓말 말라는 듯 미소 지으며 말하자 진자운이 마주 웃어 보였다.

"그건 사매가 몰라서 하는 말이야. 냄새나는 사내 녀석들한테 하루 종일 총단주라 불리는 건 보통 고역이 아니라구. 게다가 어쩌면 앞으로 나는 녀석들의 생명을 책임져야 할지도 모르니, 어찌 고생이 아니겠어?"

"생명을 책임진다니, 그건 또 무슨 소리죠?"

"만독문과 가장 많이 싸워본 내가 잘 알아, 만독문의 강함은. 만약 앞으로 진짜 만독문과 전면전을 벌인다면 무림맹의 오단 중 절반 이상은 목숨을 잃을 각오를 해야 할 거야."

"설마⋯⋯."

"설마?"

진자운은 모용청려를 바라보며 다시 웃어 보였다. 평소와 그다지 달라진 게 없는 모습이나 모용청려는 더 이상 농담을 던질 수 없는 기분이 되었다.

'종잡을 수 없는 사람!'

모용청려가 침묵하자 진자운이 슬쩍 머리 위의 달을 올려다보곤 중얼거렸다.

"달무리가 진 걸 보니, 내일은 비가 오겠구만."

"내일 비가 오는 게 문제가 되나요?"

"비가 오면 산길이 온통 진창이 돼서 이동하는 데 힘이 들거든. 이동하면서 흔적을 계속 지워야 하니까."

"그 말은⋯⋯."

"이젠 슬슬 청성산을 떠날 때가 됐다는 뜻이지. 그래서 오늘 단주, 부단주들을 불러 모아 출정식 삼아 술까지 한잔 샀다구."

"⋯드디어 사천대전이 시작되는군요."

"그래, 전면전이 시작되는 거야. 무수히 많은 사람이 죽고 죽어나갈."

"그렇지만 그건⋯⋯."

"어쩔 수 없는 일이라구?"

"⋯⋯."

모용청려는 대답도 하지 않고 고개 역시 끄덕이지 않았다. 눈앞의 진자운이 그걸 용납하지 않을 것 같았기 때문이다.

대신 추수 같은 눈빛을 던지자 진자운이 더 이상 툴툴거리지 않고 말했다.

"사매, 내 생각에 싸움에는 어쩔 수 없이 하는 것과 어쩌면 피할 수 있는 게 있어. 어쩔 수 없이 하는 건 자신의 생명이나 자존심을 지키기 위해서 하는 것이고, 후자의 경우 남이 가진 걸 탐내거나 더 많은 걸 가지고 싶어 하는 거야. 과연 이번 사천대전은 어디에 속할까?"

"그건… 저로선 잘 모르겠군요."

"그래, 나 역시 모르겠어. 그렇기 때문에 기분이 좋지 않다. 내 스스로 결정한 싸움이 아니기에."

진자운은 말을 끝내고 모용청려에게서 술병을 도로 찾아왔다.

꿀꺽꿀꺽!

몇 마디 알쏭달쏭한 말로 총명한 모용청려의 정신을 어지럽히고서야 마음대로 술을 마실 수 있게 된 것이다.

그런데 그때였다. 목구멍을 타고 감도는 화끈한 감각을 마음껏 즐기던 진자운의 눈 깊숙한 곳에서 흐릿한 신광이 번뜩였다.

'이건… 검기인가?'

진자운은 몰래 단천뢰심강을 운기하며 천천히 입에서 주호를 떼어냈다. 그로선 최대한 침착함을 발휘해 태연을 가장한 것이나 예민한 모용청려의 시선을 피할 순 없었다.

"사형, 무슨 일이죠?"

진자운은 살며시 고개를 가로저었다. 그리고 살짝 손짓해 모용청려를 옆으로 물러서게 만들었다. 혹시라도 검기를 쏘아 보내 자신을 협박한 자가 기습해 올 경우 모용청려가 위험해질 수 있다는 판단이었다.

그 순간 진자운의 귓전으로 전음이 파고들었다.

［정체불명의 적에게 노려지고 있는 상황에서 여인을 먼저 생각하다니, 제법 기백이 있구나!］

'제길, 방향을 종잡을 수 없다!'

［나 역시 연약한 아녀자를 사내끼리의 대결에 끼어들게 하고 싶진 않다. 동남쪽으로 오십 장 정도 오면 오래된 밤나무 한 그루가 있으니, 그곳으로 찾아오도록 해라.］

'동남쪽으로 오십 장?'

진자운의 시선이 슬쩍 동남쪽을 향했다. 그의 바로 코앞에 있던 모용청려조차 눈치채지 못할 정도로 잠깐 동안 벌어진 일이다.

"술이 좀 과했던가?"

진자운이 나직이 뇌까리자 모용청려가 살짝 눈살을 찌푸려 보였다. 필경 중요한 일이 벌어진 게 분명한데, 진자운이 딴청을 부리고 있다는 걸 눈치챈 것이다.

그러나 진자운은 이미 모용청려를 따돌리기로 마음먹은 터였다. 아예 뻔뻔해지기로 마음먹은 그는 갑자기 신형을 비틀거리며 모용청려에게 부딪쳐 갔다.

"어이쿠, 취한다!"

"사형……?"

모용청려는 앗, 할 사이도 없이 진자운에게 혈도를 제압당하고 기막힌 표정이 됐다. 갑자기 온몸에서 힘이 쭉 빠지는 게 내공이 금제된 게 분명했다.

"사매, 미안. 갑자기 중요한 일이 생겨 버렸다. 이각 정도 지나면 자동적으로 혈도가 풀릴 거야."

"……."

진자운은 모용청려의 대답을 기다리지 않고 바로 신형을 날렸다. 지금 당장 그를 한 가닥 검기만으로 소름 돋게 만든 절대의 고수를 만나야만 했다.

『태극검해』 6권에 계속…

운남, 사천 취재 여행기 2

아미산대반점(峨眉山大飯店:참고로 4성급 호텔이다. 믿거나 말거나—_—)에 도착해 짐을 푼 좀비들은 일단 하루의 휴식을 발마사지로 풀었다.

물론 여기서 발마사지란, 일단의 팔 힘 좋은 누님들이 달려들어 죽도록 걷는 걸로 체력을 모조리 소진한 관광객들을 반쯤 죽여놓는 걸 말한다.

좀비들 역시 이 같은 코스에서 결코 예외가 될 수 없었다.

무적유모전기의 저자인 포대화상님의 덩치에 어울리지 않는 울부짖음과 몸 비틀기, 비굴한 사정과 더불어 생체 실험에 참가한 좀비들은 곧 이불을 꼬옥 부여잡아야 했다.

발바닥 용천혈로부터 시작되어 넓적다리 대퇴부로 이어지는 누님들의 열 손가락에는 살기가 넘쳤다. 결코 이불을 손으로 부여잡지 않곤 견딜 수 없는 고통에 좀비들은 괴로워했다. 포대화상님만큼 오도방정을 떨진 않았지만 말이다.

—어쨌든 대한남아의 자존심만은 지켜야 한다!

분명 그리 생각했다.

마사지 시작 이후 오 분이 지났을 때까지는…….

'큭! 호, 호통(아포)! 호통(아포)!'

내가 무너진 건 대략 십 분이 넘어갈 때쯤이었다. 누님이 넓적다리 알이

뭉친 부분을 싹 훑는데, 거의 이성을 잃을 만큼 아팠다. 결국 비굴한 눈빛을 던지며 아픔을 호소하자 누님의 손에 실려 있던 힘이 조금 경감되었다.

정말 눈물이 날 만큼 고마웠다. 너무 고마워서 나는 누님들의 요청에 의해 박신양이 김정은을 꼬시기 위해 '파리의 연인'에서 부른 '사랑해도 될까요'를 열창하기까지 했다. 역시 한류는 위대하여 누님들의 아낌없는 박수 갈채를 받았음은 물론이다.

그 뒤 좀비들은 거의 초토화된 얼굴들을 하고 각자의 객실로 돌아가 침대 위에 쓰러졌다.

패잔병의 모습이 이러할까? 여행의 뜨거운 밤은 고사하고 좀비들은 아주 심하게 곯아떨어지고 말았다.

다음날.

놀랍게도 전날의 피로를 회복한 좀비들은 여전히 새벽잠이 부족한 얼굴을 하고 버스에 올랐다. 드디어 사천의 명산인 아미산을 본격적으로 탐구하게 된 것이다.

버스는 좁은 시골길을 두어 시간가량 달려 산 위로 향했다. 그동안 좀비들의 눈길을 가장 크게 잡아끈 건 아미산에서부터 운전을 맡게 된 경사 구십 도의 각두기 머리를 자랑하는 운전사 아저씨와 해발 2,500미터를 넘으며 모습을 드러내기 시작한 두견화였다.

해발 2,500미터는 그리 만만한 높이가 아니다. 보통 사람이라면 호흡이 가빠지고, 귀가 멍해지는 고산병 증세를 처음으로 느끼게 되며, 초록은 퇴색하고 꽃같이 연약한 식물은 자취를 감추게 된다. 그런데도 불구하고 두견화는 생뚱맞게도 그 높은 곳에서 오연한 자태를 뽐내고 있었다. 그것도 매우 어여쁜 모습을 한 채로.

좀비들은 너무 신기한 나머지 일제히 버스에서 몰려 나가 두견화를 바라보고 사진을 찍는 데 여념이 없었다. 그때 내가 이런 냄새나는 좀비들이 아니라 어여쁜 꾸냥과 함께 이런 곳을 와야 했다고 내심 한탄했음은 물론 이다.

그렇게 한참 사진 촬영이 끝난 후 다시 출발한 버스는 잠시 뒤 아미산 초입에 위치한 보국사에 도착했다.

좀비들은 '오오, 아미파다! 아미파! 여승은 어딨는 거야, 여승은!' 하며 크게 소리를 질러대기 시작했다. 그때 그 소란이 얼마나 심했냐 하면, 절대부동 졸기신공의 대가인 K님이 흠칫 놀라 잠에서 깨었을 정도였다.

그러나 좀비들은 곧 실망해야 했다. 보국사에서 단 한 명의 여승도 발견할 수 없었기 때문이다.

보국사는 겉모양새는 꽤나 뽀대가 있었지만, 단지 그뿐이었다. 한국에서 볼 수 있는 여타 대사찰과 그다지 큰 차이도 없었다. 한 가지 특징이라면, 부처님의 머리가 모두 청색이란 것이었는데, 후일 들은 얘기에 의하면 중국에서 지위가 높은 절의 부처상은 모두 그렇다고 한다.

어쨌든 여승도 없는 보국사 따위에서 시간을 지체할 까닭이 없다. 대충 사진 몇 장을 찍은 좀비들은 일제히 버스에 올라 다음 목적지인 복호사로 향했다.

아미 복호!

우리가 익히 알고 있는 아미파에 드디어 발을 내딛게 된 것이다, 여승들이 있는.

―근데 정말 있을까?

누군가 의문을 제기하자 순간적으로 버스 안의 분위기가 싸해졌다. 그런 생각은 한 번이라도 무협을 쓰거나 읽은 사람이라면 누구나 해봤을 터였기 때문이다.

긁적!

나는 뒤통수를 긁적이며 조용히 손을 가슴에 모았다. 그저 기도하는 심정일 뿐이었다.

그렇게 시간이 흘러 드디어 버스는 구불구불한 산길을 달려 붉은 담이 쭉 이어져 있는 사찰 앞에 도착했다. 어느 모로 보든 앞서 봤던 보국사와는 비교가 안 되는 초라해 보이는 외양. 아미 복호사였다.

―뭐야, 이게?

누군가 실망한 한탄을 터뜨렸다. 복호사를 본 모든 사람들이 느끼는 감정을 한마디로 표현한 말이었다. 복호사의 겉 외양은 아미산을 오르며 잔뜩 부풀어 올랐던 좀비들의 가슴에 찬물을 끼얹는 것과 다름없는 것이었다.

그러나 투덜거리며 버스에서 내린 좀비들은 산문을 넘자마자 눈을 휘둥그레하게 떠야 했다. 뚝배기보다는 장맛이라고, 복호사는 외양과 달리 내부가 가히 장관이었기 때문이다.

복호사는 전형적인 사찰과는 조금 구조가 달랐다. 마치 커다란 사찰 안에 또 다른 사찰 하나가 다시 들어서 있는 것이나 다름없었다.

돌길을 따라 사찰 안으로 들어서자 몇 개나 되는 불전이 모습을 보였고, 그 안쪽 계단을 따라 들어서자 또 다른 불전들이 보였다.

그야말로 수백 년, 아니, 천 년의 세월이 느껴진다 함이 옳았다. 수많은 세월 동안 증축과 개축이 이뤄지지 않았다면 이와 같은 모습은 나올 수 없다는 생각이 절로 들었다.

그 외중 좀비들은 연달아 카메라 셔터를 누르기 바빴다. 아미파다. 구파일방 중 하나인 아미파. 그 아미파의 본체라 불리는 복호사 내부만큼 중요한 자료가 없는 게 당연하다.

나 역시 열심히 카메라 셔터를 눌렀다. 칠불보전, 대웅전, 법당 등 그야말로 무협에서 주로 사용했던 한 문파의 기관, 명칭 등이 모두 카메라 안에 담겨졌다.

그리고 몇 개의 불전을 지나 계속 안으로 들어서던 좀비들은 내심 헉, 하고 숨을 들이켰다. 두 가지에 놀랐기 때문이다.

첫 번째로 좀비들을 놀라게 한 건, 그야말로 해맑은 미소를 띤 채 아랫배를 내놓고 있는 금복주 상이었다.

금복주!

과거 한국 애주가들의 사랑을 듬뿍 받던 금복주의 모델이 분명한 그 금불상은 그야말로 충격이었다. 그 익숙한 모습은 바로 무적유모전기의 저자인 포대화상님의 모습, 그 자체였기 때문이다.

―복주 형님!

나와 총관군이 갑자기 포대화상님한테 달려들었다. 좀비들 사이에서 대폭소가 터졌음은 물론이다.

그런데 그런 생각은 우리 좀비들만의 전유물은 아니었음에 분명하다. 우리를 두 번째로 놀라게 한 여승(비구니)께서 목탁을 두들기던 중 흠칫 놀라는 모습을 보인 것이다.

물론 아미 여승의 눈에는 포대화상님의 해맑은 얼굴이 투영되어 있었다. 아미파에는 여승이 있었을뿐더러, 포대화상(…이라 쓰고 금복주라 읽는다)님의 화신 역시 존재했던 것이다.

그런 몇 가지 에피소드 끝에 좀비들은 아쉬운 마음을 뒤로하고 복호사에서 나왔다.

그러자 가이드가 근처에 복호사에 버금갈 정도로 오래된 뇌음사가 있다는 말을 했다. 여태까지와 달리 길이 험해 버스로는 못 가고 산길을 한 시간가량 걸어 올라갔다 와야 한다는 친절한 설명과 함께.

잠시간 침묵이 흘렀다.

갈등, 번뇌, 고뇌 등이 좀비들의 머리, 그중에서도 후두부를 강하게 강타했다. 극강의 기본 체력을 말해 주듯 좀비들 대부분이 꽤나 지쳐 있었기 때문이다.

―복호사를 봤는데, 뇌음사 따위야!

누군가 한마디 중얼거렸다. 그리고 그것은 모든 좀비들의 마음을 대변한 말이었다. 산길 한 시간 거리를 왕복하기엔 '여승'도 없는 뇌음사로선 무리였다. 용서할 수 없었다.

그렇게 좀비들 모두의 중지가 모아지자 가이드가 버스 운전수에게 이상야릇한 미소와 함께 설명하곤 코스를 조절했다. 뇌음사에 들르지 않고 바로 아미산 최고의 명물이라는 금정으로 향하기로 결정한 것이다.

금정.

아미금정으로 유명한 아미산의 정상은 중턱까지 버스를 타고 이동한 후에 케이블카를 타고 오르는 비교적 간단한 코스이다. 특히 산길을 걷지 않는다는 것이 기진맥진한 좀비들에겐 꽤나 마음에 들었다.

버스와 케이블카를 타고 좀비들은 금정에 올랐다. 3,000미터가 넘는 높이. 귀가 먹먹하고 숨이 찬 것이 당연하다.

나는 몇 번이나 침을 삼켜 멍멍한 귀를 뚫으며 금정에 세워진 당대 이전의 건축물인 와운선원, 구비구비 휘몰아치는 아미의 구름, 절벽 등을 감상했다. 평소 산을 그다지 좋아하지 않던 내게도 아미의 유현한 모습은 꽤나 마음에 들었다. 중국에 잘 왔다는 생각이 절로 들었다.

그러나 나와 좀비들의 눈을 가장 많이 잡아끈 건 금정에서 보는 아미산의 빼어난 경관이 아니었다. 케이블카에서 내리는 곳, 한쪽 벽면을 장식하고 있는 한 편의 시구였다.

—이백의 촉도난(蜀道難)?

시선(詩仙) 이백이 사천을 향하며 읊은 무협(예를 들면 임준욱님의 괴선 초반부)에 꽤 자주 등장하는 유명한 시다.

때문에 전반적으로 일반인보다는 한자에 대한 지식이 제법 있는 좀비 대부분이 촉도난 쪽으로 모여들었다. 옆에서는 한 줄 한 줄 뜻을 해석하는 사람도 있었다.

그만큼 느닷없이 발견한 촉도난은 좀비 모두를 흥분하게 만들었다. 그 흥분은 복호사에서 여승을 발견했을 때와 거의 비슷할 정도였다.

그 뒤 몇 차례의 촬영 끝에 좀비들은 다시 케이블카를 타고 금정에서 내려왔다. 이젠 날이 어두워지기 전에 다시 성도로 돌아가, 다음 여행지로 향하는 비행기를 기다려야만 했다.

천하제일수(天下第一水)!

구채구가 우리의 다음 여행지였다.

FANTASTIC
ORIENTAL
HEROES

청 어 람 신 무 협 판 타 지 소 설

제1회 신춘무협 공모전에 『보표무적』으로 금상을 수상한 작가 장영훈의 신작!!

일도양단(一刀兩斷) / 장영훈 지음

한 겹 한 겹 파헤쳐지는 음모의 속살을 엿본다!

『일도양단』 (一刀兩斷)

그의 이름은 기풍한.

천룡맹(天龍盟) 강호 일급 음모(一級陰謀) 진압조(鎭壓組) 질풍육조(疾風六組)의 조장이다.

임무를 위해 출맹한 지 사 년이 지난 어느 겨울날 새벽, 돌아온 그에게 천룡맹 섬서 지단 부단주가 말했다.

"질풍조는 이미 해체되었네."

그리고…
그의 존재를 알던 모든 이들이 죽었다.